Elaria Tamari

Messerscharf

Verrat

Das Buch

Die Familie Scordato wird von Krisen gebeutelt. Seit Dantes Zerwürfnis mit Massimo laufen die Geschäfte mehr schlecht als recht, und dann macht sich das FBI auch noch daran, einen ihrer wichtigsten Drogenlieferanten hochgehen zu lassen. Wahrlich kein guter Zeitpunkt für den Abtritt des alternden Don Valerio. Die Festlegung eines Nachfolgers lässt tiefe Risse innerhalb der Familie offenbar werden, und Dante muss sich schwer mit der Frage herumschlagen, wer eigentlich wirklich zu ihm steht.

Die Messerscharf-Reihe

Band 1: Verführung
Band 2: Vertrauen
Band 3: Verrat
Band 4: Vergeltung

Die Autorin

Elaria Tamari lebt mit ihrer Familie in Niederösterreich und hat nach ihrem Abschluss an der Technischen Universität ihre Leidenschaft fürs Schreiben entdeckt. Sie schreibt unter verschiedenen Pseudonymen SM-Erotik und Fantasy.

Elaria Tamari

Messerscharf

Verrat

Band 3

Bibliografische Information der Deutschen Nationalbibliothek: Die Deutsche Nationalbibliothek verzeichnet diese Publikation in der Deutschen Nationalbibliografie; detaillierte bibliografische Daten sind im Internet über dnb.dnb.de abrufbar.

Herstellung und Verlag:
BoD – Books on Demand, Norderstedt

ISBN: 978-3-759-74249-0

Sorgfältig überprüfte Selina noch einmal jedes Teil ihrer Ausrüstung, ehe sie es in ihrem Rucksack verstaute.

„Hast du alles?", fragte Al, und reichte ihr das Funkgerät fürs Ohr.

„Ja, alles da", bestätigte Selina, während sie sich den Stöpsel ins Ohr steckte.

Al schob sich das Mikrofon seines Headsets vor den Mund.

„Hörst du mich?"

„Laut und deutlich. Du mich auch?"

„Jep."

Selina griff nach dem Rucksack, schupfte ihn sich auf die Schultern und zog die zusätzlichen Fixiergurte fest.

„Ist die Luft rein?"

Auf den drei Bildschirmen, die Al auf dem kleinen Tisch rund um seinen Laptop aufgebaut hatte, erschienen in schneller Folge Bilder der Kameras, die sie in der näheren Umgebung angebracht hatten.

„Alles sauber", gab er sein Okay.

„Gut, dann kann es ja losgehen."

Selina öffnete die hintere Tür und verließ den schwarzen Lieferwagen. Draußen im Wald war es stockfinster. Es war Neumond und dazu hatten sich auch noch dunkle

Wolken über den Nachthimmel geschoben. Perfekte Bedingungen also, um in ihrem hautengen, schwarzen Ganzkörperanzug eins zu werden mit der Nacht. Sie zog die Sturmhaube über ihr Gesicht, setzte das Nachtsichtgerät auf, schlüpfte in schwarze Nitrilhandschuhe und machte sich im Laufschritt auf den Weg.

Nach rund fünfzehn Minuten war ihr Ziel in Sichtweite.

Vorsichtig schlich Selina geduckt von Baum zu Baum, bis sie den Rand des Waldes erreichte.

Vor ihr lag ein Abhang, und auf der sich daran anschließenden Ebene breitete sich ein stolzes Anwesen aus, bestehend aus zahlreichen niedrigen Gebäuden. Der Besitzer dieser gar nicht bescheidenen Hazienda war Miguel Jose Garcia Perez, einer der einflussreichsten Drogenproduzenten Mexikos. Dementsprechend hoch waren auch die Sicherheitsvorkehrungen. Das ganze Gelände war lückenlos von einem massiven Stahlzaun samt Stacheldraht umgeben, es gab Wachen, die mit Hunden patrouillierten, und dazu natürlich noch Kameras an jeder Ecke.

Selina holte die Steigeisen heraus, den Rucksack selber faltete sie zu einem schwarzen Flughörnchenanzug auf, der über eine eingenähte Tasche am Rücken verfügte, in der ihre restliche Ausrüstung verstaut war.

Ihr Blick wanderte nach oben. Der Baum, unter dem sie stand, war ein echter Gigant. Gut fünfzig Meter hoch entfaltete er am Waldrand ungestört von Konkurrenz eine prächtige Krone in Richtung des Abhangs.

Behände wie ein Affe kletterte Selina mit den Steigeisen den Baum hinauf. Sie war auf der Suche nach einem möglichst hoch gelegenen dickeren Ast, der sich auf die Lichtung hinaus erstreckte.

Ja, der hier war perfekt.

Selina setzte sich auf den Ast, nahm die Kletterhilfen von ihren Füßen und verstaute sie in ihrem Anzug. Dann stand sie auf und balancierte sicheren Schrittes auf dem Ast nach außen.

Hier müsste es gehen. Das Blätterdach war an dieser Stelle nicht besonders dicht, vor allem waren keine größeren Zweige im Weg.

Mit einer Wendung auf der Stelle drehte Selina um und balancierte wieder ein Stück zurück, ehe sie sich erneut drehte. Wie bestellt schoss das Adrenalin in ihre Adern und verlieh ihr den Extraschub, den sie gerade gut gebrauchen konnte. Den Blick fest geradeaus auf ihr Ziel gerichtet, rannte Selina in schwindelerregender Höhe auf dem Ast los, bestrebt möglichst viel Geschwindigkeit aufzubauen, ehe sie sich von dem Ast abstieß und durch die Blätter ins Nichts sprang.

Sowie sie genug Platz hatte, breitete sie die Arme aus, um in den Gleitflug überzugehen. Aber das würde nicht reichen. Ihr Landeplatz war zu weit entfernt, als dass der Schwung, den sie beim Laufen aufgebaut hatte, sie bis dorthin tragen konnte. Beim Druck auf den Auslöser in ihrer Hand zündete kurz eine kleine Rakete auf ihrem Rücken, die ihr den Boost verleihen würde, um die notwendige Distanz zu überbrücken.

Lautlos und gut getarnt vor dem dunklen Himmel schwebte Selina unauffällig wie ein Schatten in der Nacht über Garcias Anwesen. Im grünen Licht des Nachtsichtgeräts konnte sie ihr Ziel bereits deutlich erkennen, eine Dachterrasse auf einem Gebäude im Zentrum des Anwesens.

Indem sie die Arme nach hinten nahm und die Fläche der Spannhäute damit verringerte, ging Selina in einen Sinkflug über, während sie sich gleichzeitig so ausrichtete, dass sie genau in Längsrichtung der Terrasse reinkommen würde. Die Landefläche war nicht besonders groß, weshalb nun äußerste Präzision gefragt war. Nahm sie nicht rechtzeitig genug Höhe raus, würde sie mit zu großer Geschwindigkeit runterkommen, was ohne ausreichend Platz zum Ausrollen recht übel für sie enden könnte. Nahm sie aber zu früh zu viel raus, würde sie das Dach verfehlen, was noch weitaus schlimmer wäre. In diesem Fall war es dann schon fast egal, ob sie frontal gegen die Wand knallte oder gerade noch die Kurve kratzte und sauber neben dem Haus am Boden landete, denn dort würden sie wahrscheinlich die Wachhunde umgehend entdecken und zerfleischen.

Das Dach kam immer näher, aber Selina war noch etwas zu hoch. In einem beherzten Manöver legte sie kurz die Arme an und ließ sich ein paar Meter fallen, ehe sie ruckartig die Flughäute ganz ausbreitete, um die Abwärtsbewegung wieder zu bremsen.

Mist, sie hätte früher tiefer gehen sollen. Der restliche Weg reichte nicht mehr, um ihre Fallgeschwindigkeit auf das gewünschte Maß zu bremsen. Das würde einen recht harten Aufschlag geben.

Sowie Selina den Boden berührte, ging sie auch schon in eine Rolle über, um nicht senkrecht einzufahren. In mehreren Überschlägen raste sie auf das gemauerte Geländer der Terrasse zu. Der Aufprall mit dem Rücken voran an der Wand war hart, aber Selina brauchte bloß einen kurzen Moment, um den Schmerz zu überwinden und wieder auf die Beine zu kommen.

Glück gehabt, es sah nicht danach aus, dass sie sich ernsthaft verletzt hatte.

Geduckt, so dass sie im Schutz der niedrigen Mauer blieb, zog Selina geübten Griffs den Anzug aus und faltete ihn wieder zu einem Rucksack zusammen. Das Nachtsichtgerät verstaute sie ebenfalls. Stattdessen entnahm sie nun einen Gürtel mit Waffen und Utensilien, sowie ein Headset, das einen kleinen Bildschirm vor ihrem linken Auge positionierte.

Nachdem sie alles angelegt hatte, schlich Selina mit dem Rucksack in der Hand zu der Tür, durch die sie in das Gebäude gelangen würde. Es war eine ganz normale Balkontür aus Glas, und dahinter lag eines von Garcias zahlreichen Schlafzimmern. Wie versprochen war es leer, denn es war noch nicht mal zehn, und Garcia war ein Nachtschwärmer, der nie vor Mitternacht ins Bett ging.

Selina holte ihr Equipment zum Glasschneiden aus dem Rucksack heraus. Mit dem Saugnapf hielt sie das Glas fest, während sie rundherum eine kreisrunde Scheibe ausschnitt. Damit war der Weg zum Türgriff auf der Innenseite frei, aber noch konnte sie ihn nicht betätigen. Stattdessen nahm Selina ihre Endoskopkamera vom

Gürtel und untersuchte damit den Türrahmen auf der Innenseite, wobei das Bild auf ihrem Head-Display erschien. Wie erwartet fand sie auf der unteren Seite einen Sensor, der Alarm schlagen würde, wenn sie die Tür einfach öffnete.

Keine Minute später war das kleine Sicherungssystem entschärft, und Selina konnte unbemerkt die Tür öffnen.

2

Ein eisig kalter Wind strich über den Friedhof und trieb den in den letzten Tagen gefallenen Pulverschnee vor sich her, als Tyler Callahan am offenen Grab stand und den Worten des Pfarrers lauschte. Es war eine Beerdigung in äußerst beschaulichem Rahmen. Neben ein paar Kollegen vom FBI waren noch drei Freunde von Selina anwesend, sowie eine Tante, mit der Selina aber schon lange keinen Kontakt mehr gehabt hatte. Vermutlich war sie bloß gekommen, weil sie sich dazu verpflichtet fühlte, nachdem sie als Selinas nächste noch lebende Verwandte wohl auch etwas erben würde.

Und dann war da natürlich noch Vanessa Harrington, Selinas beste Freundin, die sich neben ihm gerade die Augen ausweinte. Die junge Frau konnte einem echt leid tun. Erst vor wenigen Wochen hatte sie ihren Vater unter tragischen Umständen verloren, und nun folgte schon der nächste Schicksalsschlag für sie. Soweit er wusste, kannten sich die beiden schon lange und standen sich sehr nahe. Selina hätte im Sommer bei Vanessas Hochzeit auch Brautjungfer sein sollen. Welch trauriger Schatten über einem Ereignis, das vor Freude und Glück sprühen sollte.

Abwesend glitt Tylers Blick über die Trauergemeinde, ehe er an dem Sarg hängen blieb. Gleich würde der Pfarrer fragen, wer denn ein paar Worte über Selina sagen wollte, und die Kollegen erwarteten zurecht, dass er das übernehmen würde. Außerdem wollte er keinesfalls die arme Vanessa dazu nötigen, hinter das Rednerpult zu treten, weil es sonst keiner tat.

Trotzdem sträubte sich alles in ihm dagegen.

Wie gerne hätte er Vanessa und auch seinem Team Trost gespendet, indem er ihnen von Selinas Nachricht erzählte, und seiner Vermutung, dass das in dem Sarg gar nicht Selinas Überreste waren.

Aber das konnte er nicht. Er hatte keine handfesten Beweise, dass Selina wirklich noch lebte. Und selbst wenn es so war, waren ihre Motive ihm nach wie vor schleierhaft.

War es überhaupt ihre freie Entscheidung gewesen? Oder wurde sie womöglich irgendwo gefangen gehalten? Könnte es sie am Ende in Lebensgefahr bringen, wenn herauskam, dass sie ihn heimlich eingeweiht hatte?

Und wenn Selina noch lebte, was war dann mit Dante Napolitani? Konnte er sicher sein, dass der wenigstens wirklich tot war?

Es gab viel zu viele Fragen, die er noch nicht klären hatte können. Am Ende würde er die Leute damit wohl mehr beunruhigen als trösten.

Als es soweit war, hielt Tyler seine Rede so, wie er sie vorbereitet hatte und wie alle es von ihm erwarteten. Er lobte Selinas Einsatz und hob hervor, wie wichtig es ihr gewesen war, Napolitani des Mordes an Captain Harrington zu überführen, ein Ziel, das ihr noch vergönnt gewesen war, zu erreichen.

Kein Sterbenswort darüber, dass er nicht bereit war, daran zu glauben, dass sie hier gerade wirklich Selina zu Grabe trugen und er nicht eher ruhen würde, bis er das Gegenteil bewiesen hatte.

Aber sein Blick schweifte auch während seiner Rede unablässig über das Friedhofsgelände, auf der Suche nach jemandem, der weit abseits stand und aus der Ferne womöglich seine eigene Beerdigung beobachtete.

Doch er entdeckte niemanden, nicht während seiner Worte an die anderen Trauergäste und auch danach nicht, als der Sarg in die Erde gelassen wurde und die Anwesenden Abschied von Selina nahmen.

Einmal mehr fragte Tyler sich, ob seine Annahme, dass Selina noch lebte, wirklich mehr als bloßes Wunschdenken war.

Ob er wohl jemals Gewissheit erlangen würde?

3

Auf leisen Sohlen durchquerte Selina das Schlafzimmer. Laut der Info, die sie bekommen hatte, waren die Sicherheitsvorkehrungen hier innerhalb des von Garcia bewohnten Bereichs – ganz im Gegensatz zu denen draußen – relativ gering, denn der Hausherr hatte keine Lust, sich in seiner Privatsphäre von Überwachungskameras stören zu lassen. Wenigstens eine Sorge weniger. Es würde auch so schon schwierig genug werden, unbemerkt durchs Haus zu schleichen.

Die Holztür zum Flur hatte einen Spalt auf der Unterseite, der breit genug war, dass Selina ihre Kamera drunter durchschieben konnte.

Der Gang dahinter war menschenleer.

So behutsam es ging, öffnete Selina die Tür, huschte hindurch und schloss sie wieder. Dann lief sie flink den mit Türen gesäumten Flur entlang, bis dieser eine Biegung machte.

Vorsichtig spähte sie um die Ecke.

Es war niemand zu sehen, also sprintete sie schnell zu der zweiten Tür. Ein kurzer Blick mit der Kamera unter den Türspalt, und im Nu war Selina auch schon wieder vom Gang in die relative Sicherheit des Zimmers verschwunden.

Es handelte sich um irgendein weiteres Schlafzimmer, aber das einzig Interessante an dem Raum war seine Lage.

Selina untersuchte das zweiflügelige Fenster. Es war mit demselben Sicherheitssystem ausgestattet wie die Balkontür, über die sie hereingekommen war. Der Mechanismus war rasch überbrückt.

Noch ein kurzer Check, ob unten eine Wache patrouillierte, aber die Luft war rein.

Durch das offene Fenster stieg Selina hinaus. Die auf dieser Seite opulent gestaltete Fassade gab ihr ausreichend Möglichkeit, daran entlang zu klettern. Behände stieg sie ein Stockwerk tiefer, um sich dann weiter in die Richtung vorzuarbeiten, in die sie zuvor schon unterwegs gewesen war.

Da vernahm sie auf einmal ein Geräusch unter ihr.

Verdammt mieses Timing. Sie stand gerade an einer ziemlich exponierten Stelle.

Aber ein paar Meter vor ihr war eine kleine Nische, dort könnte sie sich so in den Schatten drücken, dass man sie wohl nicht bemerken würde.

Sofern sie es schaffte, sie rechtzeitig zu erreichen. Und zwar ohne dabei Geräusche zu erzeugen, die erst recht die Aufmerksamkeit der sich nähernden Wache auf sie ziehen würde.

Einen Gutteil der Vorsicht in den Wind schlagend, mit der sie sich bislang voranbewegt hatte, verdoppelte Selina ihr Tempo.

Da bog unten jemand um die Ecke.

Selina erstarrte augenblicklich. Unschlüssig sprang ihr Blick hin und her zwischen dem Wachmann mit dem Dobermann unter ihr und dem dunklen Winkel einen halben Meter vor ihr. Vielleicht würde er sie ja nicht bemerken, wenn sie reglos blieb, aber sollte er nach oben sehen, würde sie hier am Präsentierteller sitzen.

Ohne den geringsten Laut zu verursachen, schob sie sich ganz vorsichtig weiter. Nur noch ein kleines Stück ...

Als der Hund zu knurren begann, überwand Selina das letzte Stück mit einem beherzten Satz. Flach gegen die

Wand gedrückt verschmolz sie in der dunklen Ecke in ihrem schwarzen Anzug mit der Nacht.

Aus dem Augenwinkel konnte sie sehen, wie der Wachmann sich misstrauisch umsah. Erst nur am Boden, dann aber auch weiter oben.

Selina wagte nicht mal zu atmen.

Sein Blick glitt direkt über sie.

Und wanderte weiter die Hausfront entlang.

Dann tätschelte er seinem Hund den Kopf und sagte etwas zu ihm, ehe er seinen Weg fortsetzte.

Erleichtert ließ Selina den angehaltenen Atem entweichen. Das war reichlich knapp gewesen.

Aber das Gute war immerhin, dass nicht damit zu rechnen war, dass eine weitere Wache hier vorbeikam, während sie wieder ins Haus einstieg.

Tatsächlich konnte sie ihren Weg durch das von ihr angepeilte Fenster, das sie ebenso überwand, wie die Balkontür am Dach, ohne weitere Zwischenfälle fortsetzen.

Das Zimmer, in dem sie diesmal landete, war das Büro von Garcias Sekretärin und um diese Uhrzeit daher verwaist. Erneut schob Selina ihre Minikamera unter der Tür durch, um die Lage am Gang zu checken. Die Luft war rein.

Leise wie ein Schatten huschte Selina hinaus. Zwei Türen weiter war sie am Ziel angelangt. Sie holte einen dünnen Latexhandschuh aus ihrem Gürtel, der mit Garcias Fingerabdrücken präpariert war, und zog ihn über. Mit einem leisen Piepsen bestätigte der Sensor ihre Identität, als sie den Daumen darauf drückte. Ein letzter prüfender Blick über den Flur, dann verschwand Selina unbemerkt in Garcias Arbeitszimmer.

4

Der Duft eines köstlichen Mittagessens empfing Dante, als er auf die Terrasse hinaustrat, auf der Antonia wie üblich liebevoll den Tisch gedeckt hatte. Jeden Tag ging sie in den Garten und pflückte eine besonders schöne Blume, um sie am Esstisch aufzustellen. Wobei er dabei ja mehr die Geste als das bunte Grünzeug zu würdigen wusste. Aber Selina schien Gefallen daran zu finden, so wie sie die exotische Blüte gerade beäugte und vorsichtig mit den Fingern berührte.

„Wenn du solche Freude an Blumen hast, werde ich wohl jemanden beauftragen müssen, dir regelmäßig welche zu besorgen."

„Du willst jemanden damit beauftragen?", fragte Selina mit einem seltsamen Unterton nach, der Dante sofort auf der Hut sein ließ.

„Ich fürchte, ich bin nicht der Typ, der Blumen mitbringt", erklärte er schlicht und nahm gegenüber von Selina Platz.

Ein wissendes Lächeln breitete sich auf Selinas Gesicht aus.

„Aber nein, was du nicht sagst."

Einen Moment sah sie ihn erwartungsvoll an, aber als er sich nicht dazu äußern wollte, kicherte sie kurz.

„Keine Sorge, ich steh ohnehin nicht wirklich auf Schnittblumen. Die hier interessieren mich bloß deshalb so, weil sie exotisch sind."

Auf einmal sah Selina zum Himmel hinauf. Dante folgte ihrem Blick, um zu sehen, was sie auf einmal so ernst werden hatte lassen.

„Na sieh mal einer an, wer sich endlich hierherbemüht", stellte er abfällig mit Blick auf die sich nähernde Propellermaschine fest, ehe er sich wieder Selina zuwandte.

„Das ist Massimo", erklärte er, was Selinas Miene jedoch nicht im Geringsten entspannte.

„Sei unbesorgt. Massimo pflegt allein herzukommen, weil er hier seine Ruhe haben will.

Auch wenn ich ihm schon hundertmal gesagt habe, dass ich das für äußerst unklug halte. Sein Pilot mag ja ein ausgezeichneter Flieger sein, aber er hat noch nie eine Waffe in der Hand gehabt. Und Massimos Fähigkeit, auf sich selbst aufzupassen, ist definitiv eher bescheiden.

Aber egal, was ich damit eigentlich sagen wollte, außer Massimo wird hier niemand aufkreuzen. Und Massimo ist keine ernstzunehmende Gefahr, selbst in meinem angeschlagenen Zustand nicht."

Selina stand auf und trat hinter ihn, von wo aus sie ihre Arme über seine Schultern nach vorne gleiten ließ. Ihr Kopf neigte sich zu seinem herunter.

„Bist du dir da wirklich sicher?", fragte sie streng, wobei sie ihre Finger auf einmal fest auf die Narbe über seinem Herzen drückte.

Es tat genug weh, dass er die Zähne zusammenbeißen musste, um sie nicht mit einem ungehaltenen Fluch grob von sich zu stoßen.

„Solange ich noch halbwegs stehen kann, hat Massimo nicht die geringste Chance gegen mich", knirschte er verdrossen.

Der Druck auf seine gerade mal oberflächlich verheilte Wunde ließ nach und wurde zu einem besänftigenden Streicheln.

„Das ist gut", säuselte Selina an seinem Ohr. „Dann muss ich also nicht hierbleiben, um dich zu beschützen, sondern kann mich guten Gewissens zurückziehen."

Ihre Unverfrorenheit brachte Dante zum Lachen.

„*Du* willst auf *mich* aufpassen? Deine Wunde ist in der Schulter, damit hast du links ein noch größeres Handicap als ich. Wenn wir auf zwei vollständig einsetzbare Arme kommen wollten, müssten wir uns schon zusammentun."

Ihre Lippen fanden sich zu einem Kuss.

„Geh ruhig. Du musst wirklich nicht dabei sein, wenn zwischen Massimo und mir zweifellos gleich die Fetzen fliegen werden. Es wird keine Handgreiflichkeiten dabei geben, das verspreche ich dir. Ich kann mich beherrschen."

„Ich weiß", hauchte sie ihm begleitet von einem weiteren Kuss zu, ehe sie sich von ihm löste und die Terrasse durch das Haus verließ.

Dante wartete ein klein wenig, ehe er denselben Weg einschlug.

„Antonia!"

„Ja, Dante?", fragte die junge Frau, als sie nur Augenblicke später ebenfalls das an die Terrasse angrenzende Wohnzimmer betrat.

„Wir müssen das Essen leider um eine Stunde verschieben. Massimo ist gerade eingetroffen, und ich muss schnell noch etwas erledigen. Vielleicht kannst du ihn ein klein wenig beschäftigen, aber wenn er danach verlangt, mich gleich zu sehen, dann schick ihn ruhig rauf."

„Ich kümmere mich darum", sagte sie ihm zu.

„Danke."

Damit stieg Dante rasch die Stiegen hoch zu seinem Schlafzimmer. Er schlug die seitlich am Bett herabhängende Tagesdecke hoch und legte seinen Finger auf den dafür vorgesehenen Sensor. Die Lade unter dem Bett sprang auf und gab damit einen länglichen, flachen Koffer frei, den Dante herausnahm, aufs Bett legte und dort öffnete. Mit nur wenigen, geübten Griffen setzte er die Teile seines Scharfschützengewehrs zusammen. Den Koffer räumte er anschließend beiseite, dann öffnete er das französische Fenster. Am Fußende des Bettes stand eine breite Holztruhe, die man auch als Bank verwenden konnte. Den darauf liegenden Polster warf er beiseite, damit er sein Gewehr auf eine stabile Unterlage stellen konnte, während er sich bäuchlings auf das Bett legte.

Als erstes richtete er das Zielfernrohr zum Anleger für das Wasserflugzeug. Es war eben gelandet. Wie vermutet saßen lediglich der Pilot und Massimo in der kleinen Maschine.

Anstatt Massimo beim Aussteigen zuzusehen, schwenkte Dante zum Rand des Strandes hinüber. Gleich hinter dem Sandstreifen begannen bereits die ersten Bäume und Büsche, die sich dann weiter hinten zu einem Wald verdichteten.

Wo würde er sich wohl verstecken?

Bingo!

Selina hatte sich vom Strand aus gut verborgen in ein Gebüsch gekauert, aber von hier oben konnte er sie teilweise sehen.

Gemeinsam warteten sie ab, bis Massimo den Strand verlassen hatte und außer Sichtweite war.

Sich vorsichtig umsehend, wagte Selina sich hervor und ging dann ganz selbstverständlich über den Holzsteg zum Flugzeug. Der Pilot war noch drinnen, und Selina hob die Hand zum Gruß. Im ersten Moment wirkte der Mann verwundert, aber dann sagte Selina etwas, das ihn dazu bewog, ihr die Hand zu reichen und sie einsteigen zu lassen.

Ohne sein Auge vom Zielfernrohr zu nehmen, langte Dante nach der Munition, die er neben sich vorbereitet hatte, legte sie ein und lud durch.

„Was soll das werden? Willst du etwa meinen Piloten erschießen?", ertönte es hinter ihm, aber er hatte Massimos Schritte bereits gehört, noch ehe er ihn angesprochen hatte.

„Wenn er sich zu einer Dummheit hinreißen lässt …", erwiderte Dante beiläufig, während seine Konzentration weiterhin voll bei der Szene im Flugzeug war.

„Sag mal, spinnst du? Das sollte bloß ein Witz sein!"

„Du weißt, dass ich es immer ernst meine, wenn ich zur Waffe greife."

„Ach ja? Hättest du dich mal bloß daran gehalten, als du Selina gegenübergestanden bist. Dann wäre uns dieser ganze Schlamassel erspart geblieben. Aber wenn es um sie geht, setzt dein Hirn ja scheinbar aus."

Massimos Vorwurf war nicht völlig von der Hand zu weisen. Sein Zögern in diesem Moment hätte ihn beinahe das Leben gekostet. Jedoch ...

„Mein Gehirn funktioniert einwandfrei", murmelte er völlig ruhig und konzentriert, denn es war nicht der Pilot, den er gerade im Fadenkreuz hatte, sondern Selina.

Er hatte es ihr freigestellt zu gehen, nicht ihn zu hintergehen. Sie hatte sich dafür entschieden, bei ihm zu bleiben. Sollte sie nun versuchen, dieses Flugzeug zu kapern, um sich damit abzusetzen, dann würde er diesmal nicht zögern abzudrücken. Und im Gegensatz zu ihr würde er gewiss nicht knapp daneben schießen.

Massimo brummte unwirsch hinter ihm, als er offenbar zur Kenntnis nahm, dass Dante ihm keine wirkliche Aufmerksamkeit schenken würde, solange er auf sein Ziel fokussiert war.

Rund eine Minute lang fiel kein weiteres Wort, während Dante beobachtete, wie Selina sich weiterhin mit dem Piloten unterhielt und sich scheinbar das Flugzeug erklären ließ.

Als der Pilot kurz abgelenkt war, drehte Selina jedoch auf einmal den Kopf zum Haus. Ihr Blick war zielstrebig genau auf das offene Fenster gerichtet. Die Distanz war zu groß, als dass sie ihn hätte sehen können, aber für ihn war es, als würde sie ihn direkt anlächeln. Ihre Lippen formten kurz einen Kussmund, ehe sie sich auch schon wieder dem Mann neben ihr zuwandte.

Dante warf die Patrone aus der Waffe aus und setzte sich auf. Da unten würde nichts Aufregendes mehr passieren.

Jetzt war er bereit, sich mit Massimo auseinanderzusetzen.

„Endlich fertig?", fragte dieser enerviert. „Und wozu ist das jetzt gut gewesen?"

„Ich habe drei Wochen auf dich gewartet, bis du endlich deinen faulen Hintern hierhergeschafft hast, da wirst du jetzt wohl drei Minuten warten können.“

„Faul?! Geht's noch?! Du hast wohl nicht den leisesten Schimmer, wie es sich abgespielt hat, seit man dich für tot hält! Ich bin jeden Tag bei irgendeinem anderen lästigen Sack gewesen, um ihm zu versichern, dass alles weiterläuft so wie bisher.“

„Also um sie anzulügen. Sollte von daher ja keine so schwierige Aufgabe für dich gewesen sein.“

„Was willst du damit andeuten? Wenn du mir etwas mitzuteilen hast, dann sag es gefälligst frei heraus!“

„Jetzt tu doch nicht so unschuldig! Aber bitte, wenn du es hören willst: Das war echt das Allerletzte, was du da im Krankenhaus mit mir abgezogen hast! Und das nicht mal, weil ich gedacht habe, diesmal wäre es wirklich aus mit mir. Sondern weil es danach ausgesehen hat, als wäre es dein Werk! Und weil ich überzeugt gewesen bin, dass du dir Selina auch noch holen würdest!“

„Ach, die *arme* Selina!“, ätzte Massimo bitterböse. „Wegen ihr hat der ganze Mist doch erst angefangen. Du weißt schon noch, dass du mich zuerst angelogen hast. Mir bloß vorzugaukeln, du hättest sie umgebracht?! Hast du eine Ahnung, wie ich vor Papa und Don Valerio dagestanden bin? Wie der letzte Vollidiot! Und dann auch noch das mit der Razzia, von der du mir nichts gesagt hast? Ich habe dir vertraut, Dante! Ich habe mich darauf verlassen, dass du mich über alles Wichtige informierst! Aber stattdessen bist du mir in den Rücken gefallen, um bei Don Valerio Eindruck zu schinden! *Das* ist mies!

Aber dann bist du leider selber auf die Schnauze gefallen. Und ich habe irgendetwas abliefern müssen, damit mich die beiden nicht für komplett unfähig halten. Da habe ich mir gedacht, ich tu einfach das, was Papa so oft von mir gefordert hat: Sei wie Dante.“

„Ich habe Selina nicht vor dir versteckt, um dich auszubooten, sondern bloß, weil ich angenommen habe, du würdest strikt dagegen sein, sie am Leben zu lassen.“

„Allerdings! Und das völlig zu Recht, wie mir scheint! Diese Frau tut dir nicht gut, Dante. Ich weiß nicht, wie sie es macht, aber wenn es um sie geht, verlierst du den Sinn für die Realität."

„Hörst du dir eigentlich mal selber beim Reden zu? Warum zum Teufel hast du sie dann überhaupt hergebracht?

Nein, sag nichts, lass mich raten!"

Er hob seine Hand, um die einzelnen Punkte an den Fingern abzuzählen:

„Weil du wie üblich die Drecksarbeit nicht selber machen willst.

Weil du Angst davor hast, was ich mit dir machen könnte, wenn du Selina etwas antust.

Weil du aber vor deinem Vater und Don Valerio trotzdem den Eindruck erwecken willst, du hättest dich um das Problem, das Selina darstellt, gekümmert."

Massimo machte sich gar nicht erst die Mühe, es abzustreiten, er verdrehte bloß die Augen und beharrte:

„Selina ist nicht das, was sie dir vormacht. Und wenn du wirklich objektiv wärst, würdest du das auch bemerken."

Dante lachte abfällig.

„Weil du jetzt auf einmal der große Experte dafür bist. Aber das ist gut, diese Fähigkeit wirst du brauchen, wenn du in Zukunft deine Verhöre selber durchführen musst. Ebenso wie den ganzen anderen Mist."

Massimo sah ihn scharf an.

„Das ist jetzt nicht dein Ernst. Du willst mich wirklich hängen lassen?"

Der Vorwurf prallte einfach an ihm ab. Ungerührt wandte er Massimo den Rücken zu und machte sich daran, seine Waffe zu zerlegen.

„Was heißt hier hängen lassen", erklärte er dabei beiläufig. „Ich bin tot, schon vergessen? Das solltest du im Kopf behalten, schließlich hast du mich umbringen lassen."

„Jetzt spiel hier verdammt nochmal nicht den Beleidigten! Und überhaupt, wieso bist du bloß auf mich sauer und nicht auch auf Selina? Die Schauergeschichten, die sie dir scheinbar erzählt hat, sind ganz allein auf ihrem Mist gewachsen."

„Sie hat gesagt, dass sie die Spritze von dir bekommen hat. Und dass sie keine Ahnung hat, was drinnen gewesen ist."

„Das ist richtig. Aber sie hat sehr wohl gewusst, dass es dich nicht umbringen wird. Dieses kleine Detail hätte sie ruhig erwähnen können, findest du nicht auch?"

Ja, hätte sie. Aber er verstand absolut, dass sie sich diese Gelegenheit nicht entgehen lassen hatte wollen zu erfahren, für welche Worte er seinen vermeintlich letzten Atemzug verwenden würde. Jemanden glauben zu lassen, dass die kalten Finger des Todes bereits nach ihm griffen, war nun mal ein ganz exzellentes Mittel, um herauszufinden, was demjenigen wirklich wichtig war – in seinem Fall ihre Sicherheit.

Und auch Selinas Wunsch nach Rache konnte er irgendwie nachvollziehen, nachdem er sie erst für seine Zwecke missbraucht und ihr dann auch noch wenige Tage zuvor einen Dolch in die Schulter gerammt hatte. Wenngleich sie ihm das ohnehin schon mit dem Mitschnitt seines Geständnisses für den Mord an Harrington und der Kugel in seiner Brust mit gleicher Münze heimgezahlt hatte. Aber es war ihr wohl auch darum gegangen klarzustellen, dass sie durchaus skrupellos genug war, um als ernsthafte Gegenspielerin zu gelten, anstatt als eine bloße Schachfigur verkannt zu werden. So kurz, wie sie sich erst kannten, war es für ihn okay, solche Linien abzustecken.

Bei Massimo sah das jedoch ganz anders aus. Sie kannten sich ewig, waren aufgewachsen wie Brüder, und angesichts dessen, was er für seinen Cousin schon alles auf sich genommen hatte, hätte Massimo nicht mal der geringste Zweifel an ihrer Partnerschaft kommen dürfen.

„Mehr noch hättest du mir vertrauen sollen", meinte er grimmig.

Darauf ging Massimo nicht ein, stattdessen inquirierte er:

„Hat sie dir danach gebeichtet, dass das mit ihrer vermeintlichen Unwissenheit nicht die ganze Wahrheit gewesen ist? Weil wenn nicht, dann hätte es dich schon stutzig machen soll, wie bereitwillig sie dir das potentiell tödliche Zeug verabreicht hat.“

Dante schob die Lade unter dem Bett samt Koffer darin wieder zu und trat dann dicht vor seinen Cousin.

„Lass es sein, Massimo. Wenn du bloß hergekommen bist, um Selina endlich und endgültig loszuwerden, dann kannst du gleich wieder abhauen, denn das wird nicht funktionieren.“

„Ich soll abhauen? Das ist immer noch mein Haus, falls du es vergessen haben solltest!“

„Okay. Wenn das alles ist, was du darauf zu sagen hast, dann gehe ich jetzt zu Selina und erkläre ihr, sie soll sich abreisebereit machen. Wir verschwinden noch heute von hier. Dann kannst du in *deinem* Haus ungestört über Lösungen für *deine* Probleme grübeln. Viel Erfolg dabei.“

⚔

Erfreulicherweise musste er Selina nicht lange suchen. Sie saß inzwischen wieder auf der Terrasse.

„So wie du dreinschaust, ist es mit Massimo wohl nicht so gut gelaufen“, stellte sie sofort unumwunden fest.

„Nein“, brummte er, und ließ sich neben ihr auf dem Zweisitzer nieder. „Aber ich will jetzt ehrlich gesagt nicht darüber reden. Verschieben wir das auf später. Erzähl mir lieber, was du inzwischen gemacht hast.“

Selina legte ihm die Hand auf den Oberschenkel und lächelte ihn liebreizend an.

„Was wohl, deine Erwartungen erfüllt.“

Scheinbar ahnungslos schüttelte er den Kopf, wofür Selina ihm einen Klaps auf sein Bein gab.

„Ach komm schon, das hast du mir doch nicht bloß zufällig erzählt, dass Massimos Pilot allein mit der Maschine und ein leichtes Opfer sein würde. Du wolltest mich auf die Probe stellen, ob ich die Gelegenheit abzuhauen nutzen würde. Also bin ich hingegangen, um mit dem Piloten ein Pläuschchen zu führen. Aber das weißt du bereits, nicht wahr?“

Sie kniete sich neben ihm auf die Bank, damit sie größer war und sich mit den Unterarmen auf seine Schulter lehnen konnte.

„Womit hast du mich beobachtet?", hauchte sie ihm verrucht ins Ohr. „Bestimmt nicht bloß mit einem Fernglas."

„Nein. Durch ein Zielfernrohr", räumte er ein.

Ihr Finger glitt neben seinem Ohr die Wange hinab.

„Und? Hättest du wirklich abgedrückt?", wollte sie mit leicht provokantem Unterton erfahren.

„Du kennst meine Einstellung. Zieh nie eine Waffe, wenn du nicht bereit bist, sie auch zu benutzen."

Selinas Finger wanderte tiefer, den Hals hinab bis zu seiner Narbe.

„Hm, letztes Mal hast du dich nach eigener Aussage auch nicht daran gehalten."

„Und was dabei herausgekommen ist, sieht man ja. Nochmal wird mir so ein Fehler nicht passieren."

Dantes Blick schweifte kurz auf das blaue Meer mit dem weißen Strand davor ab, während ihm Massimos Vorwürfe durch den Kopf gingen. Er war nicht gutgläubig in Bezug auf Selina, ganz im Gegenteil. Er hätte wahrscheinlich viel mehr Vertrauen in sie haben sollen. Wobei er ihr die Frage, was dann gewesen wäre, bisher nicht gestellt hatte.

Er zog ihre Hand von seiner Brust und hielt sie in seiner. Dabei sah er ihr direkt in die Augen.

„Hättest du auch geschossen, wenn ich nicht auf dich gezielt hätte?"

Selina schluckte und blinzelte ein paar Mal, ehe sie vorsichtig antwortete:

„Ich weiß nicht. Als du auf Tyler geschossen hast, war bei mir einprogrammiert, dass ich nur dann eine Chance habe, wenn ich schneller bin als du. Ich schätze mal, du hättest die Waffe schon deutlich sichtbar für mich wegschmeißen müssen, um mir klar zu machen, dass überhaupt eine Alternative existiert."

„Und wenn ich es getan hätte?"

Selina schüttelte den Kopf.

„Ich schieße nicht scharf auf jemanden, der keine unmittelbare Gefahr darstellt.“

„Aber du hättest auch nicht tatenlos zugesehen, wie ich mich aus dem Staub mache“, ergänzte er, was sie nicht aussprechen hatte wollen.

„Nein“, gab sie unglücklich zu. „Ich hätte dir dann zwar ‘nur’ ins Bein und nicht in die Brust geschossen, aber ja, ich hätte es getan.“

Aufmunternd streichelte er ihre Hand.

„Das ist okay. Ich hätte vorhin auch nicht zugelassen, dass du einfach abhaust.“

Die Absolution, die er ihr damit erteilt hatte, ließ den leicht schelmischen Ausdruck auf ihr Gesicht zurückkehren.

„Ich fürchte, Massimo hat doch Recht gehabt“, kicherte sie.

Dante verdrehte die Augen, als er wieder an das Gespräch von eben denken musste.

„Keine Ahnung womit, aber wenn es dabei um uns geht, kann ich mir das kaum vorstellen.“

„Doch. Er hat gesagt, wir beide verdienen uns wirklich.“

Das brachte Dante nun doch ein wenig zum Schmunzeln.

„Also, wenn du das wirklich glaubst, dann bin ich schon gespannt zu erfahren, was du noch so alles auf dem Kerbholz hast, um einen wie mich zu verdienen.“

5

Das war also Garcias Schatzkammer. Seine große Leidenschaft galt den frühen mexikanischen Hochkulturen, und er war beim Zusammentragen seiner Sammlung wirklich fleißig gewesen. Der ganze Raum war rundherum gesäumt mit verglasten Wandverbauten und Vitrinen aus dunkel glänzendem Mahagoni, in denen sich unzählige Artefakte fanden, von Alltagsgegenständen über Gebeine bis hin zu opulentem Goldschmuck.

Dagegen nahm sich das, wofür Selina sich primär interessierte, richtig unscheinbar aus: der penibel aufgeräumte Schreibtisch in der Mitte des Zimmers mit dem darauf befindlichen PC.

Im Schein ihrer Stirnlampe schob Selina den mitgebrachten USB-Stick in einen der Anschlüsse und startete den Computer. Ohne Hindernisse kam sie ins Boot-Menü. Überzeugt von seinen übrigen Sicherheitsvorkehrungen hatte Garcia offenbar keinen Gedanken daran verschwendet, seinen Rechner nochmal extra gegen direkten Zugriff abzusichern. Zwei Klicks und schon hatte sie den Computer dazu gebracht, vom USB-Stick aus das fremde Betriebssystem zu starten, das sich sogleich daran machte, alle möglichen Daten von der Festplatte abzugreifen.

Während der Computer leise summend seine Tätigkeit verrichtete, wandte Selina sich der Seitenwand neben dem Schreibtisch zu, die komplett hinter einem Wandverbau verschwand.

Zwei Reihen von rechts, viertes Fach von unten … genau, da lagen sie: zwölf flache, vergoldete Figuren, ungefähr so groß wie ihre Handfläche. Die Körper der Figuren waren jeweils mit unterschiedlichen Mustern verziert, und jede hatte Augen aus einem anderen Edelstein.

Selina öffnete die Glastür. Eine der Figuren war bloß eine Replik, aber sie wusste nicht welche. Auf den ersten Blick war kein Unterschied zu erkennen.

Behutsam nahm sie auf gut Glück eine heraus und drückte auf die Augen.

Nichts.

Ebenso bei der zweiten und dritten.

Aber bei der vierten ertönte ein leises Summen, und ein Teil des Wandverbaus glitt zur Seite. Dahinter kam ein Tresor zum Vorschein.

Aus ihrem Rucksack entnahm Selina ein handliches Gerät, das sie auf das Tastenfeld des Tresors steckte. Nachdem sie es aktiviert hatte, ermittelte das Gerät erst mal die Felder, auf denen sich Fingerabdrücke befanden. Es waren bloß fünf. Das schränkte die Zahl der möglichen Kombinationen erheblich ein, die das Gerät nun automatisiert durchprobierte.

Es dauerte ein wenig, aber dann sprang der Safe auf. Und offenbarte jene Dinge, die Garcia inmitten all der Schätze in diesem Raum als wirklich schützenswert betrachtete: mehrere Reisepässe, einige Bündel mit einer großen Menge Bargeld, ein paar Briefe und Dokumente und … eine schon etwas ältere Neunmillimeter mit herausgefeilter Seriennummer. Eigentlich nicht weiter bemerkenswert bei einem Drogenbaron. Nur dass diese Waffe nicht hier herinnen lagerte, um damit zu schießen. Nein, sie lag fein säuberlich in Plastik versiegelt da, so wie auch bei der Polizei Beweismittel verwahrt wurden.

Diese eher unscheinbare Pistole war aktuell so ziemlich das Wertvollste, was Garcia besaß. Denn sie garantierte ihm, dass er unbehelligt von Polizei und Behörden in aller Seelenruhe seinen überaus illegalen, aber äußerst lukrativen Geschäften nachgehen konnte.

Nachdem der Computer immer noch mit kopieren beschäftigt war, hatte Selina genug Zeit, Garcias gefälschte Reisepässe und ein paar andere Dokumente mit einer Mini-Kamera abzufotografieren. Die steckte sie zusammen mit der Waffe aus dem Safe in einen kleinen, wasserdicht verschließbaren Kunststoffsack. Anschließend verriegelte sie den Safe wieder und brachte alles in den Zustand, wie sie es vorgefunden hatte.

Endlich erschien auch auf dem Bildschirm die Meldung, dass alle Dateien erfolgreich übertragen worden waren. Selina fuhr das System ordnungsgemäß herunter und zog den USB-Stick heraus, der ebenfalls in ihrem Beutesack landete. Mit einem leichten Tippen an ihr Ohr schaltete sie den Funk ein.

„Alles erledigt", gab sie bloß knapp durch.

„Verstanden", bestätigte Al ebenso kurz und bündig, woraufhin Selina den Funk sogleich wieder deaktivierte und das Kommunikationsgerät aus ihrem Ohr entfernte.

Mit dem kleinen Ohrstöpsel war ihr Sack fertig gepackt und die wertvolle Fracht bereit, auf die Reise zu gehen. Selina öffnete ihren Rucksack und holte das 'Vehikel' für den Transport hervor: ein ausgenommenes Kaninchen. Durch einen Schlitz am Bauch verstaute sie ihre Beute in dem toten Tier, das sie anschließend mit ein paar vorbereiteten Drähten verschloss, damit nichts herausfallen konnte. Zu guter Letzt zückte sie ihre beiden ausziehbaren Schlagstöcke, die am Griffende über ein Gewinde verfügten, sodass man sie zu einem langen Stab zusammenschrauben konnte. Nachdem das ebenfalls erledigt war, löschte Selina das Licht ihrer Stirnlampe, schnappte sich das Kaninchen und ging damit zum Fenster.

Die Luft war rein, keine patrouillierenden Wachleute in Sicht, also öffnete Selina das Fenster ein Stück. Geschickt platzierte sie das Kaninchen am Ende ihres Stocks und führte es vorsichtig nach draußen, damit es nicht herunterfiel. Der Bote, der das Päckchen abholen sollte, ließ nicht lang auf sich warten. Im Sturzflug stieß der riesige Eulenvogel pfeilschnell herab, packte zielsicher das Kaninchen und schwang sich mit einigen kräftigen Schlägen seiner imposanten Flügel samt seiner Beute wieder in luftige Höhen empor.

Erleichtert schloss Selina das Fenster. Die Fracht war in Sicherheit, die Mission damit geglückt.

Blieb also bloß noch die Zusatzaufgabe, nun auch noch ihren Hintern hier heil rauszubekommen.

Ein Klacks, oder?

Sie musste sich ja bloß an all den Wachen vorbei unbemerkt hinausschleichen.

Was sollte da schon schiefgehen?

6

5 MONATE ZUVOR
MONTAG, 6. MAERZ 2017

Mit einem unguten Gefühl im Magen, das ihn schon den ganzen Vormittag geplagt hatte, bog Dante in die Zufahrt zu seinem Anwesen ein. Er hatte das großzügige, zweistöckige Gebäude mit Trainingsräumen, Swimmingpool, Schießplatz und ausladender Gartenanlage schon vor einiger Zeit errichten lassen. Freilich nicht unter seinem Namen, denn er wollte aus vielerlei Gründen nicht, dass irgendjemand von seinem Eigenheim wusste. Auch, wenn er es noch nie wirklich bewohnt hatte. Der Aufwand, einen eigenen Haushalt mitsamt Personal zu unterhalten, war ihm nie lohnenswert erschienen. Und auch für ihre Arbeit war es stets vorteilhafter gewesen, dass er bei Massimo gelebt hatte.

Aber jetzt war alles anders, und so war er nach seinem Bruch mit Massimo zusammen mit Selina hier vor zwei Tagen eingezogen, nachdem sie von Massimos Südseeinsel erst mal direkt zu einem dreiwöchigen Urlaub nach Italien aufgebrochen waren.

Nach den beinahe zwei Monaten, die sie fort gewesen waren, hieß es nun, sich hier an den Alltag zu gewöhnen. Was unter anderem bedeutete, dass sie nicht mehr ständig zusammen waren, was auch den Grund für Dantes flaues Gefühl bildete. Es war das erste Mal seit ihrer beider 'Ableben', dass er Selina für mehrere Stunden allein gelassen hatte.

Naja, nicht wirklich allein, das waren sie in dem riesigen Haus nie, denn sie hatten eine Köchin, zwei Hausmädchen, einen Gärtner und zusätzlich rund um die Uhr eine wechselnde Anzahl von Dantes Leuten am Gelände, die für die Sicherheit sorgten. Die Männer waren handverlesen, und es dürfte bei Massimo gewiss für weiteren Unmut gesorgt haben, dass zusammen mit Dante auch gleich ein gutes Dutzend seiner besten „Security"-Angestellten – oder besser gesagt Schläger und Geldeintreiber – gegangen waren.

Keiner von ihnen hatte gezögert, Dantes Angebot anzunehmen, zukünftig für ihn und nicht mehr für Massimo zu arbeiten. Die Frage, bei wem ihre Loyalität lag, musste man hier gar nicht erst stellen. Und dennoch war Dante noch nicht hundertprozentig davon überzeugt, dass alle sich schon vorbehaltlos damit arrangiert hatten, dass Selina vor kurzem noch auf Seiten des FBI gewesen war.

Dantes Bemühungen, sich einzureden, dass Selina ungeachtet dessen dennoch bestens aufgehoben war, weil er sich auf seine Leute ja verlassen konnte, verpufften jedoch schlagartig, als er die schwarze Limousine auf dem Vorplatz seines Hauses erblickte. Mit einer Vollbremsung parkte er sich mitten vor der Haustür ein und sprang geradezu aus dem Wagen.

„Ciao, Dante", begrüßte ihn Umberto, der heute den Türsteher gab, mit einem sichtlich nervösen Lächeln.

Aber Dante ließ ihn gar nicht erst weiter zu Wort kommen, stattdessen packte er ihn mit beiden Händen am Revers seines Anzugs und knallte ihn mit ziemlicher Wucht gegen die Wand neben der Tür.

„Was habe ich dir heute Morgen gesagt?", herrschte er Umberto auf Italienisch an.

„Dass ich niemanden reinlassen soll, aber ..."

„Nicht aber! Punkt! Eine einfache Anweisung, die selbst der größte Vollpfosten verstehen sollte!"

Nun wurde auch Umberto aufbrausend. Er versetzte Dante einen heftigen Stoß, um ihn sich vom Leib zu schaffen, aber Dante hatte sich wie ein Pitbull in Umbertos Anzug verbissen, sodass er ihn auf seinem Weg nach hinten mit sich riss, um ihn gleich darauf nochmal gegen die Wand zu knallen.

Umberto fluchte ungehalten ob des harten Aufpralls.

„Ich mag vielleicht nicht der Hellste sein, aber ich bin sicher nicht so doof, dem Don zu sagen, dass er sich schleichen soll. Ich habe mein Bestes versucht, ihn abzuwimmeln, mit der Begründung, dass du nicht da bist. Aber er hat darauf bestanden reinzukommen. Weil er gar nicht zu dir, sondern zu Selina will. Was hätte ich denn da machen sollen?"

Ruckartig ließ Dante ihn los.

„Wozu habe ich eigentlich Personal, wenn ich am Ende doch wieder alles selber machen muss?", grollte er ungehalten, während er sich bereits auf den Weg zum Salon machte, wo er seinen ungebetenen Besuch vermutete.

„Nicht jeder kann sich ungeschoren so viel erlauben wie du, Dante!", rief Umberto ihm als Rechtfertigung nach.

Vollidiot.

Warum glaubten immer alle, er hätte irgendwelche besonderen Privilegien, nur weil er Don Valerios Enkel war?

Er hatte nie irgendeine Sondererlaubnis erhalten, dem alten Herren nicht so wie alle anderen widerspruchslos folgen zu müssen. Es hatte bloß seit langem keiner mehr die Eier gehabt, ihn zur Rechenschaft ziehen zu wollen, wenn er nicht brav kuschte vor dem großen Patriarchen. Aber diesen schlechten Ruf, dem er das verdankte, hatte er sich eigenhändig hart erarbeitet, der war ihm mit Sicherheit nicht durch irgendein Erbe in den Schoß gefallen. Dafür war Massimo ja wohl der lebende Beweis, denn er genoss trotz besserer Abstammung diese vermeintliche Sonderstellung nicht.

Wie erwartet fand Dante vor der breiten Flügeltür zum Salon zwei von Don Valerios Leibwächtern vor, die wohl meinten, sich anmaßen zu können, in seinem Haus etwas zu melden zu haben. Massimo mochte das immer toleriert haben, aber er würde es gewiss nicht.

„Los, zieht Leine!“, herrschte er sie schon an, noch ehe er zum Stillstand gekommen war, was die beiden Gorillas aber bloß dazu veranlasste, näher zusammenzurücken und demonstrativ die Tür zu blockieren.

„Don Valerio will nicht gestört werden“, informierte einer der beiden ihn schlicht, als wäre damit alles geklärt.

Jedenfalls sparte es Dante die Frage, ob sein Großvater mit Selina zusammen da drinnen war. Und das machte die Antwort sehr einfach:

„Niemand macht mir in meinem Haus Vorschriften“, erklärte er langsam und deutlich akzentuiert mit drohender Stimme. *„Ich werde jetzt da reingehen. Wenn ihr beiden meint, ihr wollt trotzdem da stehen bleiben, dann gehe ich eben durch euch durch, ist mir scheißegal.“*

Die beiden tauschten hastig Blicke aus, aber als Dante sich nach dem kurzen Stopp wieder in Bewegung setzte, befanden wohl beide wortlos, dass es besser für sie war, einfach einen Schritt zur Seite zu treten. Eine Standpauke von dem alten Mann war eben doch bei weitem nicht so furchteinflößend wie die mögliche Begegnung mit Dantes Dolch.

Mit Schwung riss Dante gleich beide Flügel der Tür auf.

Das Bild, dass er im Salon vorfand, überraschte ihn jedoch.

Don Valerio und Selina saßen in den großen Ohrensesseln an einem Tischchen, auf dem zwei leere Espressotassen standen, sowie eine kleine Schüssel mit Cantucini dazu. Sein Großvater hatte einen ungewohnt vergnügten Ausdruck im Gesicht, als er von seiner Taschenuhr hochsah und sich Selina zuwandte.

„Du kennst deinen Mann wirklich gut, er hat tatsächlich nicht mal eine halbe Minute gebraucht, um an meinen Wachen vorbeizukommen“, meinte er anerkennend.

Die entspannte Szene und die Art, wie Selina ihn mit einem Lächeln willkommen hieß, brachte Dantes erregtes Gemüt wieder einigermaßen zur Ruhe. Trotzdem war er sauer. Anstatt Don Valerio wie es sich gebührte zu begrüßen, wandte er sich demonstrativ bloß an Selina:

„Wie ich sehe, hat mein Großvater es selbst übernommen, sich bei dir vorzustellen. Ich hoffe, er hat sich nur von seiner besten Seite gezeigt."

„Sei unbesorgt, wir haben uns wirklich gut unterhalten", versicherte Selina ihm.

„Was schlechte Manieren betrifft, solltest du mal lieber nicht von dir auf andere schließen", warf Don Valerio missbilligend ein.

„Nein, denn ich bin nicht so vermessen, einfach so mal anderer Leute Haus annektieren zu wollen."

Sein Großvater sah ihn bitterböse an, dann wandte er sich Selina zu:

„Es hat mich sehr gefreut, dich kennenzulernen, Selina. Würdest du uns nun aber entschuldigen? Ich habe noch kurz mit Dante etwas zu besprechen."

„Aber sicher doch", stimmte Selina sogleich zu und erhob sich aus ihrem Sessel. Im Vorbeigehen strich sie mit ihrer Hand über Dantes Oberarm und hauchte dabei zärtlich: „Ich warte oben auf dich."

Eigentlich passte es Dante nicht, dass Don Valerio Selina mehr oder weniger rausgeschmissen hatte, aber andererseits war der sich anbahnende Streit zwischen ihm und seinem Großvater wohl auch nichts, wo Selina unbedingt dabei sein musste.

„Wir haben geheiratet", stellte Dante gleich mal als erstes klar. „In einer Kirche, daheim in Italien, mit Pfarrer und allem Drum und Dran. Sie gehört nun zur Familie und steht damit unter ihrem Schutz, ob es dir passt oder nicht."

„*Mein Gott, Dante, meinst du wirklich, ich wäre hergekommen, um Selina etwas anzutun?*", wechselte sein Großvater tadelnd ins Italienische, nachdem sie nun unter sich waren.

Aber Dante weigerte sich, dem sprachlichen Schwenk zu folgen.

„Tu bloß nicht so, als wäre das eine abwegige Idee. Immerhin ist es noch keine zwei Monate her, dass du Massimo damit beauftragt hast, sie umzubringen."

„*Da ist der Stand der Dinge auch noch gewesen, dass Selina gegen dich aussagen und dich damit ins Gefängnis bringen wollte. Doch sie scheint es sich ja offensichtlich anders überlegt zu haben.*"

„Aber?"

Dante wusste genau, dass das noch nicht alles zu dem Thema gewesen sein konnte.

„*Ich habe schon davon gewusst, dass ihr geheiratet habt. Deine Mutter hat es mir erzählt. Ich muss sagen, es hat mich schon enttäuscht, dass ich es erst im Nachhinein und über Umwege erfahren habe.*"

„Ich wollte eben kein Risiko eingehen, indem ich es vorab breittrete", erklärte Dante lapidar.

Am Ende wäre tatsächlich noch irgendwer in der Kirche aufgestanden und hätte Einwände gegen ihre Verbindung vorgebracht.

Mit einem Seufzen lehnte Don Valerio sich in seinem Sessel zurück.

„*Nachdem ich Selina nun persönlich kennengelernt habe, kann ich schon verstehen, was du an ihr findest. Sie ist hübsch, sie ist geistreich, …*"

„Ich warte immer noch auf das Aber", hakte Dante nach, als der Satz unvollendet so im Raum stehen blieb.

Auf seinen Stock gestützt erhob Don Valerio sich und trat nahe an Dante heran. Sein Blick war äußerst eindringlich, als er weitersprach.

„*Selina hat es mir gezeigt.*"

„Was hat sie dir gezeigt?", gab Dante sich gelangweilt. „Ihre Briefmarkensammlung?"

„*Nein, verflucht nochmal, ihren Rücken hat sie mir gezeigt! Als Antwort auf die Frage, ob sie diese Ehe auch so ernst nimmt, wie es bei uns üblich ist und ob sie bereit ist, zu dir zu stehen, komme, was wolle. Himmel, Dante, ich habe ja schon so einiges gesehen und ich selbst bin weiß Gott auch kein Chorknabe gewesen. Aber da haben mir die Worte gefehlt.*"

„Ja und? Willst du mir jetzt etwa erklären, dass ich ein schlechter Ehemann bin? Das hat dich bei deinem Sohn doch auch nie gestört. Zumindest nicht soweit, dass du aktiv geworden wärst. Und im Übrigen bin ich nicht wie

Stefano. Ich würde nie einfach meine miese Laune an Selina auslassen. Ich achte und respektiere meine Frau. Sonst würde sie mir nicht so ein Geschenk machen. Es ist nämlich ihre Idee gewesen. Und sie hat das alles aus freien Stücken ertragen.“

„*Ich weiß*“, stellte Don Valerio äußerst ernst fest. „*Das ist mit Abstand wohl ihre bemerkenswerteste Eigenschaft: Sie hat scheinbar keine Angst vor dir. Und das, obwohl sie schon sehr eindringlich erfahren hat, dass du deinen Dolch nicht bloß zum Spaß mit dir herumträgst.*

Versteh mich nicht falsch, Dante, ich freue mich wirklich für dich, dass du eine Frau gefunden hast, die vom selben Schlag ist und dich mit allem, was dich ausmacht, annehmen kann. Und solang diese Ehe läuft, ist das alles auch wunderbar. Aber wenn es das nicht tut … ich hoffe, du bist dir im Klaren darüber, wie sehr dir das alles um die Ohren fliegen kann. Selina gehört nicht zu den Häschen, die Massimo immer anschleppt, und sie ist auch kein Opferlamm wie deine Tante. Sie ist ein Wolf, und wenn du nicht aufpasst, könnte sie dich durchaus in Stücke reißen.“

Er hob seine alte, faltige Hand. Da er die steifen Glieder nicht mehr so gut krümmen konnte, bohrte er Dante gleich mehrere Finger hart in die linke Brust. Genau auf die inzwischen einigermaßen verheilte Wunde, an der er fast verblutet wäre.

„*Das hat sie bereits unter Beweis gestellt*“, mahnte sein Großvater ihn eindringlich. „*Vergiss das nie.*“

Er wandte sich von Dante ab und ging zur Tür, wo er sich noch einmal umdrehte:

„*Und anders als beim letzten Mal, als ich dich vor ihr gewarnt habe, erwarte ich mir von dir, dass du nicht bloß behauptest, du hättest alles unter Kontrolle. Sieh zu, dass es diesmal wirklich so ist!*“

7

Selina war gerade auf dem Weg zur Tür, um sich aus dem Staub zu machen, als ein Geräusch sie innehalten ließ.

Fuck, das kam von dem Sicherheitssystem, das den Zutritt zu diesem Raum gewährte.

Hektisch sah Selina sich im Dunkeln um. Der Raum bot keine wirkliche Möglichkeit, sich zu verstecken.

Mit einem Satz brachte sie sich hinter der Seitenwand des Schreibtischs in Sicherheit, während sie gleichzeitig ihre Stöcke zog, als auch schon die Tür aufging.

Ganz vorsichtig spähte Selina aus ihrer Deckung hervor. Der Mann, der gerade das Licht aufdrehte und die Tür hinter sich schloss, trug ein schwarzes Tank-Top und darüber gut sichtbar gleich auf beiden Seiten ein Schulterholster, aus dem jeweils eine Pistole herausschaute. Dazu trug er um die Hüfte einen Gürtel, an dem ein Messer steckte.

Mist! Hätte nicht stattdessen irgendein Bürohengst hereinschneien können? Nein, es musste gleich ein Typ aus Garcias privater Armee sein.

Selina zog den Kopf ein und drängte sich noch enger an die Seitenwand des Schreibtischs, um nicht entdeckt zu werden, was ihr aber dummerweise auch die Sicht auf den Kerl nahm. Mit gespitzten Ohren versuchte sie anhand seiner Schritte festzustellen, wohin er sich begab.

Da tauchte ein Schatten neben ihr auf.

Verflucht! Wenn er noch zwei, höchstens drei Schritte machte, würde sie in sein Blickfeld gelangen. Und der dämliche Tisch hatte nur seitlich eine bis auf den Boden durchgehende Platte, nicht aber hinten. Sie hatte keine Chance, ihre Position zu wechseln, ohne dass er sie dabei sehen könnte.

Damit blieb ihr wohl nur eine Option: Sie musste in die Offensive gehen. Wenn sie wartete, bis der Typ sie tatsächlich entdeckte, würde sie den Vorteil des Überraschungsmoments verlieren, und das konnte sie sich nicht leisten.

Blöderweise hatte sie ihre Stöcke aber bereits wieder auseinandergenommen, und für die einzelnen Stöcke war er aus der Deckung heraus nicht in ihrer Reichweite. Sie würde also frontal angreifen müssen. Das war ein gewisses Risiko, aber angesichts der doch eher kurzen Distanz und seiner relativen Arglosigkeit war es mehr als unwahrscheinlich, dass er seine Waffe ziehen und abfeuern konnte, ehe sie zum Zug kam.

Lautlos atmete Selina dreimal durch, um sich zu fokussieren, während sie die Finger um ihre Stöcke locker öffnete und schloss. Dann stieß sie sich kräftig ab und schnellte mit erhobenen Waffen aus ihrem Versteck hervor.

Ihr Zielobjekt erschrak sichtlich und stieß auf Spanisch einen Fluch aus, während seine Hand nicht nach einer der Pistolen, sondern nach dem Messer griff, vermutlich um die hier herinnen lagernden Kostbarkeiten nicht zu gefährden. Es konnte Selina jedenfalls nur recht sein, denn mit dem im Vergleich zu ihren Stöcken recht kurzen Messer würde er keine Chance gegen sie haben. Mochte seine Waffe im Gegensatz zu ihrer auch scharf sein, er würde nicht nah genug an sie herankommen, um damit etwas ausrichten zu können.

Ihr Hieb traf ihn, noch ehe er sein Messer überhaupt gezogen hatte, aber er war Profi genug, seine freie Hand rechtzeitig als Deckung für seinen Kopf hochzureißen, womit er erfolgreich verhinderte, dass bereits der erste Schlag ihn ausknockte.

Egal, Selina spielte sofort einen weiteren Vorteil aus, nämlich, dass sie mit ihren zwei Waffen schneller angreifen konnte. Während sein linker Arm noch damit beschäftigt war, den Kopf zu schützen, ließ Selina ihre Linke in einer Rückhand auf seine nun ungeschützte Flanke niedersausen.

Doch ihr Gegner war echt flink, wie durch ein Wunder schaffte er es, seine rechte Hand mit dem Messer rechtzeitig vorzureißen und ihren Schlag zu parieren.

Aber nun hatte er ausgespielt. Während seine Waffe noch blockiert war, hatte Selina ihre zweite frei, um damit einen tiefen Schlag gegen sein rechtes Knie zu landen, den er nun nicht mehr abwehren konnte.

Strauchelnd knickte er ein, was Selina die Gelegenheit gab, einen sauberen Treffer am Kopf zu landen, der ihren Widersacher sofort und nachhaltig zu Boden schickte.

Beim Anblick des bewusstlos vor ihr liegenden Wachmannes fluchte Selina ungeachtet ihres Sieges lautlos vor sich hin. Ihr schöner Plan, wie sie hier wieder herauszukommen gedachte, war gerade dabei, den Bach hinunterzugehen. Vor dem Morgengrauen würde sich keine Möglichkeit ergeben, das Gelände zu verlassen, und es war ziemlich ausgeschlossen, dass bis dahin niemand diesen Mann finden oder zumindest vermissen würde.

Missmutig holte Selina ein paar Kabelbinder aus einer ihrer Gürteltaschen und fesselte damit erst seine Arme auf dem Rücken und dann die Beine. Sie hob sein Messer auf und schnitt damit einen breiten Streifen Stoff aus seinem Oberteil. In die Mitte machte sie einen dicken Knoten, den sie dem Bewusstlosen als Knebel in den Mund schob, die losen Enden benutzte sie, um das Ganze im Nacken fest zusammenzubinden. Mit einiger Mühe zerrte sie ihr Opfer, das gut um die Hälfte schwerer war als sie selbst, hinter den Schreibtisch. Wirklich verstecken ließ er sich dort zwar nicht, aber immerhin würde man ihn von der Tür aus nicht sofort sehen. Und damit er dort auch sicher blieb, verband sie die Fesseln von Armen und Beinen mit einem weiteren Kabelbinder noch zu einem Hog-Tie.

Soweit, so schlecht. Aber mehr konnte sie nicht tun. Es war höchste Zeit, hier zu verschwinden.

8

Das Bordell befand sich in relativ guter Lage, gar nicht mal in einer der reichlich zwielichtigen Gegenden der Stadt, sondern gleich in einer Querstraße zu einer viel frequentierten Einkaufsmeile. Dazu passend machte es von außen auch keineswegs einen so anrüchigen Eindruck. Von der eindeutig zweideutigen Aufschrift über dem Eingang mal abgesehen wies nichts darauf hin, welchem Gewerbe hier nachgegangen wurde.

Tyler beging nicht den Anfängerfehler Aufmerksamkeit zu erregen, indem er zögernd vor der Tür stehen blieb. Stattdessen trat er mit einer Selbstverständlichkeit ein, als würde er einen Supermarkt frequentieren.

Der Eingangsbereich wirkte noch völlig unverfänglich, eine Garderobe mit zahlreichen Schließfächern, die es dank der sorgfältig ausgewählten Einrichtung sogar schaffte, nicht den Charme einer Sportumkleide zu verströmen. Da er keinen Mantel trug und das Sakko anlassen wolle, wandte Tyler sich jedoch gleich der Tür zu, die ins Innere des Etablissements führte.

Die Lounge ließ aber nun keinen Zweifel mehr daran, in was für einem Betrieb er hier gelandet war. Alles, von den Teppichen über die Wände und die Polstermöbel, war in gedeckten Rottönen ausstaffiert. Auf den Sofas zeigten sich mehrere in Reizwäsche gekleidete Frauen in lasziven Posen bereit, sein Interesse auf sie zu ziehen und ihre Dienste anzubieten.

Ein Glück, dass seine Frau keinen Schimmer davon hatte, wo er sich gerade herumtrieb. Wenn sie das rausbekam, wäre es mit ihrer bereits angeschlagenen Ehe gewiss endgültig vorbei.

Erfreulicherweise war jedoch keine der Damen so aufdringlich, ihm gleich auf die Pelle zu rücken, weshalb er sich unbehelligt an den Tresen wenden konnte, der so etwas wie die Rezeption darstellte.

„Ich habe für siebzehn Uhr eine Reservierung bei Queeny", teilte er der Verwalterin über die Zimmer mit, die zwar vollständig, aber ebenfalls sehr aufreizend gekleidet war, in einem äußerst figurbetonten, knappen, schwarzen Kleid.

Ihr Blick glitt musternd über ihn, und das leicht anzügliche Lächeln, mit dem sie ihre Begutachtung beendete, ließ die Vermutung zu, dass sie befand, Queeny hätte hier einen guten Fang gemacht.

Gleichzeitig trat ein Mann hinter der Bar hervor, dessen Statur nahelegte, dass das Mixen von Drinks nicht seine einzige Aufgabe hier war. Auch er nahm Tyler unter die Lupe, wenngleich sein Fazit weniger wohlwollend ausfiel.

„Falls Sie das Schild übersehen haben sollten, möchte ich Sie nochmal ausdrücklich darauf hinweisen, dass Waffen jeglicher Art in diesem Haus verboten sind", belehrte er Tyler zwar oberflächlich höflich, aber sichtlich bereit, nachdrücklich für die Einhaltung der Hausordnung zu sorgen.

Und da das fette Hinweisschild beim Durchqueren der Garderobe eigentlich nicht zu übersehen war, nahm Tyler aus eigener Erfahrung mit dieser Wortwahl an, dass der Sicherheitsmann ihn für einen Vollpfosten hielt, der gewiss Probleme bereiten würde. Er konnte es ihm nicht mal verübeln. Aber dass er seine Dienstwaffe in so einem Laden einfach in einem Spind parkte, war keine Option.

„Natürlich habe ich das Schild gesehen", probierte Tyler es unverfänglich, auch wenn der Kerl nicht so aussah, als würde er sich mit Lippenbekenntnissen zufrieden geben.

„Darf ich Sie dann bitten, ihr Sakko zu öffnen, damit ich mich davon überzeugen kann, dass sie es nicht nur gelesen, sondern auch befolgt haben."

Okay, es war wohl Zeit für einen Abgang, denn er hatte weder vor, dem Typen seine Waffe auszuhändigen, noch sich von ihm rausschmeißen zu lassen.

„Ist schon gut, Marko", pfiff die Frau in dem schwarzen Kleid den Mann jedoch überraschenderweise zurück. „Queeny hat gesagt, sie kennt ihn, und dass er in Ordnung ist."

„Ist das so?", richtete sich der Muskelmann wenig überzeugt an Tyler.

„Ich will keinen Ärger machen. Ich bin bloß gekommen, um mich mit Queeny zu treffen."

Der Mann beugte sich näher zu ihm, um ihm mit gedämpfter Stimmte warnend zuzuflüstern: „Ich weiß, dass du da eine Knarre unter deinem seriösen Anzug hast. Solange sie dort bleibt, wo sie niemand sehen kann, tu ich mal so, als wüsste ich nichts davon. Aber ich warne dich: Ich behalte dich im Auge. Und wenn du auch nur die leisesten Anstalten machst, das Ding rauszuholen, verpass ich dir eine saftige Abreibung und schmeiß dich hochkant raus. Kapiert?"

„Sonnenklar", bestätigte Tyler, woraufhin sein Gegenüber ihn ohne ein weiteres Wort stehen ließ und sich wieder seiner Tätigkeit als Barkeeper widmete.

„Der kommt aber nicht als Anstandswauwau mit aufs Zimmer?", fragte Tyler mit schelmischem Blick die wesentlich sympathischere Frau in Schwarz.

„Nein", versicherte sie ihm knapp mit einem Grinsen, während sie ihm eine Schlüsselkarte hinhielt.

Als Tyler danach griff, wurde sie jedoch ernst. „Aber wenn Queeny irgendetwas zustößt, dann springen sie besser aus dem Fenster, als sich hier herunten nochmal blicken zu lassen."

Ihr professionelles Lächeln kehrte zurück.

„Das Zimmer ist übrigens im vierten Stock. Nummer zweiundvierzig. Haben Sie viel Spaß bei uns."

Gespannt öffnete Tyler die Tür zu Zimmer Nummer zweiundvierzig, denn er hatte keine Ahnung, was ihn erwarten würde. Immerhin, die Zimmernummer war schon mal vielversprechend auf der Suche nach Antworten. Entgegen dem, was die Empfangsdame glaubte, war er Queeny nämlich bisher weder begegnet, noch hatte er mit ihr gesprochen. Ehrlich gesagt war er sich nicht mal sicher, ob Queeny wirklich eine Frau war. Konnte genauso gut sein, dass hier gleich ein Kerl in Strümpfen auftauchte.

Aber wer auch immer Queeny sein mochte, sie oder er hatte ihm eine Botschaft zukommen lassen, mit der Bitte um ein geheimes Treffen an diesem Ort und der Aussicht, ihm Informationen liefern zu wollen. Und zwar nur ihm, ganz vertraulich.

„Hallo?", grüßte Tyler in den nur dezent beleuchteten Raum, nachdem er die Tür hinter sich geschlossen hatte.

Keine Antwort.

Einmal mehr plagte Tyler die Frage, ob es wirklich eine gute Idee gewesen war, dem Ansinnen in der Nachricht einfach so nachzukommen. Er wusste praktisch nichts und war dennoch hergekommen, noch dazu ohne jemanden aus seinem Team darüber zu informieren.

Warum er sich zu so einer Dummheit hinreißen hatte lassen, war leicht zu beantworten: Weil er insgeheim darauf gehofft hatte, dass dies endlich das Lebenszeichen von Selina sein könnte, auf das er schon so lange wartete.

Aber ehrlich gesagt, hatte sich seine Hoffnung inzwischen wieder zerstreut. Es sah ganz danach aus, dass diese Queeny tatsächlich als Hure hier arbeitete, denn dies war ein Bordell und kein Stundenhotel. Hier bekam man bloß ein Zimmer, wenn man auch eines der Mädchen dazunahm, das war ebenfalls unten in der Garderobe angeschrieben gewesen. Außerdem kannten die Empfangsdame und der Barkeeper Queeny offensichtlich ziemlich gut, nachdem sie ihn bloß auf ihr Wort hin hier mit einer Waffe hereinspazieren hatten lassen.

Was immerhin wieder ein gutes Zeichen war, denn hätte man ihn in einen Hinterhalt locken wollen, wäre das ziemlich kontraproduktiv gewesen.

Na schön, dann würde er sich eben mal ein wenig umsehen, während er darauf wartete, dass Queeny auftauchte.

Auf dem großen, runden, fein säuberlich gemachten Bett lag ein Zettel mit einem Pfeil darauf, der Tylers Aufmerksamkeit auf eine Kommode neben dem Bett lenkte. Auf dieser fand er einen kleinen Aufsteller aus Karton, auf dem zu lesen war:

Keine Bild- und Tonaufnahmen.

Bitte legen Sie Ihr Mobiltelefon in die dafür vorgesehene Ablage und schließen Sie diese.

Die Ablage war ein sich gleich daneben befindender kleiner Kasten, der auf Tyler schwer den Eindruck machte, dass er wohl jegliche Art von elektromagnetischen Signalen zuverlässig abschirmen würde. Da das Ding aber keineswegs den Eindruck erweckte, sein Handy möglicherweise auch grillen zu wollen, legte er das Gerät einmal vertrauensvoll dort hinein, schloss den Deckel ... und erstarrte.

Irgendwer war völlig lautlos von hinten an ihn herangetreten und hatte ihn gepackt. Allerdings auf sehr unorthodoxe Weise, nämlich mit einer Hand an seiner Brust, mit der anderen an seinem Hintern. Und es war eindeutig eine Frau, die sich da dicht an ihn drängte.

„Miss, bitte unterlassen Sie das, ich bin verheiratet", stellte er nüchtern fest, auch wenn es hier nur oberflächlich um Anzüglichkeiten ging. Denn ihre rechte Hand ließ seinen Hintern links liegen, sowie sie seine Waffe dort gefunden hatte, während die linke an seiner Brust offenbar nach einem Schulterholster suchte.

„Na und, ich auch", hauchte sie ihm von hinten ins Ohr. „Und das sollte dir wesentlich mehr Sorgen bereiten, denn im Gegensatz zu deiner Frau ist mein Mann wirklich imstande, dass er uns beide umbringt, wenn er hiervon erfährt."

Der Klang ihrer Stimme ließ Tylers Puls in lichte Höhen schießen. Völlig ungeachtet dessen, dass sie ihm dabei die Waffe aus dem Holster zog, drehte Tyler sich ruckartig um, packte die Frau mit beiden Armen an den Schultern und hielt sie auf Armeslänge vor sich fest.

„Du bist es wirklich!", rief Tyler mit einer Erleichterung aus, als wäre ein tonnenschweres Gewicht von ihm abgefallen, das ihn die letzten Monate ständig heruntergezogen hatte. „Du bist am Leben! Und du ..."

Er stockte, als er Selina einer genaueren Betrachtung unterzog. Sie stand zwar nicht in Reizwäsche vor ihm, wie die Mädchen, die er unten gesehen hatte, aber sehr viel mehr hatte sie trotzdem nicht an. Das kurzärmelige, schwarze Oberteil bedeckte zwar ihre Schultern, endete aber direkt unter der Brust und war tief ausgeschnitten, sodass es die Rundungen ihrer hochgepuschten Brüste ebenso in voller Pracht offenbarte wie ihren flachen, durchtrainierten Bauch. Dazu trug sie ein äußerst kurzes schwarzes Röckchen, das in sanften Falten fallend ihre Kurven umspielte, sowie schwarze Stilettos mit zarten Riemchen.

„... siehst aus wie eine Nutte?", sprach Selina das aus, was er sich nicht zu sagen getraut hatte.

Er ließ sie los, konnte aber nicht mehr Raum zwischen sie beide bringen, da er die Kommode im Rücken hatte.

„Arbeitest du wirklich hier?", fragte er fassungslos. „Sag, nicht, dass Napolitani dich dazu zwingt, für ihn auf den Strich zu gehen!"

Selinas glockenhelles Gelächter ob seiner Sorge war irritierend und erleichternd zugleich.

„Das wäre ein sehr schlechtes Geschäftsmodell. Dante würde jeden windelweich prügeln, der es wagen würde, an dem naschen zu wollen, was ihm gehört."

Ihre Wortwahl trieb Tyler sogleich wieder die Sorgenfalten auf die Stirn.

„Du bist nicht sein Eigentum", stellte er klar. „Und wenn er so eifersüchtig ist, ist das auch kaum besser. Früher oder später wendet sich die Aggression dann gegen den Partner, das hast du oft genug gesehen."

Aber Selina schüttelte recht unbekümmert den Kopf.

„Als eifersüchtig würde ich Dante nicht bezeichnen. Er markiert bloß sein Revier. Und zwar bevorzugt mit dem Blut seiner Feinde. Und ja, er ist schon etwas besitzergreifend, aber er versucht nicht, mir meine Freiheit einzuschränken. Sonst wäre ich jetzt kaum hier."

„Ich verstehe das noch immer nicht. Woher kennst du dann diese Leute, und warum vertraust du gerade denen so sehr, dass wir uns hier treffen? Und bitte sag mir, dass dein Aufzug dabei nur Tarnung ist."

Erneut erklang Selinas Gelächter, dann sah sie ihn schelmisch an.

„Da muss ich dich leider enttäuschen, das ist Berufskleidung."

Tyler fiel sichtlich aus allen Wolken.

„Du arbeitest doch hier?"

„Na ja, nicht so ganz."

„Was soll das heißen?"

„Dass ich nicht für die arbeite, sondern die für mich."

„Wie bitte?"

Nun verstand Tyler gar nichts mehr.

„Das Bordell gehört mir", klärte Selina ihn leichthin auf. „Dante hat es mir geschenkt."

„Wie romantisch", ätzte Tyler.

„Sei nicht so", tadelte Selina ihn. „Ich habe es bekommen, weil ich es haben wollte."

„Warum um alles in der Welt solltest gerade du auf einmal den Wunsch haben, eine Puffmutter zu werden?"

„Ich sehe es weniger als Wunsch, sondern mehr als Notwendigkeit. Dante hat mir ziemlich umfassenden Einblick in seine Geschäftstätigkeiten gewährt, und nachdem sich damit viel Geld verdienen lässt, war das horizontale Gewerbe natürlich ebenfalls bei seinen Unternehmen vertreten. Wir haben ziemlich ausführlich darüber diskutiert, und ich muss sagen, inzwischen sehe ich das etwas pragmatischer.

Ich meine, du weißt doch selber, wie das läuft. Wenn ich Dante dazu nötige, sich aus diesem Business zurückzuziehen, wird sich bloß jemand anderer dort breit machen. Da ist es doch besser, wir machen weiter und ich habe ein Auge darauf. Das ist nämlich das wirklich

Schändliche daran, wenn du mich fragst: dass alle nur wegschauen. Selbst wenn du bloß einen Imbisswagen betreibst, hast du so eine Latte an Vorgaben vom Gesundheitsamt, die du erfüllen musst. Aber Prostitution? Erklären wir einfach für illegal, also gibt es auch keine Vorgaben und keinerlei Arbeitnehmerinnenschutz. Nur, dass das den Frauen in keinster Weise hilft, im Gegenteil. Das dient doch bloß dazu, dass sich die scheinheiligen Moralapostel überlegen fühlen können.

Also habe ich Dante gesagt, ich möchte die Leitung übernehmen und einiges umkrempeln. Wir verlangen eine faire Miete für die Zimmer, die den Frauen den Anteil ihres sauer verdienten Geldes lässt, der ihnen zusteht. Und Benito ist nicht dazu da, die Frauen zu überwachen, sondern um sie zu beschützen. Das dürfte dir schon aufgefallen sein. Außerdem bieten wir eine medizinische Grundversorgung. Das ist wesentlich mehr, als die vielen Leute ohne Krankenversicherung haben.

Natürlich werden wir damit weniger Gewinn erzielen als früher, aber es wird immer noch profitabel sein. Ob du es glaubst oder nicht, aber Dante hat mir zugesagt, wenn wir am Ende des Jahres schwarze Zahlen schreiben, wird er das neue Geschäftsmodell auf all seine Bordelle übertragen.“

„Das überrascht mich nun tatsächlich, denn als mildtätigen Samariter kann ich mir Napolitani nicht wirklich vorstellen.“

„Das musst du auch nicht. Solange es keinen Verlust macht, ist es Dante herzlich egal, wie groß der Gewinn aus den Bordellen tatsächlich ist. Darauf ist er nicht angewiesen. Sein Vermögen ist wesentlich größer, als wir angenommen haben. Er ist nämlich keineswegs bloß Massimos Handlanger gewesen. Die beiden waren Partner.“

„Waren?“

„Massimo hat Dantes vermeintliches Ableben dazu genutzt, ihn hinauszudrängen und sich als alleiniger Kronprinz zu positionieren. Was Dante, wie du dir vorstellen kannst, freilich nicht geschmeckt hat. Seither herrscht Eiszeit zwischen ihm und dem Rest der Sippe.“

„Das heißt aber wohl nicht, dass er sich zur Ruhe setzen wird, und wir nichts mehr von ihm hören werden.“

„Es heißt vor allem, dass Massimo gerade ziemlich am straucheln ist. Was ich so gehört habe, läuft es nicht wirklich gut für ihn, seit alle Welt Dante für tot hält. Er hat niemanden, der Dante angemessen ersetzen könnte, und selbst kann er es erst recht nicht.“

„Nun, das sind doch mal erfreuliche Nachrichten.“

Ein wenig verlegen ließ Tyler seinen Blick an Selina vorbei durch das Zimmer schweifen, aber dann platzte er doch direkt mit der Frage heraus:

„War das vorhin ein Witz, oder hast du ihn wirklich geheiratet?“

Das Lächeln, das sich diesmal auf Selinas Lippen legte, war sanfter, versonnener.

„Wir tragen keine Ringe, aber ja, wir sind verheiratet. Sogar kirchlich. Mit Wasser über den Kopf schütten und allem Drum und Dran, damit ich auch katholisch getauft bin und alles seine Richtigkeit hat.“

„Du bist jetzt katholisch?“, wunderte Tyler sich äußerst skeptisch, denn er hatte Selina immer für eine überzeugte Atheistin gehalten.

„Naja, zumindest auf dem Papier“, relativierte sie es. „Dante ist zwar damit aufgewachsen, aber in Wahrheit interessiert ihn das Kirchenzeug kaum. Also nein, er schleift mich jetzt nicht jeden Sonntag zur Messe.“

„Warum das alles?

Versteh mich nicht falsch, ich will es bloß wissen, und vor allem will ich wissen, was das für die Zukunft bedeutet.“

„Du meinst, ob ich noch auf deiner Seite stehe.“

„Wenn du sagst, du bist aus allem raus und willst deine Ruhe haben, dann ist es auch okay. Von mir wird niemand erfahren, dass du noch lebst.“

„Um dir das zu sagen, hätte ich dich nicht herbestellen müssen, da hätte ich dir auch eine Ansichtskarte aus den Flitterwochen schicken können.

Dante wollte unbedingt, dass wir schnellstmöglich heiraten. Er hat gemeint, dass er mich nur zuverlässig vor seiner Familie schützen kann, wenn ich ein Teil von ihr werde."

Verblüfft sah Tyler Selina an. Das war definitiv nicht die Antwort, die er erwartet hatte. Er war sich aber auch nicht sicher, ob es die Antwort war, die er sich erhofft hatte. Einerseits freute er sich natürlich, Selina weiterhin als Verbündete zu haben, andererseits machte er sich aber auch große Sorgen, wie gefährlich das für sie werden konnte.

„Liebt er dich?"

„Mit Sicherheit."

Ihre Stimme und ihre Gestik ließen nicht den Hauch eines Zweifels erkennen.

„Liebst du ihn?", fragte er einfach geradeheraus.

Wieder dieses zärtliche Lächeln.

„Natürlich. Ich bin doch seine Frau."

Stirnrunzelnd sah Tyler sie an. Er konnte beim besten Willen nicht sagen, ob das sarkastisch oder ernst gemeint war. Dass Selina eine ausgezeichnete Lügnerin war, wusste er freilich schon lange, andernfalls hätte er nämlich nie zugestimmt, sie auf diese Undercover-Mission zu schicken, mit der alles angefangen hatte.

Dass er sich fragen musste, ob sie ihn ebenfalls anlog, war dagegen relativ neu für ihn.

„Weiß er von diesem Treffen?"

Ihr Lächeln wurde breiter, verschwörerisch.

„Er weiß, dass ich es nicht goutiere, dass Leute ihr Geld mit Drogen verdienen. Aber er muss nicht alles so genau wissen. Also spitz die Ohren und hör dir an, was ich über Massimos Zulieferer herausgefunden habe."

9

So ein verfluchter Mist!

Selina zog die Minikamera unter dem Türspalt zurück und sah sich in dem dunklen Raum um. Sie war seit dem Verlassen von Garcias Schatzkammer nur wenige Türen weiter gekommen und hatte sich beim Auftauchen der Wachen in das erstbeste Zimmer geflüchtet, womit sie in einer Art Bibliothek, oder viel eher einem Magazin, gelandet war. Was war das nur für ein unglaubliches Pech, dass der Typ, den sie niedergeschlagen hatte, so schnell vermisst worden war.

Und was jetzt?

Auf den Flur hinaus konnte sie vorerst einmal nicht mehr, dort wimmelte es inzwischen von Leuten. Hierbleiben war aber auch keine Option, denn es war nur eine Frage der Zeit, bis sie anfangen würden, die Zimmer zu durchsuchen.

Hastig durchstreifte Selina den Raum auf der Suche nach einem Versteck, aber hier gab es nichts außer Regalen und Aktenschränken. Immerhin waren diese aber relativ hoch und nicht nur an den Wänden, sondern auch in Reihen mitten im Raum aufgestellt. Die beengten Verhältnisse und die kurzen Gänge kamen ihr dabei entgegen, denn so wurden ihre Gegner der Schusswaffen zum

Trotz auf Nahkampfdistanz gezwungen. Die beiden Schlagstöcke einsatzbereit in ihren Händen haltend, begab sich Selina an der für sie günstigsten Stelle in Position.

Sie musste nicht lange warten.

Die Tür wurde schwunghaft aufgestoßen, dann ging das Licht an. Das Geräusch der schweren Stiefel auf dem Steinboden verriet Selina, dass sie zu zweit hereingekommen waren und sich offenbar aufgeteilt hatten. Damit war Plan A, unbemerkt mit ihren Verfolgern Verstecken zu spielen und anschließend hier so lang auszuharren, bis die Suche nach ihr größere Kreise zog und nicht mehr alle hier herumwuselten, vom Tisch. Das Risiko, entdeckt zu werden, war zu groß. Und wenn sie sie in die Zange nahmen, sah es schlecht für sie aus.

Anders als die beiden Gorillas mit ihrem Getrampel, schlich Selina leise wie ein Ninja eine Regalzeile entlang und bog an deren Ende flink um die Ecke, in den Gang, in dem sich ihr Ziel befand. Mit nur zwei großen Schritten war sie nah genug hinter ihm, um ihm den Stock über den Schädel zu ziehen. Zwar bemerkte er sie im letzten Moment, aber da war es schon zu spät für ihn. Noch während er dabei war sich umzudrehen, traf ihn eine Abfolge von gleich zwei Hieben seitlich am Kopf, woraufhin er wie ein nasser Sack umfiel.

Selina hielt sich nicht länger mit dem am Boden Liegenden auf, sie wusste auch so, dass der sicher nicht so bald wieder aufstehen würde. Stattdessen sah sie zu, dass sie um die nächste Ecke verschwand, damit sein gleich hier aufkreuzender Kumpel kein freies Schussfeld auf sie hatte.

Dicht an die Seitenwand des Regals gedrängt, lag Selina auf der Lauer. Der zweite war nun vorgewarnt und würde kein so ein leichtes Opfer mehr werden.

Auch er ließ sich nicht dazu hinreißen, seinen gefallenen Kollegen eingehender zu untersuchen, stattdessen stieg er einfach über ihn drüber und schlich vorsichtig voran.

Völlig geräuschlos schob Selina sich auf die andere Seite des Regals, sodass sie nun im Parallelgang stand.

Eine weise Entscheidung, denn wie erwartet feuerte der Wachmann erst einmal ein paar Schüsse blind ums Eck, ehe er sich selber hervorwagte und an die kurze Stirnseite der Regalreihe trat.

Das war ihre Chance. Mit einer Drehung um ihre linke Schulter brachte Selina lediglich ihren rechten Arm aus der Deckung hervor, mit dem sie von oben angriff.

Die Hände fest um seine Halbautomatik gelegt, riss ihr Gegner beide Arme hoch, um sich zu schützen. Ein kleiner Schritt zur Seite aus der Deckung heraus, und schon konnte Selina den linken Stock in freier Bahn von unten durchziehen. Breitbeinig wie der Mann dastand, war es ihr ein Leichtes, ihre Waffe zwischen seine Oberschenkel zu bringen. Ein schriller Schrei erschütterte den Raum, als hartes Metall auf die empfindlichsten Teile eines Mannes traf.

Selina ließ sich davon nicht ablenken. Kaum, dass der Treffer drinnen war, ließ sie den anderen Stock auch schon genau auf den Ellenbogen ihres Widersachers niedergehen, um zu verhindern, dass er seine Waffe auf sie richten konnte. Der Sekundenbruchteile später fallende Schuss ging ins Leere, während Selina mit der linken Hand bereits wieder schlagbereit war. Da sie schon unten war, donnerte sie den Metallstab als Nächstes in einer fließenden Zick-Zack-Bewegung gegen seine beiden Knie.

Strauchelnd und ohne eine Chance, abermals auf sie zu feuern, fiel der Mann um. Noch während er niederging, legte Selina sicherheitshalber mit der rechten Hand nach, direkt auf seinen Kopf. Bewusstlos schlug er am Boden auf.

Rasch nahm Selina die Halbautomatik an sich, sowie ein Ersatzmagazin dafür, das der Wachmann bei sich trug. Bei seinem Kollegen sammelte sie ebenfalls das Reservemagazin ein, sowie jenes, das sich in seiner Waffe befand.

Eigentlich hatte sie ja vorgehabt, das Ganze still, leise und unblutig durchzuziehen, aber davon konnte inzwischen keine Rede mehr sein. So wie es aussah, würde sie sich den Weg hier raus wohl freischießen müssen.

Sie hatte sich kaum fertig bewaffnet und hinter einer Ecke mit Blick auf die Tür Stellung bezogen, als auch tatsächlich schon die nächsten beiden Sicherheitsleute anrückten. Ruhig und fokussiert ließ Selina ihren Atem entweichen, während gleichzeitig ihr Finger den Abzug betätigte. Der Knall des Schusses ertönte, gefolgt vom dumpfen Geräusch eines ungebremst umfallenden Körpers, den ein sauberer Schuss in die Brust niedergestreckt hatte.

Der zweite Wachmann sprang indes erschrocken hinter einen Aktenschrank in Deckung.

Schnell und lautlos wechselte Selina ihre Position, darauf bedacht, sich von hinten an ihren Gegner anzuschleichen. Aber die Wahrscheinlichkeit, dass sich ihr nochmal so ein gutes Schussfeld bot, war wohl eher gering. Also entschloss sich Selina, die Waffe auf Automatik umzustellen. Das konnte ihren Munitionsvorrat zwar ganz schnell auffressen, aber auf ihrem Vorrat sitzend einzugehen, war auch um keinen Deut besser.

Wieder verließ Selina sich auf ihr Gehör. Auch wenn dieser hier bei weitem nicht so laut herumtrampelte wie die anderen zuvor, schaffte er es mit den Armeestiefeln dennoch nicht, sich völlig lautlos über den hallenden Steinboden zu bewegen.

Trotzdem fand Selina keine Möglichkeit, ihn zu überraschen. Angesichts der drei Männer, die schon am Boden herumlagen, achtete dieser hier extrem auf seine Deckung.

So konnte das nicht weitergehen. Sie konnte es sich nicht leisten, hier Katz und Maus zu spielen, denn bald würde weitere Verstärkung anrücken. Es war an der Zeit, für etwas Ablenkung zu sorgen.

Ein Druck auf einen der Auslöser an ihrem Gürtel, und schon ging im selben Stockwerk im anderen Flügel des Gebäudes mit Getöse ein Feuerwerk los, das den Anschein eines weiteren Schusswechsels erwecken würde.

Nahezu gleichzeitig tauchte Selina den Raum mit einem gezielten Schuss auf den Lichtschalter nach einem kurzen Funkenregen in Dunkelheit. Dann wechselte sie rasch die Position, und zwar in einen nahegelegenen

Gang mit Regalen. Die Fachbretter als Leiter nutzend, stieg sie leise hinauf, wo sie sich flach hinlegte.

Wie erhofft suchte ihr Verfolger mangels besserer Anhaltspunkte den Bereich ab, von dem aus sie geschossen hatte. Und so gewissenhaft er auch unten alles absuchte, nach oben ging sein Blick nicht. Sowie sie freies Feld hatte, drückte Selina ab. Eine kurze Salve von drei Schüssen ging von oben auf seinen Kopf nieder und schaltete ihn aus.

Nun aber schnell, ehe weitere Verstärkung eintraf.

Mit einem Sprung landete Selina elegant am Boden und lief zur offenstehenden Tür. Der Gang war leer. So schnell ihre Beine sie trugen, sprintete sie ihn entlang. Hinter sich hörte sie bereits wieder Stimmen und das Trampeln von Stiefeln.

Als der Gang eine Biegung machte, bremste sie sich schlitternd ein, um einen Blick um die Ecke werfen zu können, ehe sie weiterstürmte.

Oh verflucht ...

Sie war umzingelt.

„Du hast mich herbestellt?", fragte Dante in gelangweiltem Tonfall, als er das Arbeitszimmer seines Großvaters in dessen Villa betrat.

Verärgert blickte Don Valerio demonstrativ zu der großen Pendeluhr, die an der Wand zu seiner Linken stand.

„Ich habe dich schon vor einer halben Stunde erwartet. Und sprich gefälligst anständig mit mir!"

Der alte Mann konnte es nicht ausstehen, wenn Leute, die des Italienischen mächtig waren, Englisch mit ihm sprachen, aber das juckte Dante kein bisschen. Nicht mehr. Also würde er es ihm zu Fleiß weiter machen.

„Sei froh, dass ich überhaupt gekommen bin. Aber wenn dir meine Ausdrucksweise nicht passt, kann ich auch wieder gehen."

Der Zorn, der in Don Valerio ob Dantes Respektlosigkeit hochkochte, erfüllte den Raum beinahe greifbar, als dieser aufstand. Und es machte ihn sichtlich noch wütender, dass Dante die Unverfrorenheit besaß, es einfach zu ignorieren. Denn normalerweise war spätestens das der Punkt, an dem jeder andere vor ihm gekuscht hätte.

Aber darüber war Dante hinaus. Er empfand nicht mehr den Respekt für seinen Großvater, den er auf Grund seiner Position noch vor ein paar Monaten für ihn gehegt hatte. Und allein mit seiner furchteinflößenden Aura konnte der Alte sich brausen gehen, die war nichts Außergewöhnliches für Dante, denn schließlich kam er hierbei ganz nach ihm.

„Ich warne dich, Dante. Die Welt da draußen mag dich für tot halten, aber hier herinnen bist du es nicht. Du bist immer noch Teil der Familie, und als solcher wirst du dich gefälligst an unsere Regeln halten. Dazu gehört auch, dass du mir als Familienoberhaupt Respekt zollst.“

Was sollte Dante darauf sagen? Das war nicht einmal die Verschwendung von Worten wert, also bedachte er seinen Großvater mit einem gleichgültigen Blick. Was allerdings schon reichte, um das Fass zum Überlaufen zu bringen.

„Ach so ist das also, du meinst wohl, du bist unantastbar, bloß weil du mein Enkel bist und in der Hierarchie so weit oben stehst. Dabei solltest gerade du es besser wissen.“

Die Anspielung auf seine Rolle als Vollstrecker innerhalb der Familie, der sich um abtrünnige und ungehorsame Mitglieder zu kümmern hatte, veranlasste Dante nun doch dazu, mit klaren Worten zu kontern.

„Oh nein, nicht weil ich dein Enkel bin, sondern weil sie alle Angst vor mir haben. Und die haben sie, weil ich es mir verdient habe, nicht aufgrund meiner Geburt. Darauf habe ich mich nie ausgeruht, denn das war für meinem Onkel sowieso von jeher nichts wert. Schließlich bin ich ja bloß ein Napolitani. Aber ich hätte bis vor kurzem schon angenommen, dass wenigstens meine Leistungen Anerkennung finden würden.“

„Also zuletzt bist du weniger durch Leistung aufgefallen, sondern mehr durch das, was du dir geleistet hast,“ zürnte Don Valerio. *„Und das, nachdem ich dich noch extra gewarnt habe, deine große Chance, dich über Massimo zu erheben, bloß nicht zu vermasseln.“*

„Ja, es stimmt, ich habe einen Fehler gemacht“, gab Dante unumwunden zu. „Aber ich kann mich wenigstens darauf rausreden, mich damals von mir völlig neuen Gefühlen beeinflussen haben zu lassen. Aber eure brillante Idee, das Geschäft deshalb allein Massimo zu überlassen, kann man einfach nur mit Unfähigkeit erklären.“

Okay, nun war Don Valerio endgültig kurz vor dem Explodieren. Aber Dante kam ihm zuvor.

„Was? Habe ich etwa nicht Recht?! Das ist doch genau der Grund, warum du mich überhaupt herbestellt hast. Glaubst du etwa, ich wüsste nicht, dass das Geschäft den Bach runter geht, seit man mich für tot hält? Massimo hat nicht nur selber keinerlei Autorität, er hat auch nicht ansatzweise den Überblick, sich mit Hilfe seiner Leute welche zu verschaffen. Es fängt doch bereits an, dass die ersten ihr Schutzgeld nicht mehr zahlen. Und dass aus allen Winkeln Ratten hervorkriechen, die ihre eigenen Drogen verticken.“

Das Schweigen, das auf seine Rede folgte, kam unerwartet für Dante. Mit einem Mal war die strenge Aura das fest im Sattel sitzenden Dons verflogen, stattdessen wirkte sein Großvater auf einmal ungewohnt müde und erschöpft, so dass man ihm sein stolzes Alter von vierundachtzig Jahren ausnahmsweise tatsächlich ansah. Mit einem Kopfschütteln wandte er Dante den Rücken zu, richtete sich seinen Sessel und ließ sich dann behäbig hineinsinken.

„*Es ist sogar noch viel schlimmer*“, seufzte er. „*Momentan sind es die Zulieferer, die mir die größten Sorgen bereiten. Die glauben nämlich auch nicht daran, dass Massimo den Laden alleine in geordneten Bahnen am Laufen halten kann und tanzen ihm deshalb auf der Nase herum.*“

Mit eindringlichem Blick sah er Dante an.

„*Massimo braucht deine Hilfe, Dante. Alleine wird er es niemals schaffen, den Karren aus dem Dreck zu ziehen. Das hat er einfach nicht drauf.*“

Was er nicht sagte.

Massimo hatte es noch nie draufgehabt. Er hatte auf ihn aufpassen müssen, seit er sich erinnern konnte.

Aber hatte man es ihm jemals gedankt?

Nein, stattdessen war er immer bloß dafür abge-
watscht worden, wenn Massimo mal wieder auf die
Schnauze gefallen war, weil er es nicht verhindert hatte.

Als Dante nichts erwiderte, fluchte sein Großvater unwirsch.

*„Verdammt, ja, es ist ein Fehler gewesen, Stefanos
Plan zuzustimmen, dich abzuservieren. Das war töricht
von mir. Ich hätte mich für dich einsetzen sollen, denn
wir brauchen dich. Und das nicht nur, weil Massimo so
unfähig ist, für Ordnung zu sorgen. Jemand mit deinen
Talenten ist einfach unersetzlich."*

„Meinst du wirklich, nur weil du mal eine Minute lang
halbherzig Reue anklingen lässt, werde ich deshalb gleich
wieder brav für euch durch Reifen springen? Ihr habt mir
vor einem halben Jahr sehr deutlich zu verstehen gegeben, dass ihr mich nicht mehr in der ersten Reihe haben
wollt. Und weißt du was? Ich kann ausgesprochen gut damit leben. Was kümmert's mich, dass ihr das nicht
könnt?"

Eigentlich traf es sich gar nicht so schlecht für ihn.
Seine Frau hatte schließlich äußerst deutlich gemacht,
wie wenig sie es goutierte, womit er sein Geld verdient
hatte. Ihre Erwartung war, dass das aufhörte. Auch, wenn
es Unmengen in seine Kassa gespült hatte. Soviel, dass er
es sich absolut leisten konnte, sich mit Mitte Dreißig zur
Ruhe zu setzen.

Aber was noch viel wichtiger war: Selina vermochte
es, das in ihm zur Ruhe zu bringen, was ihn früher ständig umgetrieben und seinen Job quasi zu einer Notwendigkeit gemacht hatte.

Nie wieder jemandem mit Fäusten Vernunft eintrich-
tern?

Nie wieder jemandem mit seinem Dolch streng gehü-
tete Geheimnisse entlocken?

Nie wieder eine unmissverständliche Botschaft aus jemandem schnitzen?

Allein der Gedanke hätte ihn früher schon ganz kribbelig gemacht.

Aber nun?

Alles easy, gar kein Problem für ihn. Er brauchte das nicht mehr. Sollten sie doch sehen, wie sie ohne ihn zurechtkamen. Er würde es sich mit Selina gutgehen lassen.

Zu Dantes Überraschung erhob sich sein Großvater nun wieder mühsam aus seinem Sessel und kam mit betagten Schritten auf ihn zu. Als er direkt vor ihm stand, schüttelte er den Kopf, mit einer Miene, die Dante noch nie zuvor bei ihm gesehen hatte. War das ... etwa wirklich aufrichtiges Bedauern?

„Nein, das werde ich nie wieder von dir verlangen, denn das ist deiner einfach nicht würdig. Obwohl es schon so lange offensichtlich ist, dass du derjenige bist, der ganz nach mir kommt, bin ich immer nur blind der Tradition gefolgt, dass das Geschäft in direkter männlicher Linie von Vater zu Sohn vererbt wird. Es mag reichlich lange gedauert haben, aber immerhin hat mich die Einsicht noch rechtzeitig erreicht, bevor es zu spät ist.

Ich spüre, dass es mit mir zu Ende geht, Dante. Die einfachsten Dinge fallen mir zunehmend schwerer. Aber bevor ich gehe, werde ich für unsere Familie vorsorgen, damit sie mich lange und strahlend überdauern wird.“

Dann griff der alte Don zu seiner rechten Hand, um mit einiger Mühe seinen Ring mit dem Familienwappen vom Finger herunterzuziehen. Dante war so verblüfft, dass er bloß erstarrt zusah, wie sein Großvater seine Hand nahm, den Ring hineinlegte, seine Finger zu einer Faust darum schloss und seine beiden Hände einhüllend darüber legte.

„Du wirst das Richtige tun. Nicht für Massimo und nicht für Stefano, sondern für die Familie. Sie alle brauchen dich. Lass sie bitte nicht im Stich.“

Er hätte es nie für möglich gehalten, dass ihm das mal passieren könnte, aber Dante war tatsächlich so fassungslos, das er beinahe eine halbe Minute bloß reglos dastand und die Hände seines Großvaters anstarrte, die mit den letzten Resten ihrer einstmaligen Kraft darauf beharrten, dass er den Ring, und alles was damit verbunden war, annahm.

„Stefano wird das niemals akzeptieren", war das erste, was er hervorbrachte, nachdem er seine Schockstarre überwunden hatte.

Die Tatsache allein, dass er und sein Sohn damit völlig unerwartet aus der Erbfolge gekickt werden würden, wäre für Stefano schon nicht hinnehmbar. Aber dass es dann auch noch ein Napolitani wäre, der am Thron der Scordato-Familie an seiner statt Platz nehmen sollte, würde ihn wohl schlicht zum Explodieren bringen.

Zwar gab es keine offene Rivalität zwischen den Familien, aber es gab auch kein Bündnis. Womit die Napolitanis de facto als Feind kategorisiert wurden, frei nach dem Motto: Bist du nicht für uns, dann bist du gegen uns. Dass seine Mutter sich dennoch mit Alessandro Napolitani eingelassen hatte, einem draufgängerischen Neffen dritten Grades des Familienoberhaupts, war dementsprechend ein handfester Skandal gewesen. Nicht genug damit, dass die Tochter des Don in fremden Revieren wilderte, nein, es war auch noch ein Mann von eher niedrigem Stand gewesen, den sie an sich herangelassen hatte, so dass sich nicht einmal Profit aus dieser Verbindung hatte schlagen lassen.

Wobei es keineswegs jugendlicher Leichtsinn oder Naivität gewesen waren, die seine Mutter so schnell schwanger werden hatten lassen, ganz im Gegenteil. Ebenso wie Dante hatte auch sie viel von Don Valerio geerbt, weit mehr als ihr Bruder. Und trotzdem war sie als Frau, in den frühen Achtzigern, in ihren streng patriarchalischen Familienstrukturen, nie beachtet oder gar ernst genommen worden. Es war ihre Art der Rebellion gewesen, genau das zu tun, was man ihr jahrelang eingetrichtert hatte: Heiraten und Kinder gebären. Genau in dieser Reihenfolge.

Und nachdem die Aussicht, dass seine Tochter unverheiratet ein Kind bekommen könnte, für Don Valerio einem Weltuntergang gleichgekommen wäre, hatte er die Verbindung zähneknirschend akzeptiert.

Dementsprechend war sein Onkel gelinde gesagt auch wenig begeistert gewesen, als er gut vier Jahre später auf Wunsch ihres Vaters seine verwitwete Schwester mit ihrem Bastard bei sich aufnehmen hatte müssen. Und seine Freude war nicht gestiegen dadurch, dass Dante sich in praktisch allen für das Familiengeschäft relevanten Disziplinen als weitaus begabter herausgestellt hatte, als sein eigener Sohn.

Aber was sollte er machen, Familie war Familie. Und da Dantes Mutter seither stets die trauernde Witwe raushängen hatte lassen, wenn die Sprache darauf kam, ob sie nicht vielleicht doch wieder heiraten und endlich ausziehen wollte, musste Stefano sich als ihr Bruder nun mal um sie kümmern. Schließlich war es nie vorgesehen gewesen, dass sie jemals selber für ihren Unterhalt aufkommen sollte, weshalb man sie auch nichts Sinnvolles lernen hatte lassen. Ein Umstand, auf dem seine Mutter gerne und ausführlich herumritt, wenn ihr Bruder mal wieder dezent anklingen ließ, dass sie für seinen Geschmack schon viel zu lange bei ihm wohnte.

Wobei man seinem Onkel aber auch zugestehen musste, dass seine Mutter wahrlich kein angenehmer Hausgast war. Den Zorn darüber, dass sie unter ihrem jüngeren Bruder stand, bloß weil sie eine Frau war, hatte vom ersten Tag an nämlich ihre Schwägerin büßen müssen, die als Schwiegertochter noch weiter unten in der Rangordnung stand als sie. Ein Schelm wer behauptete, dass sie das bloß tat, um allen vor Augen zu führen, dass sie ihrem Bruder in Sachen Hartherzigkeit um nichts nachstand.

Also nein, das Verhältnis zu seinem Onkel war seit jeher nicht besonders freundschaftlich gewesen. Und wenn Stefano jetzt auch noch erfuhr, dass das unerwünschte Kind, dass er so widerwillig aufgezogen hatte, nun auch noch das bekommen sollte, was er als sein gottgegebenes Recht ansah ...

„Das wird er nicht hinnehmen.“

Don Valerio sah Dante erst eindringlich an, dann zuckte er mit den Schultern und machte eine wegwerfende Handbewegung.

„Und wenn schon. Wenn der Narr so dumm ist, sich mit dir anzulegen, wird er die Konsequenzen tragen müssen.“

Leider konnte Dante Don Valerios Zuversicht nicht soq2 wirklich teilen, schließlich ging es hier nicht um einen Faustkampf, sondern um Macht und Einfluss. Und davon besaß Stefano zuhauf, sowohl innerhalb als auch außerhalb der Familie.

„Das wird Krieg geben, das weißt du."

„Nicht, wenn du ihn im Ansatz unterbindest."

„Und wie bitte schön soll ich das anstellen?"

Sein Großvater schnaubte ungehalten.

„Na wie wohl, auf die Art, auf die du es am besten kannst. Stell dich hier doch nicht so dumm an, kaum, dass ich dich zu meinem Nachfolger ernannt habe! Sonst muss ich es mir vielleicht doch noch mal anders überlegen."

„Ich bin mir nicht bewusst gewesen, dass diese Option auch für Stefano besteht."

Der Blick seines Großvaters war hart, als er ihn nun durchdringend ansah.

„Niemand steht über unseren Gesetzen. Stefano hat zu tun, was ich ihm anschaffe. Und wenn er meint, sich gegen das neue Familienoberhaupt wenden zu können, kaum dass ich das Zeitliche gesegnet habe, dann weißt du, was du zu tun hast. Schließlich machst du den Job als Vollstrecker nicht erst seit gestern!"

Damit drehte sich der alte Mann von ihm weg und schritt langsam zu seinem Sessel zurück.

„Ich werde Stefano beizeiten darüber informieren, dass ich dich zu meinem Nachfolger bestimmt habe. Und du siehst inzwischen zu, dass du das Geschäft schleunigst wieder in geregelte Bahnen führst. Wenn du einen Erfolg vorweisen kannst, noch bevor der Herr im Himmel mich zu sich ruft, würde dir das gut zu Gesicht stehen und so manchen Kritiker zum Schweigen bringen."

Dante stieg aus dem Fond der Limousine aus, die ihn von dem kleinen Flughafen abgeholt hatte, auf dem er mit seinem Privatjet gelandet war. Vor dem Haupthaus standen zwei bewaffnete Wachmänner, von denen einer nun auf Dante zukam.

„*Guten Abend*, Senor", wurde er auf Spanisch begrüßt. „*Bevor ich Sie reinlassen kann, muss ich Sie auf Waffen durchsuchen.*"

Den Kopf leicht schief gelegt sah Dante den Mann scharf an.

„*Das glaube ich eher nicht*", erwiderte er in perfektem Spanisch.

Dass der Mann daraufhin seine Waffe fester umfasste, kostete Dante bloß ein müdes Lächeln.

„*Sie sind wohl neu hier. Los, gehen Sie und holen Sie jemanden, der sich auskennt, bevor sie noch irgendetwas Dummes machen, das Sie bitter bereuen werden.*"

„*Esteban! Lass Dante in Ruhe und geh zurück auf deinen Posten! Ich übernehme das hier*", erschallte es da auch schon aus der Tür, als ein weiterer Wachmann heraustrat.

„*Tut mir leid, Dante. Ich habe die beiden eigentlich angewiesen einfach nur zu warten, bis ich komme. Aber der Kleine ist jung und noch etwas übereifrig.*“

„*Mir brauchst du nichts erzählen, Javier. Ich weiß, wie schwierig es ist, zuverlässiges Personal zu finden.*“

Javier nickte, dann deutete er auf Dantes linke Brust.

„*Wie immer?*“, fragte er.

„*Selbstverständlich*“, bestätigte Dante.

Javier seufzte.

„*Dem Boss gefällt es gar nicht, dass du jedes Mal deinen Dolch mit reinschleppst.*“

Demonstrativ klopfte er Dante auf die Schulter.

„*Wir sind doch alle Amigos!*“

Dante erwiderte die Geste.

„*Natürlich sind wir das*“, bestätigte er. „*Aber dein Boss wohnt nun mal nicht direkt am Flughafen, und nichts gegen euer schönes Land, aber ich tingle hier garantiert nicht völlig unbewaffnet durch die Pampa. Das würde ich nicht einmal daheim tun.*“

„*Na schön*“, gab Javier sich kopfschüttelnd geschlagen. „*Aber sonst hast du keine weiteren Waffen eingesteckt, nicht wahr?*“

„*Sonst nichts. Ich schwöre es.*“

„*Na gut. Dann komm mal rein, der Boss wartet schon auf dich.*“

Javier führte Dante durch die Gänge der Hazienda in einen Salon, in dem es sich der Herr des Hauses mit einer dicken Zigarre und einem Glas Tequila gemütlich gemacht hatte. Bei ihrem Eintreten legte er beides jedoch sofort zur Seite, um Dante mit einer herzlichen Umarmung zu begrüßen.

„*Dante! Schön dich zu sehen. Wie geht es dir?*“, fragte er überschwänglich und trat einen Schritt zurück. „*Es hat geheißen, du wärst tot.*“

„*Nur vorübergehend.*“

„*Ah, ich verstehe. Hast wohl mal kurz untertauchen müssen, nicht wahr?*“

„*Ja. Und ich wäre dir sehr verbunden, wenn du meine Wiederauferstehung nicht gleich an die große Glocke* hängen würdest. Es ist besser fürs Geschäft, wenn die Behörden mich weiterhin für tot halten."

Sein Gegenüber grinste.

„Nun, was uns betrifft, ist es genau umgekehrt. Um ehrlich zu sein, bin ich mir zuletzt nicht sicher gewesen, ob wir unsere Geschäftsbeziehung zu Massimo in der bisherigen Form weiter aufrechterhalten können. Diesen exklusiven Liefervertrag sind wir nur deswegen eingegangen, weil du uns garantiert hast, dass ihr für entsprechenden Absatz sorgen könnt. Aber seit man dich für tot hält, soll es damit ja etwas hapern, was man so hört."

Mhm, welch diplomatische Umschreibung dafür, dass er damals eigentlich keine andere Wahl gehabt hatte, als sich an Massimo zu binden, nachdem Dante erfolgreich sämtliche nennenswerte Konkurrenz beseitigt hatte, an die er im großen Stil hätte verkaufen können. Was Massimo natürlich die Möglichkeit eingeräumt hatte, sehr attraktive Bedingungen für sich herauszuschlagen.

Das einzige Problem daran war, dass diese Verträge damit standen und fielen, wie sehr die Lieferanten dran glaubten, dass Massimo den Status Quo aufrecht erhalten konnte. Und dieser hier war nicht der einzige, der sich bereits ausgerechnet hatte, dass Massimo ohne Dantes Hilfe dazu nicht in der Lage sein würde. Sein Monopol würde fallen, Massimos Absatz würde einbrechen, und die Preise der Lieferanten, die sich ihre Zwischenhändler nun wieder frei aussuchen konnten, würden explodieren.

„Nun, deswegen bin ich ja hier, um diese Bedenken zu zerstreuen. Wie du siehst, sind die Berichte über mein Ableben stark übertrieben, ebenso wie die über die schlechten Umsätze. Massimo ist weiterhin in der Lage, den ganzen Stoff abzusetzen, den du liefern kannst."

„Komm, setzen wir uns doch. Solch wichtige Geschäfte bespricht man nicht im Stehen. Darf ich dir etwas anbieten? Der Tequila ist exquisit, so einen guten Tropfen bekommt man nicht alle Tage."

„Danke, aber ich bin geschäftlich hier. Und wie du weißt, trinke ich bei der Arbeit grundsätzlich nicht."

„*Wo bleibt denn der Spaß bei der Arbeit, wenn man sich nicht zwischendurch auch mal was gönnt? Dann vielleicht wenigstens eine kubanische Zigarre?*"

„*Bedaure, aber ich bin auch noch immer nicht unter die Raucher gegangen.*"

„*Du solltest das Leben mehr genießen, Dante!*"

„*Ich genieße eben auf andere Weise*", entgegnete Dante vernehmlich.

Aber es würde jegliche Gastfreundschaft wohl stark überstrapazieren, zu erwarten, dass man ihm zum Zeitvertreib jemanden brachte, den er ein wenig foltern konnte.

Was äußerst schade war, denn sich selbst durch den folgenden Smalltalk zu quälen, war definitiv kein Genuss. Diesen Part hatte bisher stets Massimo übernommen. Es war schon langweilig genug gewesen, sich das als Zaungast anhören zu müssen. Aber so zu tun, als würde einen das interessieren und in passenden Momenten ab und an auch mal selbst einen Einwurf zu machen, war echt anstrengend.

Wenn er es sich recht überlegte, so mochte Massimo ja ohne ihn aufgeschmissen sein, aber umgekehrt war es nicht so viel anders. Er war zwar derjenige gewesen, der die Voraussetzungen für diesen Deal geschaffen hatte, aber Massimo war derjenige gewesen, der alles durchgerechnet hatte und wusste, welche Bedingungen man fordern konnte, so dass man weder über den Tisch gezogen wurde, noch die Gegenseite daran Pleite ging. Zwar hatte natürlich auch er im Laufe der Jahre ein Gespür für realistische Preise bekommen, aber Massimo hatte dieses ganze Wirtschaftszeug studiert und kannte sich damit einfach um Längen besser aus als er. Vor allem, wenn es dann im Nachhinein darum ging, das Geld auch noch zu waschen. Das war ganz eindeutig Massimos Baustelle.

Dumm nur für Massimo, dass er im Zweifelsfall einfacher zu ersetzen war als Dante. Buchhalter gab es wie Sand am Meer und Geld verhielt sich überall gleich.

Das Netzwerk und den Respekt, den er sich aufgebaut hatte, konnte – zumindest in absehbarer Zeit – aber kein anderer bieten.

12

Allein der Zeitdruck hielt Selina davon ab, ob ihrer äußerst brenzligen Lage ausgiebig vor sich hin zu fluchen. Zurück konnte sie nicht, da rückte gerade die Verstärkung an. Und vor dem Nebenstiegenhaus, durch das sie eigentlich abhauen wollte, stand ein Typ, der aussah, als würde er zuerst schießen und dann fragen.

Mit routinierten Handgriffen warf Selina in Windeseile das angefangene Magazin aus der Halbautomatik aus und steckte ein volles rein. Wenn die Luft hier gleich von Blei erfüllt sein würde, wollte sie gerüstet sein.

Das Nachladen hatte allerdings einen gravierenden Nachteil: Es machte ein Geräusch, das laut genug war, um den Wachposten vor der Stiege auf sie aufmerksam zu machen. Er rief etwas auf Spanisch, wohl eine Aufforderung, sich zu identifizieren. Als nicht sofort eine Antwort kam, fing er jedenfalls gleich darauf zu schießen an.

Hinter der zum Glück massiven Wand in Deckung gehend, kniete Selina sich halb hin. Die Waffe fest mit beiden Händen umfasst, hielt sie den Lauf um die Ecke und feuerte eine breite Salve quer über den ganzen Gang ab.

Das Gegenfeuer brach ab, was Selina veranlasste, vorsichtig hinter ihrer Deckung hervorzulugen.

Nein, es war kein Trick, der andere Schütze war tatsächlich von mehreren Kugeln getroffen worden und gerade dabei, zusammenzusacken.

Mit einem sprintreifen Start schoss Selina hervor, trat dem Mann die Waffe aus der Hand und schlug ihn sicherheitshalber noch mit dem Griff ihrer Halbautomatik nieder.

Diesmal blieb keine Zeit zum Munitionsammeln. Auf dem Weg zum Stiegenhaus wechselte Selina im Gehen nochmal eilig das Magazin, ehe sie die Tür aufstieß und feuerbereit die Lage sondierte.

Scheinbar alles ruhig hier herinnen.

Zwei Stufen auf einmal nehmend, rannte sie im Laufschritt die Treppe hinunter ins Erdgeschoß, dabei drückte sie den zweiten Auslöser an ihrem Gürtel. Diesmal fand die Explosion im zweiten Stock statt, was ihre Verfolger hoffentlich dazu bringen würde, von einer Flucht über das Dach auszugehen, anstatt hier unten nach ihr zu suchen.

Vorsichtig öffnete Selina die Tür zum Erdgeschoss einen Spalt, für die Endoskopkamera war keine Zeit.

Die Luft schien rein zu sein, also steckte sie die Schusswaffe weg und nahm stattdessen wieder ihre Stöcke zur Hand. Bemüht möglichst leise zu sein, schlich Selina den Gang entlang.

Auf einmal hörte sie Stimmen hinter der Biegung vor ihr.

Selina beschleunigte ihre Schritte, um die nächste Tür auf ihrem Weg noch unbemerkt erreichen zu können. Ganz leise drücke sie die Türschnalle herunter, öffnete die Tür einen kleinen Spalt und schlüpfte hinein.

13

Oh, oh.

Selina fand sich Auge in Auge direkt neben einem Wachposten wieder, der neben der Tür die Stellung hielt.

„¡No dispares! ¡La quiero viva!", brüllte jemand hinter ihr.

Soweit reichten Selinas Spanischkenntnisse gerade noch, um das zu verstehen: ‚Nicht schießen! Ich will sie lebend!‘

Danke für die Schützenhilfe.

Während der Wächter vor ihr ob dieser Anweisung kurz innehielt, zögerte Selina nicht, sondern brachte ihre Stöcke zum Einsatz. Ihr überraschter Gegner riss zwar schützend seine Waffe hoch, um damit ihre ersten beiden Schläge abzuwehren, schaffte es aber nicht, aus der Defensive zu kommen. Der dritte und der vierte Schlag saßen, der fünfte schaltete ihn aus.

Immer noch angriffsbereit wirbelte Selina herum, um die Wand im Rücken zu haben und sich einen Überblick über den Raum verschaffen zu können, in dem sie zwei weitere Leute erblickte.

Der schon etwas ältere, der dankenswerterweise den Wachmann ausgebremst hatte, und nun mit einer Zornesröte im Gesicht dastand, als wolle er vor Wut dringend auf irgendetwas einschlagen, musste Garcia sein.

Und daneben …

... stand Dante, der sie mit eisiger Miene durchdringend ansah.

Doch Selina ließ sich gar nicht erst darauf ein, seinen Blick zu erwidern, stattdessen konzentrierte sie sich auf Garcia.

„Sieh mal an, scheint so, als wäre mir der Hausherr persönlich in den Schoß gefallen. Wenn das nicht mein Ticket nach draußen wird.“

———◆———

Garcia fluchte auf Spanisch irgendetwas vor sich hin und wollte Selina entgegengehen, doch Dante hob seinen Arm vor ihn und hielt ihn zurück.

„*Das solltest du lieber bleiben lassen. Immerhin hat sie gerade mühelos jemanden einbetoniert, der wohl nur halb so alt ist wie du*“, erinnerte er Miguel daran, dass er seine besten Jahre bereits hinter sich hatte.

„*Ach, meinst du?*“, beschwerte dieser sich ungehalten. „*Na wenn du glaubst, du kannst es besser, dann lass sehen!*“

Kein Problem, aber zuerst musste er sich eine ordentliche Waffe besorgen, die Selinas Stöcken ebenbürtig war. Und zwar schnell, denn wie schon eben mit dem Wachmann, fackelte Selina auch diesmal nicht lang, sondern kam bereits mit erhobenen Waffen auf ihn zu.

Er gab Miguel noch einen Stoß und die Anweisung, in Deckung zu gehen, als auch schon der erste von Selinas Stöcken auf ihn niederfuhr. Mit einem beherzten Sprung zur Seite brachte Dante sich erst mal in Sicherheit, um sogleich zu der Wand weiterzurennen, an der Miguel zur Dekoration ein Schwert aufgehängt hatte. Im Gegensatz zu seinem Dolch war es zwar nicht wirklich scharf, aber das war egal, denn in diesem Fall kam es tatsächlich nur auf die Größe an, ging diese doch mit Reichweite einher. Wie er aus unzähligen Trainingseinheiten wusste, war Selina nämlich viel zu versiert mit ihren Stöcken, als dass er auch nur den Hauch einer Chance hätte, mit seinem vergleichsweise kurzen Dolch an sie herankommen zu können. Aber mit diesem Teil hier sah die Sache schon ganz anders aus.

Dante nahm den Eineinhalbhänder von der Wand und wirbelte damit herum. Keinen Moment zu früh, denn Selina war schon wieder im Angriff. Das Schwert mit beiden Händen hochziehend, wehrte Dante den auf ihn zukommenden Schädelspalter jedoch problemlos ab

Dummerweise verhinderte aber die Wand in seinem Rücken, dass er den dabei entstehenden Schwung der Waffe gleich für einen Gegenangriff nutzen konnte, denn dafür hätte er das Schwert über seinen Kopf schwingen müssen, was sich hier aber nicht ausging. Er musste also dringend zusehen, dass er von da wegkam, denn so in die Enge getrieben, konnte er den Vorteil seiner längeren Waffe nicht voll ausschöpfen.

Was bei einem derart starken Gegner wie Selina fatal war. Im unbewaffneten Nahkampf mochte er ihr ja ob seiner Konstitution im Vorteil sein, aber sobald sie ihre Stöcke in der Hand hielt, sah die Sache ganz anders aus. Damit war sie absolut in der Lage, ihn fertigzumachen.

Das Schwert so haltend, dass sich an seiner linken Seite eine leichte Schwäche in seiner Deckung ergab, wartete Dante auf Selinas nächsten Angriff. Wie erhofft ging sie prompt auf diese Lücke los, was Dante dazu nutzte, zur rechten Seite hin auszubrechen und den Eineinhalbhänder mit einer Drehbewegung auf Selinas Bauch zuschnellen zu lassen. Dank ihrer zweiten Waffe schaffte Selina es zwar, den Schlag abzuwehren, doch sie musste dabei auch einen Schritt zurück machen, was Dante den Platz verschaffte, sich gänzlich aus seiner eingekesselten Position zu befreien.

Die Waffen erhoben, bereit jederzeit zuzuschlagen, standen sie einander nun gegenüber und starrten sich lauernd an.

Das musste er Selina wirklich lassen, sie war abgebrüht genug, hier seit ihrem Auftauchen bei seinem Anblick noch keine Miene verzogen zu haben. Voll konzentriert auf den Kampf waren ihrer beider Blicke unverwandt auf die Augen des anderen gerichtet.

Plötzlich stieß Selina vor, mit nur einem großen Satz überwand sie den Abstand zwischen ihnen, während der Stock in ihrer rechten Hand auch schon in Hüfthöhe seitlich auf ihn zukam.

Zur Verteidigung ließ Dante sein Schwert in einem Halbkreis nach unten schnellen, gleichzeitig trat er einen Schritt zur Seite, um sich nicht flankieren zu lassen und ihr kein Ziel für ihre andere Hand zu bieten. Während Selina sich kurz neu ausrichten musste, ging Dante bereits zum Gegenangriff über, indem er sein Schwert parallel zu Selinas Stock waagrecht ausrichtete und einen Stich ausführte, womit er sie erst mal zum Rückzug zwang.

Aber damit konnte er sie nicht in die Defensive drängen, mit einem routinierten Ausweichmanöver zur Seite ließ sie seinen Stich nicht nur ins Leere laufen, sondern kam ihm im nächsten Moment schon entgegen, die Waffe seitlich neben sich haltend, um damit durch seinen Bauch zu pflügen.

In einer hektischen Bewegung versuchte Dante, zur Seite zu springen und gleichzeitig sein Schwert herumzureißen, aber er wusste schon vorher, dass sich das nicht ausgehen würde. Ein beißender Schmerz durchfuhr seine gesamte linke Seite, als das harte Metall mit Schwung auf seine Knochen traf, dabei hatte Selina seinen Rippenbogen gerade mal streifend erwischt.

Zum Jammern war aber keine Zeit. Denn so, wie Selina an ihm vorbeigegangen war, hätte er sie im Rücken, wenn er nicht in Bewegung blieb. Was sein sicheres Ende bedeuten würde.

Sich weiter drehend, so dass er Selina wieder ansah, trat Dante erst mal die Flucht nach hinten an. Womit er gerade noch Selinas nächstem Schlag ausweichen konnte, mit dem sie ihn seitlich von hinten niederschlagen hatte wollen.

Also bisher lief das alles andere als gut für ihn. Was kein Wunder war, da er bloß reagiert hatte, anstatt offensiv zu agieren. Schön langsam sollte er endlich in die Gänge kommen, sonst würde er das nie gewinnen. Darauf, dass sich Selina einfach so die Blöße einer schwachen Deckung gab, konnte er lange warten, das würde nicht passieren. Jedenfalls nicht von allein. Da half nur eins: tarnen und täuschen.

So gesehen kam es ihm eigentlich ziemlich gelegen, dass Selina ihn gerade erwischt hatte, denn damit hatte er eine glaubhafte Basis für sein Schmierentheater, das ihm sonst wohl keiner abgenommen hätte.

Indem er sich ihr so zuwandte, dass er von rechts halbhoch zuschlagen konnte und seine scheinbar angeschlagene linke Seite schonte, suggerierte er seiner Gegnerin eine Schwäche bei der Abwehr von Schlägen, die von links oben kamen.

Ihre Chance witternd, parierte Selina den auf Hüfthöhe reinkommenden Schwinger, indem sie, ihre Hauptwaffe senkrecht nach unten haltend, nach innen vorpreschte, bis sie auf seine Klinge traf. Dann knallte sie ihm mit ihrer linken das unter ihrer Faust herausstehende Ende ihres Stockes äußerst hart und reichlich schmerzhaft auf seine rechte Hand.

Aber das hatte Dante einkalkuliert. Der Verlust seiner Waffe, deren Gewicht er einhändig mit der lädierten Hand nicht mehr zu halten vermochte, war bedeutungslos. Das Einzige, was zählte war, dass er Selina nun mit nur einem kleinen Schritt nach vorne mit seiner voll einsatzbereiten linken Hand erreichen konnte. Schneller als Selina ihren nächsten Zug auszuführen vermochte – der den Kampf definitiv zu ihren Gunsten entscheiden hätte – verpasste er ihr einen kräftigen Handballenstoß mitten ins Gesicht.

Damit war der Kampf beendet.

Selina sackte auf der Stelle zusammen und blieb reglos am Boden liegen.

Miguel trat hervor und stieß die Besiegte prüfend mit dem Fuß an.

„Ich fürchte, du hast Recht gehabt, gegen diese Amazone hätte ich wirklich alt ausgesehen. Scheint ja sogar für dich ein hartes Stück Arbeit gewesen zu sein.“

Auf einmal wurde schwungvoll die Tür aufgestoßen, und Javier stürzte mit zwei Männern im Schlepptau herein.

„*Ist bei Ihnen alles in Ordnung, Boss?*“, rief er aufgebracht, noch ehe er Gelegenheit hatte, die Situation zu erfassen.

„*Ja. Dank Dante*“, erklärte Miguel anerkennend, um dann missbilligend hinzuzufügen: „*Und wo bist du inzwischen gewesen?*“

Javiers Blick wanderte von der bewusstlosen Selina zu Dante und weiter zu Miguel.

„*Das Miststück hat mir in Ihrem Arbeitszimmer aufgelauert und mich hinterrücks niedergeschlagen*“, berichtete Javier ausgesprochen verstimmt, wobei Dante in Kenntnis des besagten Raumes und seiner mangelhaften Möglichkeiten für einen Hinterhalt annahm, dass diese Schilderung etwas geschönt war zu Javiers Gunsten. Aber als Chef von Miguels Sicherheit wäre es wohl eine veritable Blamage für ihn gewesen zuzugeben, das er gegen eine halbe Portion wie Selina von Angesicht zu Angesicht verloren hatte. Immerhin hatte er jedoch die Größe, Dantes Leistung anzuerkennen.

„*Danke, dass du ihn beschützt hast*“, erklärte Javier und reichte Dante die Hand, während er ihm gleichzeitig die andere auf die Schulter klopfte. „*Jetzt hat es sich immerhin einmal ausgezahlt, dass ich dir erlaube, hier bewaffnet herumzulaufen.*“

„*Nicht wirklich, in diesem Fall habe ich das Schwert vorgezogen. Und schließlich hast du ja gesagt, der Dolch soll dort bleiben, wo ihn keiner sehen kann.*“

„*Also ich würde ihn gerne sehen*“, mischte Miguel sich nun ein und trat einen Schritt näher, womit er Javier dazu veranlasste, sich von Dante zu lösen.

Verwundert über dieses Ansinnen sah Dante ihn an. Die anfängliche Dankbarkeit war aus Miguels Blick verschwunden, stattdessen lag darin ein Funke Misstrauen, als er ihn unumwunden musterte.

Das wiederum wunderte Dante nicht, denn Miguel war ein äußerst argwöhnischer Mensch. Weshalb er sich sicher zumindest kurz die Frage stellte, ob es Zufall war, dass die Einbrecherin hier aufgetaucht war, während er Besuch hatte.

„Ich habe schon so viel darüber gehört, dass du ein bemerkenswertes Talent haben sollst“, erläuterte Miguel. „Aber ich habe noch nie das Vergnügen gehabt, dich einmal in Aktion zu erleben.“

Natürlich wusste Dante sofort, wovon er sprach.

„Von denen, die es erlebt haben, würden es glaube ich die wenigsten als Vergnügen bezeichnen“, schränkte Dante ein, und damit meinte er nicht einmal diejenigen, die selber auf der Folterbank gesessen hatten, sondern wirklich bloß die Zuseher.

„Das lass mal meine Sorge sein!“, erklärte Miguel streng. „Ich will wissen, wer diese Frau ist, wer sie geschickt hat und worauf sie es abgesehen hat. Und nach allem, was ich gehört habe, gibt es niemanden, der besser geeignet wäre als du, um das herauszufinden.“

Dantes Blick fiel kurz auf Selina, blieb aber ausdruckslos. Wenn Miguel es verlangte, um sich davon zu überzeugen, dass sie nicht unter einer Decke steckten, dann würde er es ohne Zögern tun. Angesichts der Situation war das die einzige Möglichkeit, sich schadlos zu halten.

„Das kann ich gern für dich herausfinden. Aber ich habe zwei Bedingungen“, forderte er selbstsicher.

„Welche?“, fragte Miguel missbilligend.

„Ich habe nichts gegen Zuseher. Aber nur, solange sie schweigen. Was leider in den seltensten Fällen der Fall ist. Meine Erfahrung ist wie gesagt, dass es die wenigsten einfach still genießen können. Da wird ständig nur moniert. Sei es, dass es zu schnell geht, oder zu lange dauert, dass ich härter nachfragen soll, oder ob ich die Eingeweide wirklich rausholen muss.

Das, was ich mache, ist mehr als ein bloßes Handwerk. Es ist eine Kunst, die genau darin besteht, den richtigen Rahmen für beste Ergebnisse zu finden. Und da lasse ich mir von niemandem dreinreden. Verstehen wir uns?“

Miguel brummte zwar ein wenig unwirsch, entgegnete dann aber:

„Solange du brauchbare Antworten aus ihr rausholst, kannst du tun, was du willst. Und die zweite Bedingung?“

„Aus Tequila und Zigarren mache ich mir nichts. Aber jemanden foltern zu dürfen ... das kann ich genießen. Und wenn es dann auch noch eine schöne Frau ist ... was leider viel zu selten vorkommt. Ich brauche dir ja nicht zu erzählen, was für Gesindel ich sonst in die Finger bekomme, das hat genau gar keinen Sexappeal. Also langer Rede, kurzer Sinn, wenn mir schon mal so etwas in die Hände fällt, habe ich nicht vor, nachher unter die Dusche zum Wixen zu gehen. Ich will sie haben, wenn ich mit ihr fertig bin. Und zwar für den Rest der Nacht. Danach kannst du sie deinen Männern zum Fraß vorwerfen, oder was auch immer du sonst mit ihr machen willst.“

Auf Miguels Gesicht zeichnete sich ein anrüchiges, kameradschaftliches Lächeln ab.

„Ein Mann, der weder raucht noch sauft und keinerlei Interesse an der Damenwelt zeigt – das ist mir immer ein wenig suspekt vorgekommen. Es gefällt mir zu sehen, dass du ja doch kein Kostverächter bist.“

Ein Schwall kaltes Wasser ins Gesicht ließ Selina prustend wieder zu Bewusstsein kommen. Das Erste, was sie in ihrer momentanen Verwirrung dabei feststellte war, dass sie die Arme nicht vors Gesicht nehmen konnte.

Warum? Wo bin ich überhaupt?

Die Benommenheit lichtete sich schnell und Selina erkannte, dass sie in einem düsteren Raum – vermutlich im Keller – auf dem Bauch am Boden lag. Ihre Hände waren am Rücken gefesselt, dem einschneidenden Gefühl nach höchstwahrscheinlich mit einem Kabelbinder. Um sie herum standen mehrere Leute, wie ihr die vielen Schuhe verrieten, von denen einer nun mit Elan auf sie zukam, um sie mit einem Tritt in den Bauch unsanft in die Rückenlage zu befördern.

Das fängt ja schon mal heiter an, ging es Selina um Luft ringend durch den Kopf, wohl wissend, dass das noch gar nichts war im Vergleich zu dem, was sie erwartete.

Aus leicht glasigen Augen sah sie empor.

Oh fuck. Das war doch der Typ, den sie gleich als Ersten in Garcias Arbeitszimmer niedergeschlagen hatte. Was er ihr, seinem mürrischem Blick nach, offensichtlich ziemlich übel nahm. Ganz eindeutig einer von der nachtragenden Sorte.

Da tauchte Dante neben ihm auf. Sein Blick war nun nicht mehr ganz so unterkühlt wie zuvor, stattdessen loderte etwas in seinen Augen, das Selina nur allzu gut kannte. Das konnte nur eines bedeuten: Das Los, wer sie foltern durfte, war auf ihn gefallen.

„Na dann lass mal sehen, was du kannst", lud der andere Dante ein, zu beginnen.

Erstarrt sah Selina ihm nach, wie er sich mit dem Kübel in der Hand von ihr entfernte.

→

„Warte", hielt Dante Javier auf, ohne den Blick von Selina abzuwenden. *„Trag das nicht weg."*

„Wieso?"

„Sieh doch mal, wie hypnotisiert unser Kaninchen den Kübel anstarrt."

Als Javier Selina über die Schulter musterte, wandte diese hastig den Blick in eine andere Richtung, woraufhin Dante sich ein selbstgefälliges Grinsen gestattete.

„Ich denke, da hat es wohl jemand gar nicht so mit Wasser. Du hast nicht zufällig etwas Größeres, das du mir anfüllen kannst?"

„Wie wäre es mit einem Wäscheschaffel?"

„Perfekt."

Selinas Augen wanderten unstet und verunsichert zwischen ihnen beiden umher. Dante hatte keine Ahnung, wie viel sie von dem Gespräch verstanden hatte. Wahrscheinlich eher wenig, denn ihr Spanisch war ziemlich weit am unteren Ende von mittelmäßig angesiedelt.

„Sprichst du Spanisch?", fragte er sie, um auch für Miguel und Javier Klarheit über das herzustellen, was ihm freilich schon bekannt war.

Als Selina darauf bloß den Kopf schüttelte, zerrte Dante sie mit einer Hand an ihrem Arm ruppig auf die Beine, packte sie mit der anderen am Kinn und drehe ihren Kopf so, dass sie Miguel ansah, der inzwischen auf einem Sessel Platz genommen hatte.

„Klären wir doch mal, was Sache ist. Wer das ist, weißt du ja bereits. Der *Senor* hat ein paar Fragen an dich, die du laut und deutlich beantworten wirst, sodass er dich auch verstehen kann. Ist die Antwort nicht zufriedenstellend, dann werde ich die Frage für ihn wiederholen. Und zwar so lange, bis du ihm erzählst, was er wissen will."

Mit einem herben Stoß brachte er Selina auf die Knie vor Miguel.

„Also, nochmal: Sprichst du Spanisch?"

Mit einem vor Wut und Verachtung triefenden Blick sah sie erst Dante, dann Miguel an.

„Nein", knurrte sie widerwillig.

„Das macht nichts", erklärte Miguel mit starkem spanischen Akzent. „Ich verstehe eure Sprache sehr gut.

Du wirst mir jetzt erzählen, wer du bist, wer dich geschickt hat, wie du hier hereingekommen bist und wer dir dabei geholfen hat."

„Die Unterstellung, dass ich Hilfe nötig hätte, beleidigt mich."

Für diese herablassende Antwort kassierte sie eine schallende Ohrfeige von Miguel. Ganz anders als Massimo hatte der nämlich keine Probleme damit, sich auch mal selbst tatkräftig ins Geschehen einzumischen.

„Also, wenn ich mir das hier so ansehe, würde ich eher sagen, für dich kommt jede Hilfe zu spät."

Er wandte sich an Dante: „*Das Gringo-Mädchen braucht wohl erst mal eine umfassende Lektion in Sachen Respekt, ehe ich bereit bin, mich weiter mit ihr zu unterhalten. Du hast freie Hand. Hol alles aus ihr raus, koste es, was es wolle.*

Und wage es ja nicht, dich zurückzuhalten. Sollte sie am Ende in einem Zustand sein, in dem du nichts mehr mit ihr anfangen kannst oder willst, dann besorge ich dir eben ein anderes Mädchen, das dir die Nacht versüßen wird."

Dantes Blick verfinsterte sich.

„*Das ist aber nicht der Deal gewesen. Du hast mir zugesichert, dass ich sie haben und mit ihr machen kann, was ich will. ALLES was ich will.*"

„*Da wird sich etwas finden lassen*", versicherte Miguel ihm gelassen.

Demonstrativ ließ Dante seinen Blick zu seinem Dolch schweifen, der gut sichtbar in seinem Schulterholster steckte, nachdem er das Sakko ausgezogen hatte.

„Wirklich?", urgierte er zweifelnd.

Nun wurde Miguel ärgerlich.

„Hör zu, dieses Stück Dreck hier hat sich in mein Haus eingeschlichen! Das werde ich nicht auf mir sitzen lassen! Ich will Antworten, egal um welchen Preis! Und wenn ich dafür eine Jungfrau schlachten muss, es ist mir scheißegal! Sag Javier, was du haben möchtest, dick, dünn, blond, dunkelhaarig, völlig egal, er wird sich darum kümmern. Und du wirst dich darum kümmern, ohne Rücksicht auf Verluste, deinen verdammten Job zu machen! Verstanden?!"

Obwohl Miguel es nicht sagte, konnte Dante den Nachsatz nur allzu deutlich hören: *Denn wenn du es nicht machst, dann bist du gleich der Nächste, den wir in die Mangel nehmen.*

Aber weder Miguels Ausbruch, noch die unausgesprochene Drohung konnten Dante aus der Ruhe bringen. Schließlich war das hier genau sein Metier.

„Javier kann sich die Mühe sparen, es wird kein Ersatz von Nöten sein." Er wandte seinen Blick Javier zu, der gerade den letzten Kübel Wasser in das Schaffel goss. *„Ich bin absolut in der Lage, Antworten aus ihr rauszuholen, ohne sie dafür bis zur Unkenntlichkeit zurichten zu müssen."*

Schön langsam beschlich Selina das Gefühl, dass es sich doch ausgezahlt hätte, etwas mehr Zeit in ihre Sprachkenntnisse zu investieren. Es war nämlich gerade echt ausgesprochen zum Kotzen, dass sie bloß bruchstückhaft mitbekam, was hier geredet wurde.

Mit einem „Los, hoch mit dir", riss Dante sie unvermittelt wieder auf die Beine und zerrte sie im Rückwärtsgang mit sich, bis sie mit den Oberschenkeln gegen etwas stieß.

Ein heftiger Stoß mit der flachen Hand mitten auf ihren Brustkorb brachte sie aus dem Gleichgewicht und ließ ihren Oberkörper rücklings auf einen Tisch knallen. Sie mit einer Hand niederhaltend, zog Dante mit der anderen seinen Dolch aus der Scheide.

Der Anblick des scharfen Stahls ließ ihren Puls nach oben schnellen, aber wenigstens ihre Atmung und ihre Mimik hatte Selina ausreichend im Griff, um es sich nicht gleich von weitem anmerken zu lassen. Dante täuschen zu wollen hatte zwar sowieso keinen Sinn, dazu kannte er sie und ihre Ängste viel zu gut, aber wenigstens Garcia und seine Mannen brauchten nun wirklich nicht mitzubekommen, was gerade wirklich in ihr vorging.

„Senor Garcia meint, dir fehlt es an Demut", erklärte Dante, während er den Dolch mit der Breitseite über ihre Wange gleiten ließ, wobei die Spitze einen hochpräzisen, hauchfeinen Kratzer in ihrer zarten Haut hinterließ. „Also fangen wir doch zuallererst einmal damit an, dich von deinem hohen Ross auf den Boden der Tatsachen herunterzuholen."

Die Klinge verschwand am Hals unter dem engen Stoff ihres schwarzen Anzugs, um kurz darauf ruckartig mittendurch daraus hervorzubrechen, den Stoff dabei so mühelos in Fetzen reißend, als wäre es bloß dünnes Papier.

„Schön stillhalten", mahnte Dante sie, als er den Druck auf ihren Brustkorb verringerte und die Hand ein wenig wegzog, um mit dem Dolch seinen Weg nach unten fortsetzen zu können. „Du willst ja wohl nicht, dass ich abrutsche."

Nein, das wollte sie wirklich nicht, aber anstatt das zu bekennen, strafte sie Dante lieber mit einem verachtungsvollen Blick für das, was er hier gerade mit ihrer Kleidung anstellte, während sie wie befohlen reglos verharrte.

Zumindest vorerst.

Wenn sie einen günstigen Moment abpasste, während Dante gerade den Dolch wegzog, dann könnte sie vielleicht ...

Der brennende Schmerz von Stahl, der sich seinen Weg durch Haut bahnte, dicht unterhalb ihres Nabels, ließ Selina augenblicklich erstarren. Ja selbst zu atmen wagte sie nur noch ganz flach aus der Brust heraus.

„Welchen Teil von ‚stillhalten' hast du nicht verstanden?", rügte Dante sie mit Eiseskälte, während er die Klinge ein Stück weiter durch ihre Haut zog.

„Ich habe mich doch gar nicht bewegt!", zischte Selina zwischen geschlossenen Zähnen, um sich nur ja nicht zu rühren und sich dabei ein Loch in den Bauch zu reißen.

„Nur, weil ich dir zuvorgekommen bin. Hast du wirklich geglaubt, ich würde es erst bemerken, wenn du schon aufspringst? Dazu hast du vorab ein paar Muskeln zu viel angespannt."

Selina biss die Zähne fester zusammen, als Dante den Dolch neuerlich bewegte.

„Ich warne dich. Probier' so was nochmal, und ich nagle dich mit zwei Messern hier am Tisch fest."

Mit einem Ruck zog Dante den Dolch weg.

Ohne einen weiteren Gedanken an Gegenwehr ließ Selina es zu, dass Dante erst ihren Anzug und danach auch ihre Unterwäsche zerfetzte und von ihrem Körper riss, bis sie splitternackt war.

Egal, das Zeug war sowieso komplett durchnässt von der Dusche, mit der man sie geweckt hatte. Und dass sie nackt war, ging ihr am Allerwertesten vorbei. War ja schließlich bei weitem nicht das erste Mal, dass sie sich vor wildfremden Männern entblößte. Die anzüglichen Blicke würden ihr kein Leid zufügen – ganz im Gegensatz zu dem, was sie hier durch Dantes Hand sonst gleich erwartete.

Inzwischen auf dem Bauch liegend, beobachtete Selina aus dem Augenwinkel, wie Dante seinen Dolch wieder wegsteckte, ehe er sie mit einem Ruck an ihren Armen wieder auf die Beine holte, eine Drehung mit ihr vollführte und sie Garcia erneut vor die Füße warf. Der ungebremste Aufprall ihrer bloßen Knie auf dem rauen Stein war äußerst hart und riss ihre Haut auf, aber Selina ließ sich nichts anmerken. Sie war weitaus Schlimmeres gewohnt als das.

„So, dann wollen wir mal sehen, ob du nun immer noch so stolz bist, oder ob du jetzt die Güte hättest, uns zu erzählen, wer du bist."

Selina blickte kurz an ihrem nackten Körper herab, dann sah sie die Männer um sich herum mit großen Augen an, ehe sie an Garcia gewandt ganz selbstverständlich erklärte:

„Ich bin das neue Pin-Up-Girl. Und nicht vergessen, der Strip kostet extra."

Während Garcia von ihrer Dreistigkeit eher verblüfft bis verärgert erschien, fing Dante neben ihr vernehmlich zu lächeln an.

„Nur zu, reiß nur weiter Witze. Ich werde meine Freude dran haben."

Mit einem Griff wie ein Schraubstock packte Dante ihre beiden Oberarme und zerrte sie zu dem mit Wasser gefüllten Schaffel, das Javier vorbereitet hatte.

———➤

So sehr Selina sich auch nach Leibeskräften dagegen zu wehren versuchte, bereitete es Dante dennoch keine nennenswerten Probleme, sie auf Knien vor die am Boden stehende Wanne zu verfrachten und ihren Kopf unter Wasser zu drücken. Ihr Widerstand ließ nach, offenbar war sie zu der schlauen Erkenntnis gelangt, dass es ohnehin sinnlos war und sie die Luft, die sie für das Gezappel verschwendete, noch dringend brauchen würde.

Konzentriert zählte Dante die Sekunden. Er war bei neununddreißig angelangt, als Selina neuerlich anfing, sich wehren zu wollen.

Oh Mann, fühlte sich das gut an. Sie so haltend, spürte er all ihre Reaktionen überdeutlich, jedes verzweifelte Aufbäumen, jedes Zucken, jedes Zittern. Den süßen Rausch der Macht über sie genießend, zählte er seelenruhig weiter.

... neunundfünfzig, sechzig.

Als er seine Hände wegzog, schnellte Selina hervor wie ein Luftballon, den man unter Wasser gedrückt hatte, begleitet vom Geräusch übermäßigen nach Luft Schnappens.

„Und, immer noch zu Scherzen aufgelegt?"

Weiterhin um Luft ringend schüttelte Selina leicht den Kopf, doch dann sah sie mit vor Verachtung funkelnden Augen zu ihm hoch.

„Du kannst mich mal!"

„Was kann ich dich? Nochmal untertauchen? Na das lass ich mir nicht zweimal sagen."

Aber erst mal würde er für ein wenig Ergonomie am Arbeitsplatz sorgen. Schließlich sollte bloß Selina leiden, nicht aber sein Rücken.

„Javier, ich glaube, das zieht sich noch ein bisschen. Ich brauche etwas in der Höhe eines Sessels, um die Wanne daraufzustellen. Und Fesseln für ihre Beine."

Misstrauisch verfolgte Selina, wie Javier den Raum verließ.

„Keine Sorge, wir werden uns nicht damit langweilen, auf seine Rückkehr zu warten."

Mit diesen Worten packte er Selina und drückte sie erneut unter Wasser. Diesmal war sie aber schon klüger und sparte sich das nutzlose Gestrampel am Anfang. Dementsprechend hielt sie sich auch ein klein wenig länger ruhig, aber es waren trotzdem fünfzehn für sie gewiss sehr lange Sekunden, die sie dann kämpfte, um wieder hochzukommen.

„Na, fängt es schon an, dir leid zu tun, dass du beschlossen hast, hier den Kasperl zu markieren?"

Er drehte ihren Kopf, so dass sie ihn ansah, gab ihr aber keine Gelegenheit zu antworten.

„Hm, sieht für mich nicht so aus. Ich glaube, du brauchst noch ein paar Tauchgänge. Bleibt nur zu hoffen, dass sich deine Narrenkappe dabei nicht so vollsaugt, dass du mit ihr absäufst."

Und ab ging es zur dritten Runde, bei der sich die unzureichende Verschnaufpause bereits bemerkbar machte. Natürlich machte Dante trotzdem keinerlei Abstriche bei seiner Zielzeit, im Gegenteil, schön langsam begann das Ganze überhaupt erst richtig interessant zu werden. Ohne echte Panik bei ihr war es doch bloß Kinderkram.

Gerade als Selina röchelnd wieder hoch kam, kehrte Javier mit einem niedrigen, aber stabilen Tischchen zurück.

Dante versetzte Selina einen Stoß, der sie seitlich zu Boden warf, dann hielt er die Hand auf und ließ sich von Javier im Vorbeigehen einen weiteren Kabelbinder in die selbige drücken, den er knapp über den Knöcheln um Selinas Beine zurrte. Javier hob inzwischen zusammen mit einem seiner Wachmänner die volle Wanne auf das Tischchen.

„Ist zwar eine Schande, dass du jetzt gar nicht mehr knien musst", beklagte Dante, während er Selina auf die Beine zerrte, „aber eine bequeme Arbeitshöhe für mich geht nun mal vor."

Ach ja, die vierte Runde war doch wesentlich angenehmer, nun da er sich nicht mehr so bücken musste. Da machte die Arbeit doch gleich noch mehr Spaß. Und Selinas weiter gesteigerte Panik tat ihr Übriges dazu.

„Seht euch das an, sie will immer noch nicht reden", erklärte Dante ohne einen Funken Bedauern während Selinas nächster Atempause.

„Du stellst ja nicht einmal Fragen!", spie sie ihm keuchend entgegen, als wäre sie der Meinung, er wisse nicht, wie der Job zu erledigen sei.

„Sehe ich aus wie ein Mann, der eine Frau ein zweites Mal nach ihrem Namen fragen würde, wenn er beim ersten Mal eine Abfuhr bekommen hat? Ich laufe niemandem hinterher."

Dann mal kopfüber ab zur fünften Runde. Inzwischen dauerte es keine halbe Minute mehr, ehe Selinas Wunsch zu atmen übermächtig wurde. Ihr Widerstand pendelte zwischen einigen wenigen extrem kraftvollen Versuchen, sich seinem Griff zu entziehen, und dazwischen völlig planlosem Gewinde und Gestrampel, das sehr den Eindruck wachsender Verzweiflung erweckte.

Als er sie wieder hoch ließ, setzte Selina nach ein paar tiefen Atemzügen dazu an, etwas sagen zu wollen, aber Dante gab ihr keine Chance dazu, sondern tauchte sie augenblicklich wieder unter. Sie war noch nicht soweit, bereitwillig alles auszupacken, dessen war er sich sicher. Und er hatte nicht vor, sich darauf einzulassen, dass sie ihn häppchenweise mit ein paar relativ wertlosen Informationen fütterte, um Zeit zu schinden und wieder zu Atem zu kommen. Das hier war sein Spiel, und er allein würde die Regeln diktieren. Und eine Regel davon war, dass sie die Chance zu reden besser nutzen sollte, wenn er sie ihr bot, denn die nächste könnte auf sich warten lassen.

Nachdem er Selina weitere zweimal auf Tauchstation geschickt hatte, ohne sie etwas zu fragen oder sie anzuhören, merkte man, wie etwas in ihr kippte. Ihr Wille zum Widerstand zerbröselte unter seinen Händen sichtlich, und wurde ersetzt von einer Mischung aus Resignation und Verzweiflung.

„Ich habe dir doch gesagt, dass ich meinen Spaß haben würde. Und die Nacht ist noch jung, da kann ich mich noch eine ganze Weile weiter vergnügen", raunte er ihr mit einem sadistischen Lächeln zu, was Selina bei ihren tiefen Atemzügen deutlich ins Stolpern brachte. „Und sollte mir doch irgendwann nach einer Pause sein, kann ja mein *Amigo* Javier eine Weile übernehmen, während ich einfach nur ganz entspannt den Anblick genieße."

Bingo, Volltreffer.

Die Aussicht darauf, dass es ihm gar nicht mehr wirklich um Antworten ging, sondern bloß darum, sie foltern zu können, gab Selinas Gegenwehr den Todesstoß. Die Augen vor Entsetzen weit aufgerissen versuchte sie verzweifelt etwas vorzubringen, aber Dante tauchte sie wieder unter, noch ehe das erste Wort vollständig über ihre Lippen gekommen war.

Jetzt war sie soweit, dass sie brav all seine Fragen beantworten würde, ohne irgendwelche Tricks zu versuchen. Und damit es nicht zu offensichtlich wurde, wie er mit ihren Ängsten spielte, würde er sich nun ein wenig Unterstützung von Miguel holen. Mit zwei schnellen Gesten, während denen er Selina einhändig niederdrückte, bedeutete er Miguel, was er von ihm erwartete.

Als Selina diesmal aus dem Wasser kam, war sie bereits so fertig, dass sie beinahe röchelnd zusammenklappte.

„Wer wird sich denn hier ausruhen wollen, wo es doch gerade erst so richtig losgeht", tadelte Dante sie lapidar, während er dafür sorgte, dass sie auf den Beinen blieb.

„Dante, es reicht", mischte Miguel sich wie bestellt ein. „Stell ihr die Fragen, bevor sie nicht mehr in der Lage ist, zu antworten."

In einer Geste der Kapitulation nahm Dante kurz beide Hände von Selina weg. Ihrer Stütze beraubt, sackte sie augenblicklich in sich zusammen.

Mit einem fiesen Lächeln blickte Dante auf sie herab.

„Miguel ist einfach zu gutherzig. Ich hätte ja gern noch ein paar Runden mehr mit dir gedreht. Wobei, vielleicht ist er auch einfach nur zu ungeduldig, wer weiß das schon. Ich würde dir jedenfalls nicht raten, es herauszufinden zu wollen. Sonst machen wir ganz fix dort weiter, wo wir aufgehört haben.“

Die Augen aufgerissen wie ein Hase im Angesicht einer Schlange, sah Selina verstört zu ihm auf und schüttelte den Kopf. Er würde auf keinen nennenswerten Widerstand mehr bei ihr stoßen. Sie war definitiv so weit, dass ihr vordringlichster Gedanke war, nur bloß nicht wieder in diese Wanne getaucht zu werden.

Dass sie bei der Beantwortung von Miguels Fragen auch etwas ausplaudern könnte, was ihn in eine missliche Lage bringen würde, bereitete Dante dabei keinerlei Sorgen. Hier kam ihm mal genau das zu Hilfe, was sonst das größte Problem beim Foltern war: Ein Geständnis zu bekommen war relativ leicht, die Wahrheit zu erfahren aber verdammt schwer. Selina würde alles tun, um ihn, ihren Folterknecht zufriedenzustellen, und dementsprechend gewiss nichts erzählen, was er nicht hören wollte. Denn sie wusste genau, wenn ihr auch nur eine Andeutung herausrutschte, dass sie sich kannten, würde er noch weitaus Schlimmeres mit ihr machen müssen als dies hier, um Miguel davon zu überzeugen, dass sie mit der Behauptung bloß versuchte, ihn reinzureiten.

„Na schön. Dann frage ich eben auf ausdrücklichen Wunsch von Miguel nochmal: Wer bist du und was willst du hier?“

Obwohl Selina immer noch heftig nach Luft rang, wagte sie nicht, Dante oder Miguel auf ihre Antwort warten zu lassen.

„Lillian Murphy“, presste sie schwach hervor.

Sie hatte für diese Mission sicherheitshalber eine falsche Identität vorbereitet, damit sie in eben so einem Fall wie diesem nicht völlig blank dastand und improvisieren musste. Dass Dante es besser wusste, war dabei kein Problem. Er hatte auch bis hierher mit keiner Miene erahnen lassen, dass sie alles andere als eine Fremde für ihn war. Da würde er sich auch angesichts ein paar weiterer Lügen nichts anmerken lassen. Es kam bloß darauf an, Garcia zu überzeugen.

„Noch nie gehört. Hättest du wohl die Güte, das mit etwas mehr Details anzureichern?", hakte Dante nach.

„Ich führe Einbrüche auf Bestellung aus", erläuterte Selina eingeschüchtert.

„Und weiter?"

„Man hat mich beauftragt, die goldene Halskette des Hohepriesters zu beschaffen."

„Langweilig. Die Kette haben wir eh schon in deinem Rucksack gefunden. Erzähl uns etwas, das wir noch nicht wissen. Wer hat dich beauftragt."

Selina schluckte.

„Ich weiß es nicht", beteuerte sie ängstlich. „Meine Kunden kontaktieren mich im Darknet, es läuft alles anonym. Ich verlange einen Vorschuss, aber der wird über Bitcoins bezahlt."

„Und die Lieferung der Ware?"

„Wird erst vereinbart, wenn ich sie habe. Meistens über einen toten Briefkasten."

Garcia knurrte recht unwirsch im Hintergrund, aber Dante ging nicht darauf ein. Schließlich hatte er absolut kein Interesse daran, diesen Teil eingehender zu hinterfragen.

„Warum nur die Halskette? Gleich daneben sind noch dutzende andere Kostbarkeiten gelegen."

„Ich lasse nur Dinge mitgehen, für die ich einen Käufer habe. Solche Sachen am Schwarzmarkt anzubieten, bringt nur Probleme mit sich. Und meine Kunden wissen es zu schätzen, dass keine Gefahr besteht, dass andere Gegenstände aus demselben Einbruch plötzlich irgendwo auftauchen und Aufmerksamkeit erregen. Diesen Service lassen sie sich auch entsprechend etwas kosten."

„Na schön, andere Frage: Wie bist du hier reingekommen?"

„Üblicherweise versorgen mich meine Kunden mit recht genauen Informationen, wo ich das Objekt finde und welche Sicherheitsvorkehrungen es gibt."

„Ich will nicht wissen, was üblich ist", herrschte Dante sie drohend an. „Ich will, dass du mir haarklein erzählst, wie du es gemacht hast, und woher du die notwendigen Infos dazu gehabt hast.“

„Das meiste von meinem Auftraggeber!“, stammelte Selina eilig. „Er hat mir erzählt, welche Sicherheitssysteme es im Haus und auf dem Gelände gibt. Den Rest habe ich selber ausgekundschaftet.“

„Ganz allein?“

„Ich arbeite immer allein.“

Dante wirkte nicht überzeugt.

„Ach wirklich? Dann erzähl mal, wie du reingekommen bist.“

„Mit dem Flughörnchenanzug aus meinem Rucksack. Ich bin auf einen hohen Baum geklettert und von dort abgesprungen.“

Alle im Raum sahen sie ungläubig mit großen Augen an.

Als Garcia laut zu lachen begann, stimmten die anderen mit ein, doch er brachte alle mit einer scharfen Handbewegung sogleich wieder zum Schweigen.

„So einen Unsinn habe ich ja selten gehört! Du rückst jetzt sofort mit der Wahrheit heraus, ansonsten darf Dante unter Beweis stellen, dass er seinem Ruf als Großmeister des Verhöres gerecht werden kann!“

„Aber das ist die Wahrheit!“, beteuerte Selina verzweifelt.

„Schwachsinn!“, donnerte Garcia. „Du bist von einem Kleinflugzeug abgesprungen, nicht wahr? Und das heißt, dass du jemanden hast, der dir geholfen hat!“

„Nein, wirklich nicht! Ich bin auf diesen Baum auf der Anhöhe am Rand der Lichtung geklettert. Die Steigeisen, die ich dafür verwendet habe, sind in meinem Rucksack.“

„Das ist eine viel zu große Distanz“, beharrte Garcia. „Das kann sich unmöglich ausgehen!“

„Ich habe eine Rakete für den notwendigen Schub verwendet.“

Garcia sah den Mann neben sich scharf an. Dieser nickte und sagte etwas auf Spanisch, das Selina nicht verstand. Vermutlich bestätigte er, dass sie die ausgebrannte Rakete ebenfalls in ihren Sachen gefunden hatten. Nach ein paar weiteren Rückfragen sah Garcia sie äußerst skeptisch wieder an.

„Es gehört immer noch zu den dümmsten Dingen, die ich je gehört habe. Aber womöglich bist du wirklich verrückt genug dafür.

Sagen wir mal, ich glaube dir. Wie bist du dann bis zur Lichtung gekommen?"

„Mit einem Motorrad. Ich habe mir in der Stadt dafür eine Enduro gekauft."

„Wo hast du sie abgestellt?"

„Nordöstlich von hier, zirka fünfzehn Minuten Fußmarsch. Ich habe sie in einem Gebüsch versteckt."

Auf eine Kopfbewegung von Garcia hin trat einer seiner Männer vor.

„Beschreibe es nicht mir, sondern ihm. Und dann bete, dass deine Beschreibung gut genug ist, dass er das Motorrad auch findet."

Selina fing an zu erklären, doch der Mann sah nicht gerade so drein, als könnte er sich unter ihrer Wegbeschreibung etwas vorstellen.

„Kann es ihm vielleicht sicherheitshalber jemand übersetzen?", fragte sie äußerst kleinlaut, in der Hoffnung, dass es bloß an der Sprachbarriere und nicht an seinem mangelnden Orientierungssinn lag.

Garcia schüttelte genervt den Kopf.

„*Javier, kümmere dich darum*", wies er den Mann neben sich an, dann wandte er sich wieder an Selina.

„Und während er suchen geht, erzählst du weiter."

Schwer schluckend nickte Selina. Sie berichtete, wie sie auf dem Dach gelandet war, wie sie eingebrochen und durchs Haus geschlichen war, und wie sie ins Arbeitszimmer gelangen hatte können.

Als sie fertig war, starrte Garcia sie einfach nur mit finsterer Miene an. Die sich ausbreitende Stille war dermaßen erdrückend, dass Selina zunehmend nervös wurde. Es war allein dem Knacken von Javiers Funkgerät zu verdanken, dass die Schweigsamkeit endlich gebrochen wurde.

„Sie haben die Enduro gefunden, genau dort, wo sie gesagt hat", informierte Javier die Anwesenden.

➔

„*Was machen wir jetzt mit ihr?*", fragte Javier ein wenig ungeduldig, nachdem sein Boss immer noch wortlos Selina anstarrte.

„*Was meinst du Dante? Glaubst du ihr, dass sie allein gearbeitet hat?*"

„*Sie wirkt für mich nicht so, als ob sie sich noch trauen würde zu lügen. Ich denke, sie sagt die Wahrheit.*"

Mit einem derben Fluch stand Miguel so energisch auf, dass der Sessel dabei gleich umfiel. Seinem Zorn freien Lauf lassend, drehte er sich sogar noch um und trat das Ding wütend aus seiner Reichweite.

„*Wenn du sichergehen willst, kann ich sie aber gerne nochmal untertauchen*", offerierte Dante ganz neutral, als hätte er Miguels Ausbruch gar nicht bemerkt.

„*Nein, das will ich nicht!*", fuhr Miguel ihn an. „*Ich wollte eigentlich sehen, was du mit deinem berüchtigten Dolch kannst, stattdessen habe ich mir hier diese Wasserspiele anschauen müssen!*"

Dante zuckte unbekümmert mit den Schultern.

„*Es ist doch effektiv gewesen.*"

„*Aber es hat mich in Anbetracht dessen, was sie getan hat, in keinster Weise zufriedengestellt!*"

„*Habe ich dich nicht vorgewarnt, dass du am Ende mit hoher Wahrscheinlich unzufrieden sein würdest?*"

„*Hmpf. Ich hätte dir das Weib nicht als Belohnung zusagen dürfen. Du hast sie doch geschont, um mehr von ihr für später zu haben.*"

„*Dass Frauen diese weiche Haut haben, ist schon ein notwendiger Faktor, um sie sexuell interessant zu machen. Oder würdest du etwa eine ohne Haut ficken wollen?*"

Die kühle Abgebrühtheit der Frage brachte Miguel eindeutig etwas aus dem Konzept.

„*Nein, natürlich nicht*", erwiderte er, seinen Zorn einen Moment vergessend, sichtlich angewidert.

Die Andeutung eines kleinen, verschlagenen, sadistischen Lächelns spielte um Dantes Mundwinkel.

„*Es gibt auch welche, die wollen nur die Haut. Wenn du willst bringe ich sie dir, wenn ich mit ihr fertig bin. Dann haben wir beide etwas davon.*“

„*Nein!*“, protestierte Miguel voller Abscheu.

Natürlich konnte Dante nicht in ihn hineinsehen, aber er würde wetten, dass Miguel gerade zu der Erkenntnis kam, dass das Programm, das er geboten bekommen hatte, vielleicht doch ganz okay gewesen war. Wäre schließlich mehr als peinlich gewesen, wenn er noch vor dem Ende fluchtartig den Raum verlassen hätte müssen. Dass man in der Lage war, jemanden zusammenzuschlagen oder abzustechen, hieß eben noch nicht automatisch, dass man auch so etwas aushielt.

„*Na gut. Wenn du diesbezüglich keine Wünsche mehr an mich hast, würde ich mich jetzt gerne mit ihr zurückziehen und einfach nur ein wenig Spaß ohne Auftrag haben.*“

„*Ach, von mir aus*“, grollte Miguel.

„*Sieh es positiv, so hast du bis morgen Früh Zeit, dir zu überlegen, was du mit ihr anstellen willst.*“

„*Ja, ja, ist gut. Hau schon ab mit ihr. Javier wird dich zu einem unserer Gästezimmer bringen.*“

„*Danke. Ich werde meinen Aufenthalt gewiss genießen.*“

Als er sich zu Selina hinabbeugte, um sie hochzuheben, rutschte diese auf dem Hintern verängstigt von ihm weg.

„*Was habt ihr jetzt mit mir vor? Ich habe euch alles gesagt, was ich weiß. Ich schwöre es!*“, stammelte sie aufgebracht.

„*Was die mit dir morgen vorhaben, weiß ich nicht*“, erklärte Dante beiläufig, während er Selina wie einen Sack über seine Schulter wuchtete. „*Und was ich mit dir heute Nacht vorhabe, werde ich spontan entscheiden.*“

„*Aber sieh zu, dass sie die Nacht überlebt!*“, warf Miguel noch gereizt ein. „*Und nicht gerade nur so, sondern auch längerfristig.*“

„*Kein Sorge, ich weiß, was ich tue. Ich bin schließlich ein Profi.*“

„Hier ist dein Zimmer", verkündete Javier und öffnete Dante die Tür, der sogleich mit Selina eintrat.

„Es hat ein eigenes Bad gleich nebenan. Wenn du irgendetwas brauchst, sag Bescheid. Ich werde am Gang eine Wache postieren, nur für alle Fälle."

„Wenn du dich dann besser fühlst. Aber ich werde schon mit ihr zurechtkommen."

„Unterschätze sie lieber nicht. Das Miststück ist bei weitem nicht so harmlos, wie sie aussieht."

„Wenn sie ihre Stöcke hat. Aber mit bloßen Fäusten kann ich mir nicht vorstellen, dass sie mich ernsthaft in Bedrängnis bringen könnte."

„Dein Wort in Gottes Ohr", meinte Javier nur und zog sich zurück.

Nachdem er die Tür verschlossen hatte, drehte Dante eine kleine Runde im Zimmer. Es sah nicht danach aus, dass es hier Überwachungstechnik gab, aber man konnte nie wissen. Später würde er sich die Zeit nehmen, das genauer zu überprüfen, und bis dahin würde ihm die Dusche eine ausreichende Privatsphäre bieten.

Er trug Selina ins Bad und lud sie in dem Eck ab, das Dusche und Waschbecken miteinander bildeten.

„Wehe du rührst dich auch nur einen Millimeter vom Fleck", warnte er sie, eher er nochmal ins Nebenzimmer ging, um den stummen Diener für seinen Anzug zu holen, den er dort stehen gesehen hatte.

Selina waren sofort die Utensilien sofort ins Auge gesprungen, die der Gastgeber hier so fürsorglich auf dem Waschtisch bereitgelegt hatte. Es war einiges an gähnend langweiligem Zeug, das hier in zwei kleinen Körbchen zusammengefasst herumlag. Ein Stück war jedoch dabei, das hochinteressant war.

Und damit, dass Dante sie nun auch noch mit dem Rücken zum Waschbecken abstellte, war ihr Glück perfekt. Ein unauffälliger, schneller Griff hinter sich, während Dante das Bad verließ, und schon hielt sie das Objekt ihrer Begierde in ihren Händen: ein gutes, altmodisches Rasiermesser. Behände klappte sie es auf und ließ es gerade noch rechtzeitig zwischen ihren gefesselten Händen unauffällig verschwinden, ehe Dante sie wieder im Blick hatte.

Er hatte einen Kleiderständer geholt, den er nun abstellte, um sich auszuziehen. Das Holster hängte er dabei zu seinem Hemd, den Dolch nahm er aber mit sich, als er an sie herantrat. Ihr Puls beschleunigte sich, so wie immer, wenn Dante das Teil zur Hand nahm.

Am Anfang, als sie ihn gerade erst kennengelernt hatte, war es vor allem die Ungewissheit gewesen, was er damit wohl anstellen könnte, die sie geflasht hatte. Nun war es das sichere Wissen, wozu er damit in der Lage war, das ihren Körper mit Adrenalin flutete.

Mit seiner freien linken Hand fasste Dante ihr unter die gefesselten Arme und hob sie ein klein wenig hoch, um sie mit sich in die direkt hinter ihr gelegene Dusche zu schleifen. Dort angekommen glitt sein Arm hinter ihr hervor und wanderte höher, wo er sie mit einem ziemlich groben Griff an Wange und Kinn fasste und ihren Kopf zur linken Seite wegdrückte. Sein Blick war dabei ausdruckslos, auch, als er seelenruhig den Dolch über ihre rechte Schulter hob und weit ausholte.

So sehr Selina oberflächlich auch gelassen blieb, sein Daumen an ihrer Halsschlagader verriet Dante, dass es in ihrem Inneren ganz anders abgehen musste.

Die Gewissheit, dass sie ihn nicht als harmlos abtat, bloß weil sie nun verheiratet waren, löste ein ziemlich befriedigendes Gefühl in ihm aus. Und das Gefühl steigerte sich noch, als er den Dolch herabsausen ließ und Selina brav zur Salzsäule erstarrte. Egal wie unheimlich es ihr auch wurde, sie wusste, dass es besser war, sich auf seine Präzision zu verlassen, anstatt auf unkalkulierbare Ausweichmanöver zu setzen.

Der Dolch fuhr nahezu ohne ein Geräusch absolut sauber und glatt ein. An seiner Hand spürte er, wie die Spannung aus Selina wich.

Ihr Blick wanderte seitlich nach oben, wo der Dolch nun knapp neben ihrem Kopf im Schlitz der Seifenhalterung an der Duschstange steckte.

„Nur für alle Fälle", raunte er Selina zu.

Schwungvoll zog Dante den Duschvorhang hinter sich zu und drehte das Wasser auf. Der erste Schwall war kalt und erwischte sie beide. Aber ebenso wie er war Selina nicht bereit, sich die Unannehmlichkeit anmerken zu lassen. Stattdessen sahen sie einander beide bloß herausfordernd an.

„Dass du bei mir und Miguel so reingeplatzt bist, hat mich ganz schön enttäuscht. Ich hätte mir wirklich mehr von dir erwartet", eröffnete Dante unter dem prasselnden Wasser seine private Befragung.

„Da sind wir schon zwei. Was du da mit dem Schwert abgeliefert hast, ist ja ganz schön mittelmäßig gewesen", stichelte Selina abfällig, und völlig unbeeindruckt von seinem Vorwurf, zurück.

„Na immerhin ist es gehobenes Mittelmaß gewesen, was man von deinem Spanisch ja gar nicht behaupten kann, das ist einfach nur unter aller Sau."

Das Fragezeichen über Selinas Kopf war geradezu sichtbar, als er so unvermittelt ins Spanische wechselte, und sie ganz eindeutig keinen Schimmer hatte, was er eben gesagt hatte.

Dante schüttelte den Kopf:

„Sag' ich's doch."

Mit einem Schlag von seinem Knie in ihre Kniekehle beförderte er Selina kurzerhand einen Halbstock tiefer.

„Weiß du was, lassen wir das vorerst. Das Gerede verdirbt mir sonst womöglich noch die Stimmung. Ungeachtet der Umstände hat die kleine Folterstunde mit dir nämlich gewisse Begierden bei mir geweckt, die ich nun befriedigt haben will."

Seine Hände wühlten sich durch ihre schwarzen Locken, ehe er besitzergreifend zupackte.

„Mund auf", forderte er mit dunkler Stimme.

So gut es unter seinem Griff ging, sah sie zu ihm auf. Ihrer ausgelieferten Position zum Trotz hatte sie ein leicht spöttisches Lächeln auf den Lippen und ein überlegenes Funkeln in den Augen.

Das gehörte zu den Dingen, die er an ihr bewundernswert fand: Obwohl er dazu neigte, sich einfach zu nehmen, was er von ihr wollte, ließ sie sich nicht dazu verleiten, die Macht zu verkennen, die sie sehr wohl über ihn hatte. Sie war wie eine Droge für ihn, die ihn umfassend berauschte. Nicht bloß sexuell, nein, sie befriedigte auch all seine dunklen, abgründigen Vorlieben. Und die Art, wie sie das tat, diese Bereitwilligkeit, mit der sie alles ertrug, hatte ihn geradezu besorgniserregend abhängig von ihr werden lassen. Und das wusste sie genau.

Ihre Zunge trat ein Stück heraus, um gemächlich ihre Lippen zu befeuchten. Dann nahm sie auch noch die Unterlippe zwischen die Zähne, um sie quälend langsam wieder hervortreten zu lassen.

Seine Hände gruben sich noch fester in ihre Haare, während sein bestes Stück schon ungeduldig zuckend bereitstand. Ganz leise hörte er, wie Selina äußerst selbstzufrieden in sich hineinlachte.

Dieses kleine Biest.

Aber nun war Schluss mit lustig. Eine seiner Hände verließ ihre Haare, um stattdessen ihre Nase zuzuhalten.

„Ich würde dir raten, jetzt ganz fix den Mund aufzumachen, und nicht erst, wenn dir die Luft ausgeht."

Augenblicklich war der überhebliche Ausdruck aus Selinas Augen verschwunden, und ihr Mund klappte ohne weitere Verzögerungen brav ganz weit auf, so wie er es haben wollte.

Nun war er es, der sich Zeit ließ. Langsam und genussvoll ließ er sein hartes Glied in ihren Mund vordringen, immer tiefer, bis er in voller Länge in ihr versunken war. Ihren Kopf fest an sich gedrückt, verharrte er kurz so, um sich daran zu weiden, wie Selina sich abstrampelte, ihre Reflexe niederzuringen. So fleißig hatte sie die letzten Monate geübt, um diese tiefe Penetration ohne Würgereiz ertragen zu können. Aber mit der Verschärfung, auch über die Nase keine Luft zu bekommen, war es von vornherein schon mal eine viel schwierigere Aufgabe, die sich auch noch mit jeder vergehenden Sekunde unweigerlich zu einem Ding der Unmöglichkeit entwickeln würde.

Berauscht von ihrem tapferen, aber doch so aussichtslosen Bemühen, begann Dante, sich gemächlich in ihrem wunderbar warmen, feuchten Mund zu bewegen. Ab und an mal zog er sich auch so weit zurück, dass sie kurz nach Luft schnappen konnte, was aber alles andere als ein Akt der Großherzigkeit war, sondern einzig und allein dazu diente, sie möglichst lange in dieser prekären Situation halten zu können.

So gerne er es auch bis zum Höhepunkt ausgekostet hätte, als seine Bewegungen mit zunehmender Erregung schneller und tiefer wurden und Selinas Reaktionen immer mehr entgleisten, befand Dante, dass es in seinem eigenen Interesse war, es nicht zu weit zu treiben. Und die Erleichterung, die spürbar durch Selinas ganzen Körper ging, als er ihre Nase wieder freigab, war vom Erregungsfaktor her auch nicht zu verachten.

Befreit von der Verantwortung, ihren Zustand so penibel überwachen zu müssen, gab Dante sich ganz dem Genuss hin und stürmte auf den Gipfel zu.

Das Zucken, mit dem er sich in Selina ergoss, vermittelte ihm ein äußerst wohliges, entspannendes Gefühl –

das Zucken, das nahezu zeitgleich von Selinas Körper ausging, bewirkte sogleich aber genau das Gegenteil. Denn so, wie er sie gefesselt hatte, war diese Regung eigentlich gar nicht möglich.

Noch ehe er die Chance hatte, auch nur irgendwie zu reagieren, spürte er schon das glatte Metall einer Klinge an seinem Oberschenkel.

Ein kleiner, äußerst anregender Adrenalinkick durchfuhr seinen Körper. Selina machte keine halben Sachen. Anstatt sich dazu hinreißen zu lassen, bloß seine wertvollsten Teile zu bedrohen, hatte sie das Messer zielstrebig über seiner großen Oberschenkelvene platziert. Nur ein beherzter Schnitt da durch, und es wäre aus mit ihm, er würde binnen kürzester Zeit verbluten.

Sichtlich zufrieden mit der neuen Situation zog Selina seinen Penis aus ihrem Mund. Ihr Griff darum war so kräftig, dass es wehtat, aber so wie die Dinge nun standen, steckte Dante es stoisch weg und ließ sie gewähren.

„So, jetzt können wir reden", fing Selina an.

Dante grinste frech.

„Das hat ja ganz schön lange gedauert."

„Ganz falsche Antwort", gab Selina kühl lächelnd zurück und schloss ihre Hand um sein Glied so fest, dass sie ihm doch ein schmerzerfülltes Zucken entlockte, welches aber von einem Lachen begleitet wurde.

„Schon gut, ich entschuldige mich", brachte er eilig hervor, woraufhin Selina ihren Griff langsam lockerte.

„Ich schätze es natürlich sehr, dass du dir mit deiner Befreiung Zeit gelassen hast, bis ich fertig gewesen bin. Und ich weiß, dass ich den Kampf nur deshalb gewonnen habe, weil du mich gewinnen hast lassen. Den Fehler, mir so nahe zu kommen, dass ich dich mit der Faust erwischen kann, würdest du nie unbeabsichtigt begehen."

„Mhm, na das klingt doch schon viel besser", meinte Selina mit sichtlicher Zufriedenheit.

Sie nahm das Messer von seinem Bein und benutzte es stattdessen, um damit den verbliebenen Kabelbinder um ihre Beine zu durchtrennen.

Hilfsbereit reichte Dante ihr die Hand, um ihr das Aufstehen zu erleichtern, was sie gerne annahm.

Sowie Selina wieder aufrecht stand, riss Dante sie mit einem Ruck an ihrer Hand an sich heran und drückte sie mit dem anderen Arm fest an seine Brust. Das verzückte Glucksen, mit dem sie sich an ihn schmiegte, ließ ungeachtet dessen, dass er eben erst gekommen war, gleich wieder heftiges Begehren in ihm auflodern. Es war immer wieder wie ein Wunder für ihn, wie Selina nicht nur all die schlimmen Qualen ertrug, die er ihr zufügte, sondern obendrein auch noch in der Lage war, ihn dafür zu lieben anstatt ihn zu fürchten oder zu hassen.

„Ich bin alles andere als enttäuscht", flüsterte er ihr zärtlich zu. „Dass Javier dich überrascht hat, ist einfach Pech gewesen. Du bist phantastisch gewesen heute Abend. Und die Show, die du abgeliefert hast – von vorne bis hinten einfach exzellent. Wenn ich nicht genau wüsste, dass du viel länger die Luft anhalten kannst, hätte sogar ich dir abgenommen, dass du schon halb am Absaufen gewesen bist."

„Ich habe ja auch einen sehr ehrgeizigen Trainer gehabt, der mit mir bis zur Perfektion geübt hat", gab Selina das Kompliment schmunzelnd zurück.

„Das, was ich beigetragen habe, ist bloß ein letzter Feinschliff gewesen", wies Dante ihre Bescheidenheit zurück. „Du bist in Punkto Täuschung auch davor schon zu Außerordentlichem in der Lage gewesen. Das habe ich am eigenen Leib erfahren müssen."

Schmunzelnd gab er ihr einen Kuss.

„Ein Glück, dass wir das hinter uns haben. Ich bin wirklich froh, dich an meiner Seite zu haben."

„Ich auch", flüsterte Selina an seiner Brust.

Dante drückte sie nochmal fest, ehe er sich ein wenig von ihr löste.

„Und sonst? Warst du erfolgreich?", stellte er endlich die Frage, die ihm seit Stunden auf den Lippen brannte.

Zwar war Selinas leerer Rucksack schon mal ein positiver Indikator gewesen, aber das allein war noch kein Grund zum Jubeln.

Das nun auf ihrem Gesicht aufziehende breite Lächeln dagegen schon.

„Javier ist erst aufgekreuzt, als ich schon abhauen wollte. Ich habe alles heruntergeladen und den Stick auf die Reise geschickt."

„Ausgezeichnet", freute sich Dante und zog Selina neuerlich für einen Kuss an sich.

„Und was machen wir jetzt?", fragte Selina, wobei sie ihre Finger lasziv über seinen breiten Brustkorb gleiten ließ.

„Zuerst überprüfe ich, ob Miguel die Privatsphäre seiner Gäste respektiert. Dann schleife ich dich im Schwitzkasten nach draußen und bitte den Wachmann vor der Tür um ein paar Handschellen, damit wir die Lage draußen abchecken können. Danach werden wir uns unter großem Getöse etwas amüsieren, was mir das besondere Vergnügen bescheren wird, dich mal so richtig schreien zu hören. Denn du wirst mir wohl zustimmen, dass das heute unabdingbar ist, um die Erwartungshaltung unseres Gastgebers zu erfüllen."

Selina sah ihn aus funkelnden Augen an.

„Glaub aber ja nicht, dass du was geschenkt bekommst."

„Keine Sorge, du wirst nicht in der Not sein, mir etwas vorzumachen zu müssen. Alles, was du tun sollst, ist es lauthals rauszulassen. Um den Rest kümmere ich mich schon."

„Na da bin ich ja mal gespannt, ob du deinem Ruf gerecht wirst", stachelte Selina ihn wider aller Vernunft auch noch an, ihre Stimme war die pure Verführung.

„An mir soll es nicht liegen. Was das angeht habe ich deine Erwartungen ja wohl bisher noch nie enttäuscht", konterte Dante selbstbewusst. „Aber vergiss nicht, du musst nachher noch in der Verfassung sein, von hier abhauen zu können."

„Ja, leider", seufzte Selina mit Bedauern.

„Kopf hoch, ich werde es daheim gebührend nachholen", tröstete er sie, was sogleich wieder ein Lächeln auf ihr hübsches Gesicht zauberte.

Oh Mann, dieser Blick.

Zärtlich strich er mit den Fingern über ihre Lippen, als wolle er sich vergewissern, dass er sich dieses einzigartige Lächeln nicht bloß einbildete.

Seine Kunstfertigkeit mochte ja ihre Anhänger haben, aber das Lächeln, das es in deren Gesichter trieb, war von einem gänzlich anderen Schlag. Und es würde garantiert ausbleiben, wenn sie zum Objekt seines Wirkens werden würden. Selina dagegen ... es war schon erstaunlich genug, dass sie ihm erlaubte, seine Obsessionen an ihr auszuleben. Aber dieses Lächeln, mit dem sie es auch noch willkommen hieß, raubte ihm gänzlich den Verstand.

Wie von selbst umfassten seine Hände ihren Kopf, während seine Lippen sich auf ihre senkten. Ganz selbstverständlich gab sie sich seiner Führung hin, ihr Körper war wie Wachs in seinen Händen, das danach schrie, von ihm geformt zu werden.

Und genau das würde er tun.

Seine Arme wechselten die Position, sodass er sie mit seinem Kuss rücklings darüber biegen konnte in eine Stellung, in der sie allein nicht mehr das Gleichgewicht halten konnte. Als er seine Lippen von ihren löste, blieb ihr Blick sehnsüchtig daran hängen, während er sich aufrichtete.

Es war ein umwerfender Anblick, wie das Wasser auf ihren straffen Bauch traf, davon in alle Richtungen abprallte und sich zugleich ihn unzähligen kleinen Rinnsalen sowohl in Richtung ihres herabhängenden Kopfs, als auch die Beine hinunter ergoss.

Ohne seine Augen auch nur eine Sekunde von ihr abzuwenden, griff Dante zur Armatur.

Von einem Moment auf den anderen wurde das herabprasselnde Wasser eiskalt. Und Selina enttäuschte ihn nicht. Ihr erschrockenes Kreischen hallte markerschütternd durch den kleinen, gefliesten Raum, so laut, dass es wohl nicht bloß der Mann vor der Tür, sondern gleich das halbe Stockwerk gehört hatte.

Es war einfach wunderschön.

Obwohl er selbst auch einiges von dem klirrend kalten Wasser abbekam, blieb Dante unbeirrt mit Selina stehen und beobachtete fasziniert, wie ihre eben noch so glatte

Haut sich am ganzen Körper zu einer Gänsehaut auf-
stellte, während die Kälte auf ihrem Oberkörper ihr den
Atem raubte und sie unkontrolliert zittern ließ.

Schließlich hatte er sich aber doch sattgesehen und
drehte das Wasser wieder auf eine angenehme Tempera-
tur, ehe er Selina hoch half, um Arm in Arm mit ihr noch
ein wenig die wohltuende Wärme zu genießen.

17

„Ist alles in Ordnung? Du wirkst heute so nachdenklich", erkundigte Selina sich beim Abendessen.

„Ich habe nochmal über deinen Vorschlag nachgedacht."

„Tatsächlich?", fragte sie überrascht und zugleich hoffnungsvoll.

Seit längerem lag sie Dante nun schon in den Ohren damit, dass er nach dem Bruch mit seiner Familie sein Wissen und seine Talente doch zur Abwechslung auch mal für eine rechtschaffene Sache einsetzen könnte. Sie hatte sogar schon ein konkretes Ziel vor Augen: Miguel Garcia.

Typisch Selina, sich gleich mal einen der größten Fische im Teich vornehmen zu wollen.

Und sie war auch ziemlich gut dabei gewesen, es ihm so zu verkaufen, dass er darin einen befriedigenden Ersatz für das sehen könnte, was er früher so getan hatte.

Trotzdem war er der Idee bisher eher ablehnend gegenübergestanden. Mit einem Mann wie Garcia legte man sich nicht einfach so aus Jux und Tollerei an.

Und nebenbei bemerkt, mit den Scordatos ebenso wenig. Garcia war Massimos wichtigster Lieferant, ihn einfach so aus dem Verkehr zu ziehen, würde Massimo gewiss empfindlich treffen. Dann würde auf die momentan herrschende Eiszeit zwischen ihnen wohl kein Tauwetter, sondern ein flammender Krieg folgen. Und ehe sie sich versahen, könnten ihnen die Kugeln aus allen Richtungen um die Ohren fliegen.

Aber nun sah die Sache ganz anders aus.

Sein Großvater hatte ihn heute ja explizit aufgefordert, etwas zu unternehmen. Und wenn sie es richtig machten, könnte Massimo davon im Gegenteil sogar profitieren.

Was er Selina allerdings nicht auf die Nase binden musste.

Und was das andere betraf, würde er ihr gegenüber vorerst auch noch Stillschweigen bewahren, denn wer konnte schon sagen, wie sich die Sache noch entwickeln würde. Bislang war Dante nämlich keineswegs davon überzeugt, dass er wirklich Don Valerios Nachfolger werden würde.

„Dein Plan ist gut. Ich finde, wir sollten ihm umsetzen", meinte er stattdessen bloß.

„Sag ich doch schon die ganze Zeit. Woher auf einmal der Sinneswandel?"

„Naja, nach einem halben Jahr Auszeit bin ich inzwischen soweit, dass mir doch etwas langweilig wird. Mir fehlt der Nervenkitzel. Und die Aussicht, dass das ab jetzt so weitergehen wird, ist nicht gerade erbaulich."

„Habe ich dir doch gesagt."

„Ja, das hast du."

Er zog sie an sich und gab ihr einen Kuss.

„Also, wie sieht es aus? Willst du dir mit mir einen Drogenboss vorknöpfen?"

Selina grinste.

„Mit dem größten Vergnügen."

18

„Es wird Zeit für dich, aufzubrechen", stellte Dante mit einem Blick auf sein Handy fest.

Es war kurz vor halb fünf Uhr morgens, draußen war es noch stockfinster. Aber in der Küche begann die Arbeit früh, und genau von dort würde schon bald Selinas Taxi nach draußen gehen.

Er reichte Selina die Hand, um ihr vom Bett hochzuhelfen.

„Schaut super aus", meinte Selina zufrieden, als sie das blutbeschmierte Laken betrachtete. „Das hast du gut hinbekommen."

Ja, es wirkte wirklich so, als hätte Selina aus einer Vielzahl von Wunden geblutet. Tatsächlich hatte er sie aber nur an einer Stelle am Arm angeschnitten und das Blut mit dem Dolch derart in die weiße Bettwäsche geschmiert, dass es nach etlichen langen, nicht übermäßig tiefen Schnitten aussah.

Nicht, dass er Hemmungen gehabt hätte, ihr dies tatsächlich zuzufügen – das Bild war gerade deshalb so realistisch gelungen, weil er sich genau eingeprägt hatte, wie das Laken nach ihrer Hochzeitsnacht ausgesehen hatte, nachdem er mit seinem Dolch über sie hergefallen war. Aber derartige Exzesse waren nur etwas für besondere Anlässe, und davon war diese schnelle Nummer hier meilenweit entfernt. Außerdem konnten sie es sich nicht leisten, Selinas Kräfte zu seinem Vergnügen zu verschwenden, denn für ihre Flucht musste sie geistig und körperlich voll auf der Höhe sein, wenn sie es lebend hier heraus schaffen wollte.

Selina nahm die Lampe von der Kommode, die gleich neben dem Bett stand. Mit dem runden Metallfuß, der in einen schlanken Stiel überging, und dem relativ flachen Glasschirm, lag das Ding wie eine Hantel in ihrer Hand.

„Bist du bereit?"

Dante legte sich ins Bett.

„Ja. Du auch?", fragte er angesichts der Sorgenfalte auf Selinas Stirn zurück.

„Gern tu ich es nicht."

„Ich weiß. Aber es muss sein. Andernfalls wäre ich in großem Erklärungsnotstand, wie du mir entkommen hast können."

Selina seufzte.

„Ich weiß."

Aber dann wurde ihr Blick entschlossenen.

„Dreh dich um", wies sie ihn an.

Er legte sich so hin, dass er das Nachtkästchen und Selina im Rücken hatte.

Das kämpferische Ausatmen, das dem Aufprall des Metalls auf seinem Hinterkopf vorausging, kündigte bereits an, dass sie sämtliche Skrupel erfolgreich beiseitegeschoben hatte. Ein dumpfer Schmerz explodierte heftig in seinem Kopf, dann wurde es schwarz um ihn herum.

Selina musste nicht sonderlich lange darauf warten, dass ihr Mann wieder zu sich kam. Ein Bär wie Dante war hart im Nehmen.

„Bist du okay?"

Stöhnend richtete er sich auf und fasste sich an den Kopf.

„Geht schon wieder. Und, sieht man etwas?"

„Ja, du hast eine kleine Platzwunde. Aber von vorne sieht man nichts."

„Ausgezeichnet."

Die letzten Reste der Benommenheit abschüttelnd, stand Dante auf. Im Gegensatz zu Selina war er nicht nackt, er trug seine Hose und Schuhe.

Behutsam öffnete er die Tür. Sollte die Wache eingeschlafen sein, gab es keinen Grund sie zu wecken. Aber wie erwartet, tat der Mann am Gang immer noch aufmerksam seinen Dienst.

„Brauchen Sie etwas, Senor?"

„Ja. Mir wäre nach einem kühlen mexikanischen Bier, bevor ich mich noch ein wenig aufs Ohr haue."

„Ich bringe Ihnen eines."

Mit einem Nicken schloss Dante die Tür wieder, während der Wachmann sich auf den Weg machte.

Selina stand schon bereit.

Splitterfasernackt.

Denn von ihrem Gewand waren bloß Fetzen übrig geblieben, und die lagen ebenso wie ihre Schuhe wohl immer noch im Keller.

Aber was machte das schon. Sollte sie jemand erblicken, war ihre Nacktheit mit Abstand ihr allergeringstes Problem.

„Und du willst meinen Dolch wirklich nicht mitnehmen?"

„Wir haben das doch besprochen. Mir reicht das Rasiermesser. Ich komme hier sowieso nur dann raus, wenn ich unentdeckt bleibe. Und falls irgendetwas schief läuft, ist es besser, wenn du ihn hast."

Noch ein schneller Kuss zum Abschied, denn die Zeit drängte, und schon huschte Selina lautlos über den nun leeren Gang in die entgegengesetzte Richtung davon, die der Wachposten eingeschlagen hatte.

Die Flure waren leer, alles lag still und friedlich da. Offenbar schliefen alle gut in dem Bewusstsein, dass sie bei Dante – und mit der zusätzlichen Wache vor der Tür – sicher verwahrt war.

Über ein seitliches Stiegenhaus gelangte Selina vom ersten Stock bis in den Keller hinunter. Dies war allerdings nicht der Flügel, in dem sie verhört worden war, sondern derjenige, in dem sich die Küche befand.

Vorsichtig schlich Selina weiter. Die langsam lauter werdende Geräuschkulisse verriet ihr, dass sie auf dem richtigen Weg war. Anders als im Rest des Hauses herrschte hier schon früh Betrieb, denn Garcia unterhielt hier auch seine private Backstube. Rein theoretisch sollt es aber lediglich ein Angestellter sein, der hier gerade eifrig am Werken war.

Als sie an der Küchentür angekommen war, klappte Selina das Rasiermesser auf. Hätte sie was zum Anziehen gehabt, hätte sie ja auch den kleinen Spiegel aus dem Badezimmer mitnehmen können. Aber ohne die Möglichkeit etwas einzustecken, musste das Messer eben auch dafür herhalten.

Es erwies sich als absolut ausreichend. Der Koch war ob seiner Leibesfülle in der Spiegelung auf der Klinge auch nicht wirklich zu übersehen, wie er mit dem Rücken zur Tür stehend seinen Teig knetete.

Sonst konnte Selina niemanden in der Küche ausmachen, während sie sorgfältig die Gegebenheiten studierte. An der rechten Wand der Küche gab es eine Tür, und eben durch diese musste sie gelangen. Die große Kochinsel, in der Mitte des Raumes, würde ihr dabei ausgesprochen zugutekommen.

Geduckt und völlig lautlos huschte Selina in einem günstigen Moment in die Küche hinein, wo sie hinter der Kochinsel Deckung fand.

Soweit, so gut, bloß weiter als hierher kam sie momentan nicht. Der Koch stand auf der rückwärtigen Seite relativ nah bei der Tür, und sobald sie um die Ecke der Kochinsel bog, hätte er freie Sicht auf sie, falls er sich umdrehte. Oder vielleicht erblickte er sie auch einfach in einer der zahlreichen Edelstahlfassaden der Kücheneinrichtung. Spätestens jedenfalls, wenn sie versuchte, die Tür zu öffnen, würde er sie zwangsläufig bemerken.

Konnte sie es sich leisten, geduldig darauf zu warten, dass er seinen Teig irgendwann fertig geknetet hatte, um sich dann hoffentlich zum Ofen auf der linken Seite, gegenüber der Tür, zu begeben? Sie hatte keine Ahnung, wie lang das wohl dauern konnte, und viel Zeit hatte sie nicht mehr.

Aber ein Ablenkungsmanöver war ebenfalls riskant, denn alles, was sie in diese Richtung veranstalten konnte, würde misstrauischen Naturen schnell verdächtig erscheinen.

Egal, den Luxus, geduldig auf eine sich von allein ergebende Gelegenheit zu warten, konnte sie sich nicht leisten.

Ohne das leiseste Geräusch schlich Selina in die entgegengesetzte Richtung. Der Ofen war theoretisch ebenfalls im Sichtfeld des Kochs, wenn er den Kopf ein wenig zur Seite drehte, aber hier genügte ihr ein kurzer, unbeobachteter Moment. Sie wartete, bis der Koch wieder in seinen Mehlsack griff und damit abgelenkt war. Schnell wie eine Viper schoss sie vor, drehte an dem Temperaturregler, und schon war sie zurück in der Sicherheit ihrer Deckung verschwunden. Wieder wartete sie kurz ab, ob der Mann etwas bemerkt hatte, aber als er unbehelligt seinen Teig weiter knetete, schlich sie zurück an die Stelle, von der aus sie zur Tür gelangen würde.

Nun hieß es geduldig sein.

Endlich war es soweit. Geräuschvoll schnuppernd reckte der Koch seine Nase in die Luft. Sein Blick fiel auf den Ofen.

Mit einem ungehaltenen Fluch stürmte er darauf zu, um der Ursache für den verbrannten Geruch auf den Grund zu gehen.

Das war Selinas Chance. Schnell war auch sie bei der Tür, durch die sie flüchten wollte. Sie öffnete sie im selben Moment, in dem der Koch den Ofen aufriss, so dass es kein verräterisches Geräusch gab. Ein weiterer Fluch des Mannes, als er die Bescherung aus dem Rohr zog, kaschierte das Schließen der Tür.

Rasch verschaffte Selina sich einen Überblick über den Raum, in dem sie sich nun befand. Mehrere große Tonnen für die Küchenabfälle standen an der Wand aufgereiht, zwei davon waren voll und vor dem breiten Tor bereits zur Abholung hergerichtet.

Selina wuchtete möglichst lautlos eine weitere, leere Tonne daneben, kletterte selbst hinein und zog den Deckel zu. Dabei klemmte sie noch einen Gemüsestrunk ein, den sie aus einer anderen Tonne gefischt hatte, um einen etwas größeren Luftspalt in dem ohnehin nicht dicht schließenden Deckel zu schaffen.

Oh Mann, was hatte sie sich bei diesem Fluchtplan nur gedacht?

Obwohl die Tonne ausgespült war, haftete ihr immer noch der intensive Geruch von vergammeltem Gemüse und verwesendem Fleisch an, das hierin normalerweise entsorgt wurde.

Allein das Wissen, dass dieser ekelerregend stinkende Kübel alles war, was zwischen ihr und einem Haufen bewaffneter Wachleute stand, gab Selina die Willensstärke, ihren Kopf hübsch gut versteckt im Mief unterhalb des Deckels zu behalten.

Vom Fenster seines Zimmers aus sah Dante, wie der kleine Pritschenwagen mit mehreren Tonnen bestückt das Gelände verließ. Die Tatsache, dass alles ruhig geblieben war und scheinbar niemand Alarm geschlagen hatte, gab Grund zu der Annahme, dass Selina gerade wohlbehalten entkommen war.

Er hoffte es, denn wenn nicht, dann würde er ihr jetzt gleich Miguels Hunde auf den Hals hetzen.

Um seinen Auftritt möglichst realistisch zu gestalten, spielte er die ganze Szene komplett durch, beginnend damit, dass er sich ins Bett legte, wo er an den Moment anknüpfte, als Selina ihn niedergeschlagen hatte. Nur, dass er diesmal wesentlich geräuschvoller wieder zu sich kam.

Fluchend sprang er aus dem Bett, griff wütend nach der leeren Handschelle, die vom Heizkörper baumelte, und knallte sie geräuschvoll gegen den unschuldigen Einrichtungsgegenstand. Dann tigerte er aufgebracht suchend durch das Zimmer, schlug die Türen vom Kleiderkasten und vom Bad knallend zu, bis er schließlich die Tür zum Gang aufriss.

„Wo ist sie?!", fuhr er den verdutzten Wachmann auf Spanisch an.

„Was soll das heißen, ‚Wo ist sie'? Sie muss bei Ihnen drinnen sein!"

In dem Moment kam auch schon Javier angelaufen. Offenbar hatte der Wachmann ob des Lärms schon mal vorsorglich seinem Boss zu Hilfe gerufen.

„Was geht hier vor?", verlangte Javier zu erfahren.

„Sie ist weg!"

„Weg? Wohin denn?"

„Keine Ahnung! Das Miststück hat mich niederge-schlagen, als ich g schlafen habe!"

Javier sah seinen Wachmann scharf an.

„Durch diese Tür ist sie nicht gekommen!", verteidigte der sich hastig.

Kopfschüttelnd machte Dante kehrt und marschierte ins Zimmer zurück, Javier hinter ihm her.

„Dann muss sie wohl durch das Fenster entkommen sein."

Beide steckten den Kopf durch das geöffnete Fenster nach draußen. Sie befanden sich zwar im ersten Stock, aber wenn man verwegen und geschickt genug war, wäre es durchaus möglich, über die Fassade zu klettern. Außerdem befand sich unten ein dichtes Gebüsch, in das man wohl springen könnte, ohne sich gleich alle Knochen zu brechen.

Javier fluchte und griff sich sein Funkgerät, um den Männern draußen die Anweisung zu geben, alles gründlich zu durchsuchen. Dann wandte er sich wieder an Dante:

„So, und du erzählst mir jetzt haarklein, was hier abgelaufen ist."

In Anbetracht dessen, dass Javier das arme Schwein war, das Miguel darüber informieren würde müssen, dass die Gefangene entkommen war, sah Dante ihm seinen ruppigen Tonfall nach.

„Wie genau hättest du es denn gerne?", fragte er stattdessen mit einem anzüglichen Grinsen nach, was Javier damit quittierte, genervt zu schnauben.

„Spar dir versauten Details. Du weißt genau, was mich interessiert."

Dante nickte vernehmlich.

„Okay, also dann die Kurzfassung. Wir haben geduscht, danach habe ich den Kollegen vor der Tür um ein

Paar Handschellen gebeten. Damit habe ich sie dann ans Bett gefesselt, wo sie Bekanntschaft mit meinem Dolch gemacht hat."

Er deutete auf das blutbefleckte Laken, das neben dem Bett zusammengeknüllt am Boden lag.

Javier hob es auf, sodass es sich entfaltete.

„Ganz schön selbstsüchtig von dir, das was Miguel so gern gesehen hätte, hier allein im stillen Kämmerchen abzufeiern."

Dante zuckte unbeeindruckt die Schultern.

„Stellst du dich zum Wixen lieber in die Auslage?"

Die Augen verdrehend ließ Javier den weißen Stoff zurück auf den Boden fallen.

„Und was ist dann passiert?"

„Ich habe sie dort an den Heizkörper gekettet, mir noch was zu trinken bringen lassen, und dann habe ich mich aufs Ohr gehaut. Bis ich mit so einem Schädel wieder zu mir gekommen bin."

Gewissenhaft inspizierte Javier die Handschellen. Sie waren in der Größe eines zierlichen Frauenhandgelenks geschlossen und arretiert. Und es klebte Blut daran.

„Die Frage, ob du sie auch eng genug zugemacht hast, kann ich mir hoffentlich sparen."

„Ich weiß, wie man Handschellen anlegt", erwiderte Dante pikiert. *„Aber ich habe nicht nachgefragt, ob sie in der Lage ist, irgendwelche Kunststückchen auszuführen, wie sich den Daumen auszurenken. Das hätte sie mir wohl auch kaum erzählt.*"

Fluchend stand Javier auf.

„Ich gehe und informiere Miguel."

Sein Blick schweifte noch einmal ratlos durch den Raum, ehe er an Dante hängen blieb.

„Du kannst von mir aus deine Sachen packen. Wahrscheinlich wird Miguel noch persönlich mit dir reden wollen. Und ich würde mich darauf einstellen, dass er ziemlich stinkig sein wird. Aber soweit ich das sehe, kannst du danach gehen."

20

Das Bremsen des Pritschenwagens wurde von enerviertem Hupen begleitet, gefolgt von ein paar ungehaltenen Ausrufen des Fahrers, nachdem der Wagen zum Stillstand gekommen war. Selina hörte, wie ein anderer Mann etwas zurückrief, dann folgte das Geräusch der sich öffnenden Autotür.

Ganz vorsichtig hob Selina den Deckel der Tonne soweit an, dass sie ihr Messer wieder als Spiegel verwenden konnte, um die Lage zu sondieren.

Der Fahrer war ausgestiegen, weil ein anderes Auto die schmale Straße blockierte. Offenbar eine Reifenpanne, soweit sie das erkennen konnte.

Das war ihre Chance.

Schnell aber lautlos öffnete Selina den Deckel, hüpfte heraus und schloss ihn rasch wieder, um dann erst mal hinter den Tonnen Deckung zu suchen. Wieder spähte sie mit dem Messer nach vorne, um dann in einem günstigen Moment von der Ladefläche zu springen, wo sie neuerlich in Deckung ging. Als beide Männer ihr den Rücken zudrehten, rannte sie los. Die Straße verlief hier durch einen Wald und war gesäumt von zahlreichen großen Bäumen, die ihr ausreichend Deckung boten. Von Baum zu Baum huschend ließ Selina die Straße unbemerkt hinter sich.

„Was ist mit deinem Gewand passiert?“, fragte Al, als sie am vereinbarten Treffpunkt ankam.

„Das hat Dante zerfetzt, um vor Garcia und seinen Leuten ein glaubhafte Show abzuziehen.“

Al hob eine Augenbraue.

„Dann muss ich mir also keine Sorgen machen, dass er mich zerstückelt, weil ich dich nackt gesehen habe?“

„Nein“, grinste Selina. „Aber wenn dir deine Finger lieb sind, solltest du dennoch beherzigen, was auch für Kinder im Museum gilt: ‚Das Berühren der Figüren mit den Pfoten ist verboten.‘“

Defensiv hob Al beide Hände vor dem Körper.

„Würde mir nie einfallen.“

„Na dann ist es ja gut.“

„Bist du problemlos herausgekommen?“, erkundigte sich Al, während Selina ihr Ersatzgewand aus dem Auto nahm und sich anzog.

„Ja, das ist gut gelaufen. Der Fahrer ist ausgestiegen, um deinem Freund beim Reifenwechseln zu helfen.

Wichtigere Frage: Hast du das Päckchen?“

„Natürlich. Liegt im Auto in der Kiste gleich neben der mit deinem Gewand.“

Selina öffnete den Deckel und fand das Säckchen, so wie sie es gepackt hatte.

„Den Hasen hat Bella als Belohnung einbehalten“, erklärte Al.

„Den hat sie sich auch wirklich verdient“, strahlte Selina zufrieden, wobei sie den schwarzen Sack mit ihrer Beute an sich nahm.

21

„Hier. Alles, was du schon immer über Miguel Jose Garcia Perez wissen wolltest."

Selina schob Tyler über das Tischchen in ihrem üblichen Zimmer im Bordell einen USB-Stick zu, auf den sie eine Kopie der Daten gezogen hatte, die sie bei Garcia erbeutet hatte.

„Und …"

Selina imitierte mit ihren Fingern auf der Tischplatte einen kleinen Trommelwirbel, als sie nochmal in ihre Tasche griff und die Waffe aus Garcias Safe auf den Tisch legte.

„Du bist echt unglaublich", zollte Tyler ihr Anerkennung.

Er hob die beiden Dinge bewundernd hoch, aber dann sah er Selina etwas besorgt an.

„Und du bist sicher, dass Dante hiervon nichts mitbekommen hat?"

„Dante hat vorab gemeint, mit der Waffe fangen wir nichts an, wenn Garcia nicht merken soll, dass wir ihn bestohlen haben. Er weiß nicht, dass ich sie trotzdem mitgehen habe lassen."

Tylers besorgte Miene vertiefte sich.

„Ich sage es ja nur ungern, aber in diesem speziellen Punkt muss ich deinem 'Gatten' zustimmen. Es wäre wirklich besser, wenn Garcia es nicht herausbekommt, wer das Material geklaut hat, mit dem wir ihn fertigmachen werden."

Selina schüttelte leicht den Kopf und sah Tyler unerschütterlich an.

„Die Geschäftsdaten sind ganz nett, aber diese Waffe ist es, worauf Garcias Einfluss basiert. Wir brauchen sie."

Einen Moment betrachtete Tyler sie forschend.

„Wieso schaust du mich so an?"

„Macht dir das wirklich keine Angst? Oder bist du bloß extrem gut darin, es zu verbergen? Ich hoffe mal schwer, es ist letzteres."

„Ich bin nicht dumm, Tyler. Mir ist sehr wohl klar, wie gefährlich das ist. Aber mit Dante habe ich jemanden an meiner Seite, der genau weiß, wie das Spiel gespielt wird. Bei ihm bin ich so sicher, wie ich es unter den Umständen nur sein kann."

Überaus sorgenvoll schüttelte Tyler den Kopf, sagte aber nichts weiter dazu. Dass er Dante für die mit Abstand größte Gefahr für sie hielt, hatten sie bereits beim letzten Mal ausführlich diskutiert. Mit dem Ergebnis, dass sie sich hierbei wohl nicht einig werden würden.

„Na schön, wenn es dir ernst damit ist, liefere ich das alles so beim FBI ab.

Ich hoffe nur, du verrechnest dich nicht, was Dante betrifft."

22

An der Hand seiner Mutter trat Dante durch die zweiflügelige Eingangstür, die ihm von den Ausmaßen wie ein Scheunentor vorkam. Überhaupt war das ganze Haus riesig. Allein der Eingangsbereich mit der doppelten Freitreppe, die links und rechts von ihm nach oben führte, war so groß, dass wahrscheinlich ihre halbe Wohnung darin Platz gehabt hätte.

Unsicher, ob er sich auf Erkundungstour begeben sollte, sah Dante zu seiner Mama hoch, aber der schwarze Schleier, den sie heute wieder trug, ließ ihn ihr Gesicht und den Ausdruck darauf nicht erkennen. Seit Papas Tod trug sie nur noch schwarz, und sie hatte ihm erklärt, dass das auch noch eine Weile so bleiben würde. Ebenso hatte sie ihm erklärt, dass sie umziehen würden – zu seinem Onkel, weil seine Mutter nicht arbeiten ging und daher nicht das Geld hatte, die Wohnung weiterhin zu bezahlen.

Aber so wie Dante das hier sah, hatte sein Onkel offenbar mehr als genug Platz, dass sie hier wohnen könnten.

Da kamen ein Mann und eine Frau die Stiege herunter, gefolgt von einem Buben, der ungefähr so groß wie er war.

Das musste sein Onkel mit seiner Familie sein.

Dante hatte ihn erst einmal gesehen, bei der Beerdigung. Aber dort hatte er einige Leute gesehen, die er nicht gekannt hatte, obwohl sie irgendwie zu seiner Familie gehörten. Eigentlich hatte er immer geglaubt, seine Familie wären bloß Mama und Papa.

„Ciao, Caterina“, begrüßte der Mann erst seine Mutter, dann wandte er sich ihm zu.

„Und du musst wohl Dante sein. Willkommen in meinem Haus.“

Skeptisch betrachtete Dante seinen Onkel. In seinem Anzug wirkte er sehr vornehm und wichtig, aber irgendwie mochte Dante ihn nicht. Wahrscheinlich, weil sein Onkel sich nicht wirklich darüber zu freuen schien, dass sie hier waren.

„Das sind dein Onkel Stefano, deine Tante Alessandra und dein Cousin Massimo“, stellte seine Mutter ihm die Leute vor.

„Ciao“, grüßte Dante verhalten, während er sich darüber wunderte, warum seine Tante ein wenig hinter seinem Onkel stand, anstatt neben ihm, wie er es von seinen Eltern gewohnt war. Sie war doch erwachsen, aber sie wirkte so schüchtern wie die Mädchen aus dem Kindergarten.

Und Massimo ... naja, mal sehen.

„Kommt mit, ich zeige euch den Flügel, den ihr bewohnen werdet“, verkündete sein Onkel.

„Wir wohnen auf einem Flügel? Aber der ist doch viel zu klein und hat ja nicht einmal ein Dach!“, protestierte Dante lauthals, woraufhin sein Onkel ihn sofort missmutig ansah.

Was Dante aber nicht sonderlich beeindruckte, nachdem seine Mutter darüber hinwegsah und ihm bloß erklärte:

„Kein Flugzeugflügel. Ein Flügel ist ein Teil von einem großen Haus.“

„Ach so.“

Kopfschüttelnd drehte sein Onkel sich um, um die Treppe wieder hinaufzugehen, seine Frau und sein Sohn knapp hinter sich im Schlepptau.

„*Mama?*", fragte Dante, und zog seine Mutter am Kleid, damit sie sich zu ihm herunterbeugte.

„*Ja?*"

„*Mama, ich will wieder nach Hause*", flüsterte er ihr zu.

„*Dante, ich habe dir das doch erklärt. Unser Zuhause ist jetzt hier.*"

„*Ich mag den Onkel aber nicht. Der schaut nicht nett aus. Die schauen alle komisch aus.*"

Seine Mutter seufzte.

„*Familie kann man sich leider nicht aussuchen.*"

„*Warum?*"

„*Ist halt so. Und jetzt komm, gehen wir, wir wollen deinen Onkel nicht warten lassen.*"

Demonstrativ wenig begeistert schlurfte Dante hinter seiner Mutter her.

„*Füße heben, junger Mann!*", schallte es da von oben herab. „*Du ruinierst sowohl deine Schuhe als auch meinen Teppich, wenn du so darüber radierst!*"

Böse sah Dante zu seinem Onkel hoch, der bereits oben am Geländer stand. Am liebsten hätte er ihm die Zunge gezeigt, aber dann würde seine Mama sehr schimpfen, und das wollte er nicht. Sie war ohnehin die ganze Zeit so traurig, seit Papa nicht mehr da war, da wollte er sie nicht auch noch ärgern.

Auch wenn er das immer noch nicht so ganz verstand. Warum kam der Papa nicht mehr nach Hause? Seine Mama hatte gesagt, er würde nie wieder zurückkommen, aber das konnte Dante nicht glauben. Sein Papa hatte ihn doch lieb. Und die Mama auch. Er würde nie einfach weggehen.

Darauf hatte die Mama gesagt, dass sich der Papa das nicht ausgesucht hatte, sondern dass Gott ihn zu sich gerufen hatte.

Aber warum sollte der Papa das gleich machen, nur weil dieser blöde Gott das sagte? Sonst ließ sich der Papa ja auch nicht einfach so was vorschreiben. Der Papa war ja erwachsen, da musste man nicht mehr alles machen, was einem gesagt wurde.

Und dass der Papa jetzt in dieser komischen Kiste lag, die am Friedhof in dem tiefen Loch vergraben worden war, konnte Dante sich auch nicht vorstellen. Da war doch viel zu wenig Platz darin, um dort wohnen zu können. Und raus konnte man auch nicht, mit der ganzen Erde über der Tür.

„Dante? Kommst du jetzt bitte", mahnte ihn seine Mama auf einmal, die inzwischen auch schon die halbe Stiege hinaufgestiegen war.

Mit einem Sprint rannte Dante gleich die ganze Stiege auf der anderen Seite hinauf, um seine Mama oben zu erwarten. Die traurigen Gedanken waren wenige Augenblicke später auch schon wie weggeblasen, als Dante staunend mit seiner Mutter durch das Haus ging.

Das war ja echt riesig hier! Wie konnte eine Familie allein in so einem Palast wohnen?

Schließlich blieb sein Onkel vor einer breiten Tür stehen und öffnete einen Teil davon.

„Bitte. Das hier ist euer Bereich."

Neugierig trat Dante ein und fand sich in einem Wohnzimmer wieder. Eine weitere Tür darin führte zu einem Gang, von dem aus man in noch drei Zimmer kam, ein Esszimmer, ein Schlafzimmer und ein Kinderzimmer. Die letzten beiden hatten je ein eigenes Badezimmer.

Aber ...

„Mama, die haben bei der Wohnung die Küche vergessen!", rief Dante aufgeregt, als er von seiner Erkundung zurückgerannt kam.

Der Onkel und die Tante waren inzwischen gegangen, und seine Mutter hatte den schwarzen Schleier hochgeschlagen, sodass er nun das kleine Lächeln sehen konnte, das ihr trauriges Gesicht zumindest für einen Moment erhellte.

„Wir brauchen hier keine eigene Küche", erklärte sie ihm. *„Onkel Stefano hat eine Köchin, die in der großen Küche unten für uns alle kocht."*

„Schmeckt das dann auch so gut, wie das, was du kochst?", fragte Dante skeptisch nach.

„Ich bin mir sicher, dass das Essen ausgezeichnet ist,
wenn es Stefanos hohen Ansprüchen genügt“, meinte sie
mit einem seltsamen Tonfall.

„Mama? Ist Stefano dein Bruder?“

„Ja.“

„Warum magst du ihn dann nicht? Du hast mir gesagt, wenn ich bald ein Geschwisterchen bekomme, muss
ich ganz lieb zu ihm sein. Weil Geschwister aufeinander
schauen und immer zusammenhalten sollen.“

Der Blick seiner Mutter wurde schlagartig noch viel
trauriger, als er es sowieso die meiste Zeit schon war,
während sie sich mit der Hand an den Bauch fasste.

„Ja, das habe ich gesagt. Weil ich es besser hätte machen wollen als meine Eltern.“

Einen Moment sah sie abwesend an ihm vorbei, als
müsse sie überlegen, was sie sagen wollte.

„Weißt du was? Warum gehen wir nicht raus und suchen Massimo? Du hast doch gesagt, du hättest so gerne
einen Bruder. Ein Cousin ist fast wie ein Bruder, vor allem, da wir ja nun im selben Haus wohnen. Und er ist sogar in deinem Alter. Das ist doch viel besser, als wenn ich
Baby bekommen würde, das dann ja viel kleiner wäre als
du. So könnt ihr jetzt schon richtig gut miteinander spielen.“

„Was? Ich hab jetzt einen Bruder?“, rief Dante begeistert und vollführte einen Freudensprung. „Das ist toll!“

Aber da fiel ihm auf einmal etwas ein:

„Aber wenn er genauso alt ist wie ich, bin ich dann
trotzdem der große Bruder?“

Leicht schmunzelnd wuschelte seine Mutter mit der
Hand durch seine Haare.

„Genau genommen ist Massimo ein wenig älter als
du, aber nur zirka ein halbes Jahr. Bei so einem geringen
Abstand kommt es nicht darauf an, wer der ‚Große‘ ist.“

Dante zog einen Schmollmund. Er hatte sich schon
darauf gefreut, dass er der Große sein würde, wenn er ein
Geschwisterchen bekommen würde.

„Ärger dich nicht. Glaub mir, wenn du dich benimmst
wie ein Großer, dann wird dich ganz sicher niemand für
Massimos kleinen Bruder halten.“

„*Ich bin schon groß!*", erklärte Dante voller Überzeugung, wobei er sich so groß machte, wie es nur ging. „*Ich bin ja schon vier!*"

„*Ja, das bist du. Weißt du was? Tu einfach so, als wärst du der Große.*"

Der Vorschlag gefiel ihm.

„*Aber fang wegen der Frage, wer von euch der Große ist, ja nicht mit Massimo zu raufen an, verstanden?*", mahnte seine Mutter ihn streng.

„*Eh nicht*", antwortete Dante sofort, als könne er sich gar nicht vorstellen, wie seine Mama überhaupt auf diese Idee kam.

„*Gut. Na dann, lass ihn uns suchen gehen.*"

——◆——

Übermütig rannten Dante und Massimo einen langen Flur entlang. Das Haus war wirklich riesig und Dante voller Neugier, es zu erkunden. Und weil der kindliche Entdeckerdrang es als viel zu langweilig empfand, einfach fad von einem Zimmer ins nächste zu gehen, erforschten sie die Räume kreuz und quer umherrennend.

„*Jetzt gehen wir da rein*", bestimmte Dante, aber diesmal stellte Massimo sich eilig vor ihn, breitete die Arme aus und schüttelte den Kopf.

„*Nein, da dürfen wir nicht rein. Papa hat's verboten.*"

„*Warum?*"

„*Das drinnen ist alles sehr teuer. Nichts für Kinder, hat er gesagt.*"

„*Wir machen ja eh nix hin. Ich will nur schauen.*"

Er machte einen Schritt nach vorne, woraufhin Massimo ihm beide Hände entschlossen auf die Brust legte, um ihn aufzuhalten.

„*Nein Dante! Das dürfen wir nicht! Wenn Papa das rausfindet, wird er richtig böse werden!*"

„*Uhh, Papa wird schimpfen*", äffte Dante ihn nach. „*Was bist du denn für ein Baby?*"

„*Ich bin kein Baby! Aber ich will nicht gehaut werden, nur weil du doof bist!*"

„*Stimmt nicht! Ich bin nicht doof! Und wenn du nicht petzen gehst, weiß er es gar nicht!*"

Mit einem Schubs befreite er sich von Massimo, um an die Türschnalle zu gelangen.

„*Dante! Lass das!*", schrie Massimo ihn außer sich an, während er sich auf ihn stürzte.

Aber Dante hatte die Klinke bereits heruntergedrückt. Die Tür schwang auf, als Massimo gegen ihn prallte, wobei Dante die Türschnalle entglitt und er mit seinem Cousin zusammen auf dem Boden landete. Unwirsch versuchte Dante, sich aus Massimos Umklammerung zu befreien.

„*Lass mich! Wenn du so ein Baby bist, spiel ich nicht mehr mit dir!*"

„*Du bist gemein! Ich bin kein Baby!*"

„*Du bist ein Hosenscheißer! Also bist du ein Baby! Du brauchst ja noch Windeln!*"

Irgendwie schaffte Dante es, auf die Beine zu kommen, aber Massimo hing immer noch wie ein Klammeräffchen an ihm.

Also so hatte er sich das mit seinem Bruder nicht vorgestellt! Da wäre ihm ein richtiges Baby doch lieber gewesen!

Zornig versuche er Massimo von sich zu stoßen.

Der war einfach nur nervig! Der sollte weggehen!

Doch Massimo dachte überhaupt nicht daran zu verschwinden, stattdessen zerrte er an Dante, um ihn Richtung Tür zu bewegen.

Was Dante überhaupt nicht gefiel.

Im Nu war eine Rauferei zwischen ihnen beiden im Gange, bei der sich aber keiner so wirklich durchsetzen konnte, und erst recht niemand aufgeben wollte.

„*Komm mit!*", schimpfte Massimo, der etwas größer war und nun unter Einsatz seines ganzen Gewichts versuchte, Dante zur Tür zu ziehen.

„*Nein! Lass mich in Ruhe!*"

Die Mahnung seiner Mutter völlig vergessend, schlug er Massimo wutentbrannt ins Gesicht.

Damit brachte er Massimo tatsächlich dazu, ihn loszulassen. Nur hatte er nicht bedacht, dass auch er sein ganzes Gewicht reingelegt hatte, um sich gegen Massimo zu stemmen.

Mit Schwung flogen die beiden Streithähne auseinander.

Dantes kurze Beine kamen mit der Geschwindigkeit nicht mit, er stolperte und flog gegen ein kleines Tischchen …

auf dem eine Vase stand …

die klirrend in einem Scherbenhaufen endete.

Oh oh.

„Was hast du gemacht?! Das ist deine Schuld!", schrie Massimo, der ebenfalls auf seinem Hintern gelandet war, ihn aus voller Kehle an. Er regte sich dermaßen auf, dass sein Kopf ganz rot anlief.

„Was ist hier los? Was soll dieser Krach?"

Der Klang der tiefen, männlichen Stimme ließ das Rot in Massimos Gesicht sofort wieder verschwinden, stattdessen wurde er jetzt weiß wie ein Gespenst.

Was Dante nun doch ein wenig unsicher werden ließ.

Der Mann, der da gerade hereinstapfte, war groß und breit, mit Oberarmen wie Popey, wenn er gerade eine Dose Spinat gefuttert hatte. Nur mit weitaus mehr Tattoos, als bloß dem einen Anker.

Und er sah ziemlich böse drein, als er den Scherbenhaufen entdeckte.

„Das war …"

„Ich will es gar nicht hören", unterbrach ihn der Mann streng. *„Das kannst du deinem Onkel erzählen.*

Los, hoch mit euch."

Aber Dante bekam gar nicht die Chance, zu folgen, denn kaum, dass der Mann das gesagt hatte, nahm er ihn auch schon am Ohr und zog ihn daran hoch.

„Aua, lass mich!", protestierte Dante lauthals, wobei er zornig auf den Arm des Mannes schlug.

Doch anstatt loszulassen, tat ihm der Mann nur noch mehr weh.

„Schluss damit!", wurde er ungehalten angeschnauzt, ehe der Mann ihn mit sich zog, um sich auch Massimo auf dieselbe Art zu greifen.

Nur, dass Massimo nicht so einen Aufstand machte, wie er. Stattdessen ließ er sich einfach leise wimmernd mitziehen.

———➤———

„Habe ich dir nicht verboten, in das Zimmer zu gehen?", fragte Stefano streng seinen Sohn, nachdem der breitschultrige Mann die beiden Buben vor ihm in seinem Arbeitszimmer abgeliefert und von ihren Missetaten berichtet hatte.

„Ja Papa. Aber ..."

„Aber ihr seid trotzdem reingegangen!"

„Ich hab Dante gesagt, er darf das nicht! Aber er hat's trotzdem gemacht!"

Schneller als Dante schauen konnte, knallte es, als Stefanos Hand auf Massimos Gesicht traf.

Das erschien ihm so unglaublich, dass er einfach nur wie angewurzelt stehenblieb, anstatt seinen nun heftig mit den Tränen kämpfenden Cousin zu trösten. Seine Eltern hatten ihn noch nie geschlagen!

„Wir verpfeifen uns nicht gegenseitig! Merk dir das!

Er gehört zur Familie, auch wenn er nur ein Bastard ist. Und wenn du nicht dafür sorgen kannst, dass er sich benimmt, gilt eben ‚mitgefangen – mitgehangen'. Also komm her!"

Zitternd trat Massimo näher an seinen Vater heran, der ihm mit einem Ruck die Hose herunterriss und ihn übers Knie legte.

„Lass das! Du tust ihm weh!", schrie Dante aufgebracht, als Massimo unter den Schlägen seines Vaters zu weinen und schreien begann. Dabei stürzte er sich mit dem Mut eines Löwen auf den Arm seines Onkels, in dem Bemühen, ihn davon abzuhalten, Massimo erneut zu schlagen.

Stefano versuchte, ihn mit einer schwungvollen Bewegung abzuschütteln, aber Dante krallte sich mit aller Kraft fest.

„Du willst wohl unbedingt zuerst drankommen?!", zürnte sein Onkel, und stieß Massimo von seinem Schoß,

um stattdessen Dante auf den freigewordenen Platz zu verfrachten.

Dante strampelte und tobte, er schrie und kämpfte, aber er hatte keine Chance gegen den erwachsenen Mann, der mit einer Hand seinen Kopf nach unten drückte und mit den Beinen seine Füße eingeklemmt hielt, so dass er die zweite Hand zum Schlagen frei hatte. Als die Hand klatschend auf seinen Hintern traf, wusste Dante gar nicht, wie ihm geschah. Er hatte schon öfters mit anderen Kindern gerauft, aber er war noch nie von einem Erwachsenen geschlagen worden. Das tat ja noch viel mehr weh, als er sich vorgestellt hatte, nachdem er es eben bei Massimo gesehen hatte!

Seine Augen füllten sich mit Tränen, aber anders als Massimo hatte Dante nicht vor, das einfach so mit sich machen zu lassen. Voller Wut tobte er weiter, während er seinen Onkel anschrie, dass er ihn loslassen solle, und dass er das seiner Mama erzählen würde.

Aber leider beeindruckte dies seinen Onkel nicht im Geringsten.

„Solange ihr unter meinem Dach wohnt, werdet ihr euch an meine Regeln halten. Da lasse ich mir von meiner Schwester garantiert nicht dreinreden", erklärte er ungehalten, während er unvermindert weiter auf Dante einschlug. *„Und nachdem deine Mutter offensichtlich unfähig ist, einem ungezogenen Rotzlöffel wie dir Manieren beizubringen, werde ich das wohl übernehmen müssen."*

Dass der Onkel so gemeine Sachen über seine Mama sagte, machte Dante noch wütender, und er begann, mit seinen kleinen Fäusten wild auf die Beine seines Onkels trommeln.

Was wiederum seinen Onkel noch mehr erboste. Er fing Dantes dünne Ärmchen mit nur einer Hand ein und drückte sie ihm mit äußerst festem Griff in den Nacken, um ihn weiterhin unten zu halten.

Das tat weh. Sehr weh. Und die Schläge wurden auch immer schlimmer.

„Das hört erst auf, wenn du aufhörst!", schnauzte sein Onkel ihn an.

Doch damit konnte Dante nichts anfangen. Womit sollte er aufhören? Er machte doch gar nichts! Sein Onkel war doch der, der sich hier aufführte und gemein war!

Und er machte weiter damit, bis Dante die Kräfte verließen.

„Na das wird aber auch Zeit, du verzogener Bengel!", schimpfte sein Onkel, ehe er ihm einen letzten, festen Schlag verpasste, um ihn dann rücksichtslos von seinem Schoß zu stoßen.

Als er neben Massimo landete, sah dieser kreidebleich zu seinem Vater hoch, doch der schien sich an Dante inzwischen genug abreagiert zu haben.

„Los, verschwindet!", herrschte Stefano die beiden Buben zu seinen Füßen an.

Massimo ließ sich das nicht zweimal sagen, aber Dante hatte Schwierigkeiten, hochzukommen. Er fühlte sich gar nicht gut, alles tat ihm weh, seine Augen waren so verheult, dass er bloß verschwommen sah, und seine Beine kamen ihm vor wie Gummischlangen.

Als Massimo bemerkte, dass Dante nicht mit ihm die Flucht ergriff, bremste er sich scharf ein. Er kam zu Dante zurückgerannt, packte ihn an den Armen und zog ihn mit aller Kraft hoch.

„Komm! Nichts wie weg hier", flüsterte er ihm halblaut zu.

Mit Massimos Hilfe schaffte Dante es, das kurze Stück zur Tür zu rennen.

Und als sie draußen waren, rannte er weiter, direkt zu seiner Mama.

„Mama, ich will wieder nach Hause! Hier ist es nicht schön! Der Onkel ist gemein!", schrie er voller Wut und Zorn.

„Dante, was ist denn passiert?", fragte seine Mutter besorgt.

Sie legte ihre Arme um ihn und wollte ihn auf ihren Schoß ziehen, wie sie es immer tat, um ihn zu trösten.

Aber diesmal tat es weh, und Dante sprang wieder auf.

Der Blick seiner Mutter verfinsterte sich plötzlich.

„Hat Stefano etwa …!"

Vorsichtig schob sie Dantes Hose ein wenig herunter. Als er über die Schulter lugte, sah er, dass sein Hintern so rot war wie eine Clownsnase.

„*Dieser ...*"

Seine Mutter verkniff es sich, den Rest des Satzes laut auszusprechen.

„*Mama, ich will nach Hause*", bettelte Dante erneut.

Aber die Miene seiner Mutter blieb hart.

„*Ich habe es dir schon gesagt, Dante, das geht nicht. So leid es mir tut. Du musst dich damit abfinden.*"

„*Warum?*"

„*Weil ich es nicht ändern kann.*"

„*Aber der Onkel ist gemein! Ich hasse ihn!*"

„*Auch das kann ich leider nicht ändern.*"

„*Doch! Du kannst ihm sagen, dass er mich nicht hauen darf! Du bist meine Mama. Und er ist dein kleiner Bruder. Die Kleinen müssen auf die Großen hören, hast du mir gesagt!*"

Dantes Erwartung war, dass seine Mutter das versprechen und ihn trösten würde. Aber keines von beidem geschah.

„*Ja, wenn ich sein großer Bruder wäre!*", erklärte sie mit einer seltsamen Härte in der Stimme, die Dante nicht von ihr kannte. „*Aber ich bin ja bloß seine Schwester. Ich kann ihm gar nichts anschaffen! Und ich kann auch nirgends anders hin!*

Es tut mir leid, aber ich kann dir da nicht helfen.

Dir wird nichts anderes übrig bleiben, als selber zu lernen, stark zu sein, und dich von dem Tyrannen nicht unterkriegen zu lassen. Wenn du es wirklich willst, wirst du irgendwann mal stark genug sein, dass du dir selbst helfen kannst. Das Zeug dazu hast du."

Dante verstand nicht wirklich, was seine Mutter ihm da sagte, aber diesmal fragte er nicht ‚Warum‘. Denn eines hatte er verstanden: Sie würde ihm nicht helfen gegen den bösen Onkel. Und das Warum war ihm diesmal egal.

„*Du bist auch gemein!*", schrie er seine Mutter außer sich an, und lief weinend in sein neues Zimmer, wo er sich bäuchlings auf sein Bett warf und wütend mit den Fäusten auf die Matratze einhieb.

Warum nur waren alle so böse zu ihm?

Der Papa hatte ihn einfach allein gelassen!

Der Onkel hatte ihm wehgetan!

Und die Mama wollte ihm nicht helfen!

Da berührte ihn auf einmal eine Hand sacht an der Schulter.

„Nicht weinen, Dante.“

Aber es war nicht seine Mama.

Überrascht sah Dante auf. Es war Massimo, der sich neben ihm auf das Bett gesetzt hatte, in dem Versuch, ihn zu trösten.

Rasch wischte Dante die Tränen weg.

„Ich weine gar nicht. Ich bin ja kein Mädchen. Ich bin wütend“, erklärte Dante leicht schniefend.

Massimo zuckte leicht zusammen und sah verlegen zur Seite.

„Ja. Mein Papa sagt auch immer, dass Buben nicht weinen.“

Auf einmal fühlte Dante sich schlecht, weil er das gesagt hatte. Das war jetzt von ihm gemein gewesen.

„Wie dein Papa mich gehaut hat, hab ich aber auch geweint“, gab er zu, damit Massimo sich nicht so allein fühlen musste, wie er es eben getan hatte.

Zu Dantes Freude sah Massimo ihn darauf wirklich mit zaghafter Erleichterung an.

„Ist dein Papa immer so gemein?“, fragte Dante traurig, woraufhin Massimo ebenfalls wieder den Mund hängen ließ.

„Ja.“

„Das hab ich nicht gewusst. Tut mir leid, dass ich mit dir gerauft habe.“

Er zögerte einen Moment.

„Bist du noch mein Freund?“

„Ich bin schon sauer gewesen und wollte mich abfreunden. Aber du hast mich beschützt. Und bist dafür gehaut worden. Ich werde immer dein Freund sein.“

Dante hielt Massimo die Hand hin, wie sein Vater es ihm gezeigt hatte, wenn man einen Pakt schloss.

„Wir sind nicht nur Freunde. Wir sind Brüder.“
Massimos Augen strahlten, als er Dantes Hand ergriff.
„Au ja, wir sind Brüder!“

23

Ausdruckslos überreichte Dante Don Valerio einen USB-Stick.

„*Was ist das?*", fragte der alte Mann skeptisch.

„Das, worum du mich gebeten hast."

„*Drück dich deutlich aus! Soviel Zeit bleibt mir nicht mehr, dass ich sie mit Rätselraten verschwenden möchte!*"

Sein Gesundheitszustand hatte sich seit Dantes letztem Besuch deutlich verschlechtert. Er hatte sichtlich an Gewicht verloren, seine Haut war fahl, sein Blick müde. Es stimmte, was er gesagt hatte, das Ende war nah. Gut möglich, dass dies das letzte Mal sein würde, dass er sich mit seinem Großvater unterhielt.

„*Garcia wird untergehen. Gib es Massimo. Darauf ist alles, was er braucht, um das zu seinem Vorteil zu nutzen.*"

„*Warum bringst du das mir und nicht ihm? Wir haben letztes Mal doch besprochen, dass du ...*"

„*Zum Akquirieren neuer Lieferanten braucht Massimo mich nicht*", fiel Dante ihm ins Wort. „*Da geht es um Zahlen und ums Verkaufen. Das ist Massimos Ding, nicht meins.*"

„*Niemand hat gesagt, dass du alles selber machen musst*", stellte sein Großvater ärgerlich fest. „*Aber ich bin nicht dein Laufbursche! Du traust Massimo das zu und willst das an ihn delegieren? Fein, dann geh zu ihm und sag ihm das. Du wirst in ein paar Tagen der neue Don sein, Dante! Also hör auf, dich hinter mir zu verstecken!*"

Dante sah den scheidenden Don eindringlich an. Er wollte sicher sein, dass der alte Mann auch verstand, was er ihm zu sagen hatte:

„*Ich werde deine Nachfolge nur antreten, wenn Massimo hinter mir steht.*"

„*Es ist nicht an Massimo zu bestimmen, wer das neue Familienoberhaupt wird!*", empörte Don Valerio sich. „*Ich habe entschieden, und er hat sich dem unterzuordnen!*"

„*Wenn du Massimo das so verkaufen kannst, bitte. Aber ich werde ihm nicht nachlaufen. Wenn er meine Unterstützung will, dann weiß er, wo er mich finden kann. Ansonsten soll er sehen, wie er weiterhin alleine zurechtkommt.*"

„*Hättest du mir das früher gesagt, hätte ich Massimo ebenfalls herbestellt, dann hätten wir das gleich hier und jetzt klären können*", grollte der alte Mann.

Da schien ihm auf einmal etwas einzufallen.

„*Woher hast du das eigentlich, dass Garcias Untergang bevorsteht? Und wie bist du an das hier gekommen?*"

Er wachelte schwach mit dem Datenträger in seiner Hand.

„*Ich bin bei ihm gewesen und habe es gestohlen*", erklärte Dante lapidar, als wäre es keine große Sache.

„*Als ob das so einfach wäre. Das hast du doch nicht allein bewerkstelligt. Wer hat dir dabei geholfen?*"

„*Nun, genau genommen habe ich Selina dabei geholfen. Sie ist wirklich äußerst begabt in diesen Dingen.*"

Don Valerios Augen verengen sich.

„*Heißt das, sie hat sich endlich zu uns bekannt?*"

Nicht wirklich. Er war bloß mit ihr übereingekommen, dass sie Garcia gemeinsam aus dem Verkehr ziehen wollten. Dass Massimo daraus seinen Nutzen ziehen würde, hatte er ihr noch immer nicht erzählt. Und erst recht hatte er nichts davon erwähnt, dass er der nächste Don werden könnte. Wozu sie womöglich unnötig in Aufruhr versetzten. Schließlich war es für ihn noch lang nicht raus, dass er den Posten wirklich übernehmen würde. Wer wollte schon über eine Familie herrschen, die ihn gar nicht haben wollte?

Er jedenfalls nicht.

„Selina kannst du meine Sorge sein lassen. Sieh lieber zu, dass du den Rest der Familie dazu bringst, deinem Willen zu folgen."

Don Valerio sah seinen Enkel entgeistert an. Seine Respektlosigkeit hatte eben eine neue Ebene erreicht.

„Du wagst es, mir zu sagen, was ich tun soll?"

Dante zuckte unbekümmert mit den Schultern.

„Willst du einen Nachfolger oder eine Marionette? Du kannst nicht beides haben."

Anstatt zu antworten, knirschte Don Valerio unwirsch mit den Zähnen.

„Wieso ärgerst du dich?"

Dante deutete mit offenen Handflächen auf sich.

„Das sind deine Gene, die hier sprechen."

24

Neben dem Treffen mit Tyler hatte Selina noch diverse andere Tätigkeiten in ihrem Bordell zu erledigen gehabt, und so war es schon später Abend, bis sie nach Hause zurückkehrte. Wie angekündigt fand sie Dante in der Waffenkammer, wo er gerade damit beschäftigt war, Messer zu schleifen.

Kopfschüttelnd stellte Selina sich daneben.

„Ich werde mir die Frage verkneifen, wozu du die alle brauchst, denn ich bin mir sicher, dass ich die Antwort gar nicht hören will."

Dante hielt die Klinge hoch, die er eben bearbeitet hatte, um sein Werk zu kontrollieren. Der Blick, mit dem er das Teil musterte, war beseelt von einer tiefen Zufriedenheit und fernab jeglichen schlechten Gewissens.

„Ein weise Entscheidung", konstatierte er bloß nebenbei, während er das Messer zurück zu den anderen in das Futteral steckte.

Dann nahm er seinen ebenfalls frisch geschliffenen Dolch vom Tisch und ließ ihn behände zwischen seinen Fingern rotieren. Er wusste, wie sehr es Selina faszinierte, sich das anzusehen. Wie beiläufig ließ er die überaus scharfe Klinge weiter tanzen, während er sich zu Selina umdrehte, scheinbar bloß auf sie konzentriert. Selina dagegen hatte nur Augen für das Schauspiel, das er direkt vor ihrer Nase abhielt.

„Es reicht völlig aus, wenn du weißt, wofür ich den hier mit Vorliebe verwende", setzte er unvermittelt nach.

Die Bewegung stoppte abrupt, der Griff des Dolchs landete sicher in seiner Hand, und nur einen Wimpernschlag später lag das andere Ende auch schon an Selinas Hals.

Ihr Körper reagierte augenblicklich, das Adrenalin gab ihr einen äußerst anregenden Kick und ließ sie geräuschvoll Luft holen.

„Als Buttermesser?", erwiderte sie frech, wobei sie das Kinn demonstrativ ein wenig anhob, um ihren Hals unerschrocken noch mehr zu entblößen.

„Wenn du so willst. Das Baby geht nämlich durch alles, als wäre es bloß Butter."

Zur Demonstration ließ er die Klinge über ihren Hals nach unten gleiten, um sie dann zwischen den obersten beiden Knöpfen in ihr luftiges, dunkelgrünes Baumwollkleid zu schieben. Eine kleine Handbewegung ohne viel Druck reichte, und schon sprang der oberste Knopf davon.

„Erzähl mir, was du heute gemacht hast", forderte Dante und kappte den nächsten Knopf.

„Das Übliche. Hauptsächlich Verwaltungsaufgaben. Ziemlich langweiliges Zeug."

„Mhm", brummte er. „Was hast du da drunter an?"

Der nächste Knopf flog. Vorsichtig, um nicht gleich das ganze Kleid zu zerlegen, fuhr Dante auf Höhe ihrer Brust mit der Breitseite unter den Stoff und lüftete ihn. Zum Vorschein kam ein hautenges, schulterfreies, schwarzes Kleid mit großzügigen transparenten Einsätzen. Sie hatte sich nicht umgezogen, sondern bloß das andere Kleid darüber geworfen, als sie heimgefahren war.

„Nichts Aufregendes. Ist bloß Arbeitskleidung", reizte sie ihn noch zusätzlich.

Der nächste Knopf flog, begleitet von einem animalischen Laut, welcher Selina still in sich hineinlächeln ließ.

„Arbeitskleidung? Ich habe gedacht, du sitzt im Büro. Da kannst du genauso gut Jeans und T-Shirts anziehen."

„Ich muss auch mit Leuten reden."

„Interessant. Mit was für Leuten redest du denn da so?“, forschte Dante nach, wobei der nächste Knopf dran glauben musste.

„Ach, mit allen möglichen. Heute war eine Frau da, die sich bei uns einmieten möchte ...“

Mit einem Ruck durchtrennte Dante den Rest der Knopfleiste und der Dolch landete wieder an ihrer Kehle.

„Die Frau interessiert mich nicht. Erzähl mir von dem Mann.“

„*Dem* Mann?“, gab Selina sich ahnungslos. „Ich rede mit vielen Männern ...“

Sie hatte noch nicht mal den Satz beendet, als Dante sie auch schon mit der freien Hand am Hals packte und rücklings gegen den Waffenschrank drängte. Seine Stimme blieb ruhig, wenn auch mit deutlich hörbar drohendem Unterton:

„Hör auf abzulenken, du kleine Sadistin. Du weißt genau, was die Vorstellung mit mir macht, dass du in meiner Abwesenheit in so einem Fetzen vor anderen Männern herumschwänzelst.“

Mit Unschuldsmiene hob Selina ihre Hände an die Schultern und streifte das züchtige Baumwollkleid herunter, um das weitaus aufreizendere Teil komplett zu offenbaren.

„Was denn? Ist doch nur ein Kleid?“

Diesmal gab es keine Gnade für den Stoff, der Dolch tauchte zwischen ihren Brüsten unter das filigrane Material und riss es bei seinem Wiederhervortreten von oben bis unten entzwei, so dass das Kleid einfach von ihr abfiel und sie bloß noch in ihrer knappen, schwarzen Unterwäsche dastand.

„Ein Kleid? Das ist nichts als ein Fetzen Stoff“, stellte Dante klar. „Und wenn du meinst, mich damit genug reizen zu können, dass ich alles andere vergesse und einfach gierig über dich herfalle, dann täuschst du dich.“

Er trat näher an sie heran, sein heißer Körper drängte sie so eng gegen die kalte Metalltür, dass sie kaum noch Raum zum Atmen hatte. Ihre linke Schulter ließ er dabei frei, denn dort legte er ihr nun den Dolch an.

„So sexy du auch bist, aber wenn du dich mit jemandem vom FBI triffst, interessiert mich das weitaus mehr.“

Er kippte die Klinge ein wenig und zog sie an der Unterseite ihres Schlüsselbeins entlang ganz langsam zur Seite.

Selina sog zischend die Luft ein, als der feine Schnitt brennend ihre Haut aufritzte.

„Das muss dich nicht beunruhigen, der Typ war total langweilig. Wir waren eine Stunde allein in einem Zimmer und er hat nicht den geringsten Annäherungsversuch gemacht.“

„Ja, ja, mach nur weiter so“, meinte Dante und vollführte einen weiteren Schnitt.

„Willst du wirklich, dass ich rede?“, fragte Selina lachend. „Mir scheint, du hast hiermit viel mehr Spaß.“

„Habe ich behauptet, ich würde damit aufhören, wenn du mir erzählst, was ich wissen will?“

Er neigte seinen Kopf zu ihrer Schulter herab und strich mit seiner Zunge lindernd über die beiden Kratzer.

Beglückt genießend schloss Selina die Augen.

„Sei brav, wenn du mehr davon willst“, raunte Dante ihr lockend zu. „Also, wie ist es mit Callahan gelaufen?“

„Ich habe ihm den USB-Stick gegeben“, berichtete Selina leicht abwesend, während ihre Gedanken mehr bei dem süßen Brennen waren, das Dante durch sein fortgesetztes Zungenspiel an ihrer Schulter auslöste. „Er war hocherfreut und wird es an die entsprechenden Stellen weiterleiten. Er hat gemeint, wenn die Daten halten, was ich versprochen habe, ist Garcia so gut wie erledigt.“

„Und sonst?“

„Sonst war nichts.“

Das Lecken an ihrer Schulter hörte unvermittelt auf und wurde durch kalten Stahl an ihrer Haut ersetzt.

„Du hast gesagt, ihr wart eine Stunde allein in dem Zimmer. Dass er nicht zudringlich geworden ist, glaube ich dir. Dass ihr euch bloß schweigend angeschaut habt sicher nicht.“

Selina stöhnte leise, als Dante während er sprach neuerlich die Klinge über ihre Haut zog.

„Nein. Er hat seine Sorge um mich zum Ausdruck gebracht.“

„Wegen Garcia?“

„Auch. Aber mehr noch wegen dir“, meinte Selina mit Blick auf ihre Schulter und einem Augenzwinkern.

„Was hast du ihm gesagt?“, fragte Dante eher beiläufig, ehe seine Zunge wieder ihre Haut küsste.

Als Selina nicht gleich antwortete, sah er zu ihr hoch, ohne sich von ihr zu lösen. Auf ihrem Gesicht lag ein äußerst zufriedenes Lächeln.

„Dass er sich keine Sorgen machen muss. Ich vertraue dir voll und ganz.“

Bei ihren Worten ließ er ihre Schulter links liegen und eroberte stattdessen ihren Mund.

„Lass uns rauf gehen“, murmelte er zwischen zwei Küssen. „Ich will es nicht nur hören, ich will es sehen.“

25

Begleitet von einem leidenschaftlichen Kuss hob Dante Selina auf den Gyno-Stuhl. Besitzergreifend umfingen seine Hände ihr Gesicht, während seine Zunge Einlass in ihren Mund forderte. Ein Begehren, dem Selina nur allzu gern nachgab.

Eine Haarsträhne hinter ihr Ohr steckend, löste sich Dante wieder von ihr.

„Voll und ganz?", fragte er erwartungsvoll. „Stehst du dazu?"

Die Erregung, die ihn bei diesen Worten unverkennbar befiel, zauberte ein Lächeln auf Selinas Gesicht. Wenn Dante so eine Frage stellte, erst recht mit diesem Blick, dann sollte die Antwort besser gut überlegt sein. Doch sie zögerte keinen Moment.

„Ich habe keinerlei Zweifel daran. Davon kannst du dich gerne überzeugen", lud sie ihn mit lockender Stimme ein.

„Du kannst dir sicher sein, das werde ich", raunte er ihr mit der Verheißung von Gefahr zu.

Seine Finger glitten begehrend über ihren Körper, als er einen Schritt zurücktrat.

„Zieh das aus", wies er sie mit einem Zupfen an BH und Höschen an, ehe er sich zwecks Materialbeschaffung kurz von ihr entfernte.

Als er zurückkam, lag Selina wie gewünscht splitternackt vor ihm.

Seine rechte Hand fuhr bewundernd über ihren straffen Bauch hinauf zu der zarten Haut ihrer Brüste, während er die Linke zu einer Faust geschlossen hielt.

„Wenn ich dich mit einem Wort beschreiben müsste, fällt mir dazu sofort eines ein: eine Kämpfernatur.“

Seine Hand wanderte neuerlich zu ihrem Bauch hinab.

„Selbstbestimmt und wehrhaft. Das ist es, was dich ausmacht. Und genau das ist es, was du mir geben wirst.“

Er stellte Zeige- und Mittelfinger auf und ließ sie gehend über ihren Bauch wandern, während er im Takt dazu sprach:

„Stück für Stück werde ich es mir nehmen. Bis dir rein gar nichts mehr davon bleibt.“

Die kleinen Härchen auf ihrem Bauch stellten sich zu einer Gänsehaut auf, als es ihr bei seinen Worten in einer erregenden Mischung aus Furcht und gespannter Erwartung heiß und kalt zugleich wurde. Was hatte er diesmal bloß wieder vor mit ihr?

Lauernd wartete Dante ihre Reaktion ab, aber Selina verkniff sich den naheliegenden Verweis darauf, dass er zugesagt hatte, ihr keine Drogen mehr zu verabreichen.

Voll und ganz.

So hatte sie es ihm versprochen.

Da gab es keinen Raum für Forderungen ihrerseits.

Aber die waren auch nicht notwendig.

So sehr Dante es auch liebte, sie zu verunsichern und ihre Ängste zu schüren, er hatte ein untrügliches Gespür dafür, wie weit er tatsächlich gehen durfte.

„Du kannst alles von mir haben, was du begehrst“, hauchte sie ihm ergeben zu.

Ihre Antwort fuhr auch bei ihm sichtlich wie ein Blitz ein. Seine Hand sprang von ihrem Bauch zu ihrem Nacken, wo er sie äußerst besitzergreifend festhielt, als er seine Lippen voller Verlangen auf ihre senkte.

Selina konnte seine Zerrissenheit spüren, mit der er sich schließlich wieder von ihr löste.

„Du verstehst es wirklich, meine Selbstbeherrschung zu unterminieren“, brummte Dante dicht an ihrem

Mund, aber in dem Vorwurf schwang definitiv eine gehörige Portion Anerkennung für diese Leistung mit.

Doch dann straffte er sich, und praktisch mit einem Ruck war er wieder voll und ganz Herr der Lage.

„Offensichtlich nicht gut genug“, gestand Selina mit aufgesetztem Bedauern ihre Niederlage ein.

„Das würde ich so nicht sagen. Ich bin bloß dermaßen daneben, dass es mir so viel Freude bereitet, dich zu quälen, dass ich dieses Vergnügen für nichts auf der Welt eintauschen würde. Wäre dem nicht so, dann wärst du äußerst erfolgreich damit, mich mit deinen Reizen alles andere vergessen zu lassen.“

„Na ein Glück für dich, dass ich ebenso daneben bin, dieses Bekenntnis auch noch für äußerst aufregend zu halten“, zwinkerte Selina ihm lasziv zu.

Ein breites Lächeln legte sich über Dantes Gesicht, aber diesmal beugte er sich nicht zu ihr herab.

„Netter Versuch. Aber ein zweites Mal wird es nicht funktionieren.

So, und nun zurück zum Thema.“

Er hob seine immer noch zu einer Faust geschlossene linke Hand vor ihr Gesicht.

„Als erstes will ich dein Augenlicht“, forderte Dante bestimmt.

Selinas Herzschlag verfiel kurz in einen Trommelwirbel. Was mochte das Mittel dazu sein, das klein genug war, komplett in seiner Faust zu verschwinden?

Langsam offenbarte Dante den Inhalt seiner Hand.

Ein Behälter mit schwarzen Kontaktlinsen.

„Übertreibst du es nicht schön langsam ein wenig mit deinem Fetisch für schwarz?“, scherzte Selina, um ein wenig von dem Gedanken abzulenken, dass sie noch nie Kontaktlinsen getragen hatte. Was sie so gehört hatte, benötigte das Einsetzen durchaus etwas Übung und konnte beim ersten Mal schon auch etwas länger dauern. Und es war nicht anzunehmen, dass Dante ihr jetzt geduldig eine halbe Stunde zusehen würde, bis die Dinger endlich drinnen waren.

„Dass deine Augen dann komplett schwarz sein werden, ist sicher ein hübscher Nebeneffekt. Vor allem aber sind diese Linsen absolut blickdicht. Keine störende Augenbinde – damit du dich fühlen kannst, als wärst du wirklich blind."

Ein Kribbeln lief durch Selinas Körper. Das versprach in der Tat eine außergewöhnliche Erfahrung zu werden.

Nur ...

„Lehn dich zurück und entspann dich", wies Dante sie an.

Genau.

Nickend ließ Selina sich tiefer in den Sessel sinken.

Rational betrachtet war es lächerlich. So, wie Dante sie bereits mit seinem Dolch bearbeitet hatte, sollte sie so etwas Banales wie das Einsetzen von Kontaktlinsen eigentlich nicht mehr schrecken. Und doch war die Vorstellung, dass er ihr mit dem Finger ins Auge fahren würde, irgendwie gruselig.

Völlig unbehelligt von ihrem Unbehagen fischte Dante eine der Linsen aus dem Behälter und platzierte sie auf seiner Fingerkuppe.

„Und jetzt schön stillhalten", mahnte er sie, als er mit der anderen Hand ihre Augenlider auseinanderzog und fixiert hielt.

Selina gab sich alle Mühe, aber als Dante mit der Linse ihren Augapfel berührte, zwickte sie instinktiv die Augen so fest zusammen, dass ihre Lider Dantes Griff entschlüpften.

„Tut mir leid, ich ...", wollte Selina sich entschuldigen, aber Dante legte ihr den Finger auf die Lippen als Zeichen, dass sie schweigen sollte.

„Du brauchst bloß brav hier sitzen zu bleiben, das genügt mir schon an Kooperation deinerseits. Alles was darüber hinausgeht, liegt in meiner Verantwortung.

Ich wollte nicht unnötig grob zu dir sein, aber jetzt weiß ich, dass ich dich doch etwas fester halten muss."

Er brachte die Kontaktlinse auf seiner Fingerkuppe wieder in die richtige Position. Als er nach ihren Lidern griff, meinte er beiläufig:

„Und keine Sorge, falls es so nicht geht, habe ich noch ein medizinisches Gerät zum Offenhalten der Augen parat."

Dass Selinas Augen sich bei dieser Ankündigung ein gutes Stück weiteten, kam Dante sehr gelegen. Mit deutlich mehr Nachdruck als beim vorigen Versuch zog er ihre Lider auseinander. Als sein Finger sich ihrem Auge näherte, setzte neuerlich der Reflex zu blinzeln ein, aber diesmal war Dantes Griff so fest, dass es kein Durchschlüpfen unter seinen Fingern gab. Mit ruhiger Hand ließ er die Kontaktlinse sacht von seinem Finger in ihr Auge gleiten.

Im ersten Moment war es sehr unangenehm, als die Linse ihren Augapfel berührte, aber als sie richtig lag und Dante sie freigab, damit sie blinzeln konnte, verging das ungute Gefühl rasch.

Die Hand an ihr Kinn gelegt, drehte Dante ihren Kopf so, dass er sie betrachten konnte.

„Wie fühlt es sich an?“

Selina blinzelte nochmals.

„Ganz okay. Ich spüre sie zwar ein wenig, aber das fällt wahrscheinlich unter Gewöhnungssache.“

„Das ist gut“, freute sich Dante. „Dann auf zu Runde zwei.“

Den Reflex, das Auge zuzukneifen, konnte Selina auch diesmal nicht im Zaum halten, obwohl sie der Sache nun bereits wesentlich gelassener begegnete. Aber nun, da er ihre Reaktion kannte, hatte Dante ohnehin kein Probleme mehr damit. Ein Versuch reichte ihm, und schon legte sich auch die zweite Kontaktlinse über ihre Pupille.

Und dann war es finster.

Nicht so wie mit einer Augenbinde oder einer Maske, wo entweder irgendwo Licht durchdrang, oder sie einen merklichen Druck auf den Augen hatte, der sie dazu bewog, diese geschlossen zu halten. Sie war schlicht nicht in der Lage irgendetwas zu sehen, obwohl sie es gefühlsmäßig eigentlich können hätte sollen.

Suchend streckte sie ihre Hand aus, und Dante ergriff sie.

„Dringt irgendetwas durch?“, erkundigte er sich gespannt.

„Nein. Gar nichts“, bestätigte sie ihm das, was er zu hören gehofft hatte.

„Ausgezeichnet“, brummte Dante überaus zufrieden.

Seine Finger strichen über ihr Gesicht. Die zarte Berührung fühlte sich unglaublich intensiv und aufregend an.

Vorsichtig tastend suchte Selina ebenfalls nach Dantes Gesicht. Als sie ihm die Hand auf die Wange legte, konnte sie das Lächeln spüren, das sich unter ihren Fingern formte.

„Hände sind solch ein vielseitiges Werkzeug“, sinnierte Dante, während er ihre Hand liebkosend umfasste und von seinem Gesicht wegzog. „Die geben dir so viele Möglichkeiten. Aber auch das werde ich unterbinden.“

Der Kontakt brach ab und Selina konnte hören, wie Dante sich von ihr entfernte und kurz darauf wieder zurückkehrte.

„Die hier habe ich für dich maßanfertigen lassen“, erklärte er, während er etwas Weiches über ihren Handrücken streichen ließ.

„Mach eine Faust“, wies Dante sie an.

Der Stoff, den Dante ihr darüberzog, war fest und dünn gleichermaßen, und er legte sich mit dem Schnürverschluss so passgenau um ihre Hand, dass er keinerlei Abweichung von der aktuell eingenommenen Faust erlaubte.

Mit ihrer zweiten Hand verfuhr Dante ebenso. Ihre Finger waren damit aus dem Verkehr gezogen.

Von daher überraschte es Selina, als Dante ihr noch eine zweite Schicht überzog.

„Lass dich von der Weichheit nicht täuschen“, warnte Dante sie. „Die äußeren Handschuhe sind nicht als Dämpfer gedacht, im Gegenteil. Die nachgiebige Lage ist nämlich mit richtig fiesen Dornen gespickt, die hervortreten, sobald du Druck darauf ausübst. Von dem Versuch, etwas mit den Fäusten zu greifen oder dich gar darauf aufzustützen, würde ich also dringend abraten.“

Als seine Hand über ihr Bein glitt, wusste Selina schon, was als Nächstes kommen würde.

„Widmen wir uns nun deiner Fähigkeit zur Fortbewegung.“

Dante begann damit, ihr einen Strumpf übers Knie zu ziehen, der ebenso wie die äußeren Handschuhe präpariert war. Danach steckte er ihre Füße in ebensolche Socken. Damit war jegliches Vorankommen, das irgendwo zwischen gehen und kriechen angesiedelt war, vom Tisch.

Scheinbar zufrieden mit seinem Werk, ließ Dante seine Fingerspitzen sacht über ihren Körper gleiten.

„Und, fühlst du dich schon hilflos?"

„Ziemlich."

Dante lachte leise.

„Eindeutig noch nicht genug, solange du mir das noch verbal mitteilen kannst."

Etwas Kaltes, Metallisches berührte ihre Wange.

„Mach deinen Mund auf. Ich habe noch eine Spezialanfertigung für dich."

Das Teil fand erstaunlich komfortabel seinen Weg in ihren Mund. Scheinbar entfaltete Dante es dort dann irgendwie und befestigte es an den Zähnen ihres Unterkiefers. Der Zweck der Konstruktion war dabei, ihre Zunge mit einer Metallplatte nach unten gedrückt zu halten.

„Wie ist es?", fragte Dante, nachdem er seine Finger wieder aus ihrem Mund genommen hatte.

Aber Selina brachte bloß einen unverständlichen Laut aus ihrer Kehle zustande.

„Scheint seinen Zweck zu erfüllen. Und das ganz ohne dass man dir ansieht, dass du geknebelt bist. Fühlt es sich an wie ein Knebel?"

Selina schüttelte den Kopf. Der optische Eindruck setzte sich auch im Tragegefühl fort. Von dem Druck auf ihre Zunge abgesehen war da nichts, was sie mit einem Knebel verbunden hätte. Ähnlich wie auch die Kontaktlinsen beraubte es sie einfach ohne großes Aufsehen einer wichtigen Fähigkeit.

Ein seltsames Gefühl rieselte durch Selinas Körper.

Den Verlust ihrer Stimme fand sie eigentlich weitaus beklemmender als den ihres Sehvermögens. Nachdem Dante ja Gefallen daran fand, ihre Klagelaute zu hören, griff er nur äußerst selten zum Knebel. Von daher war sie es gewohnt, sich ihm nötigenfalls mitteilen zu können.

Auch wenn es fallweise reichlich ungewiss war, was er mit dieser Information machen würde.

Aber wenigstens ließen ihr die Kontaktlinsen und der Spezialknebel noch ihre Mimik. Das war für einen aufmerksamen Beobachter wie Dante ohnehin wertvoller als alle Worte.

Die unvermutete Berührung an ihrer Wange riss Selina aus ihren Gedanken. Eigentlich war es eine äußerst vertraute Geste, wie Dante ihr eine Locke hinters Ohr steckte, die sich aber gerade äußerst intensiv und aufregend anfühlte.

„Wir sind fast am Ziel", meinte Dante, und schob ihr etwas ins Ohr, das sich wie ein Kopfhörer anfühlte.

„Die haben aktive Geräuschunterdrückung", erklärte Dante. „Das sollte für absolute Stille sorgen."

Er begab sich auf ihre andere Seite und strich ihr dort ebenso die Haare zur Seite.

„Ich liebe dich", flüsterte Dante ihr ganz dicht an ihrem Ohr zu, mit einer Inbrunst, die es Selina ganz warm ums Herz werden ließ.

Auch wenn sie wusste, dass die Art, wie er es ihr ins Gedächtnis rief, zweifellos bedeutete, dass er es für nötig hielt, ihr etwas mitzugeben, woran sie sich festhalten konnte.

Der zweite Stöpsel landete in ihrem Ohr.

Selina neigte aufmerksam den Kopf ein wenig in verschiedene Richtungen, aber da war nichts. Kein Rascheln von Kleidung, keine Schritte, gar nichts.

Sie vermochte nicht zu sagen, ob Dante sich bewegt hatte.

Wahrscheinlich schon, denn auf einmal nahm sie einen vertrauten Geruch wahr. Dann griff Dante sie am Kinn und tupfte ihr mit etwas, das sich nach einem Wattestäbchen anfühlte, den Bereich zwischen Nase und Oberlippe ab.

Der Duft ihres Lieblingsparfüms stieg ihr intensiv in die Nase und hüllte sie in eine Duftwolke, die wohl in der Lage war, die meisten anderen Gerüche zu überdecken.

Das Nächste was passierte war, dass Dante sie am Rücken und unter den Knien umfasste, um sie hochzuheben.

Er ging wenige Schritte mit ihr, dann setzte er sie am Boden ab. Mit einem sanften Streicheln zog er seine Hände zurück.

26

Selina wartete überaus gespannt, was nun kommen würde.

Aber nichts passierte.

Die Minuten vergingen.

Immer noch nichts.

Aus reiner Gewohnheit bewegte sie forschend ihren Kopf. Aber es war sinnlos, sie konnte absolut nichts von ihrer Umgebung wahrnehmen.

Vorsichtig begann Selina, die Grenzen ihrer Bewegungsfähigkeit auszuloten. Sie könnte sich auf jeden Fall hinlegen, aber würde sie hernach auch wieder hochkommen?

Sie legte eine Faust auf dem Boden auf.

Das war okay, wenngleich sie bereits fühlen konnte, dass sich in der weichen Schicht etwas Hartes verbarg.

Dantes Warnung klang ihr im Ohr, aber Selina wollte es genau wissen. Also legte sie behutsam etwas Druck auf ihre Faust.

Keine gute Idee!

Es fühlte sich an, als hätte sie sich auf ein Nadelkissen gelehnt. Auf eines, aus dem sehr viele, sehr spitze Nadeln ragten!

Soviel also zu der Frage, ob es eventuell vorzuziehen war, diese Einschränkung zu überwinden und den Schmerz in Kauf zu nehmen.

Abwartend blieb Selina sitzen.

Wahrscheinlich war Dante bloß noch damit beschäftigt, etwas für sie vorzubereiten. Er würde gewiss gleich wieder bei ihr sein.

Aber es geschah weiterhin nichts.

Die Zeit kroch dahin, und schön langsam wurde Selina unruhig.

Wartete Dante bloß still ab, bis sie die Nerven wegschmiss, oder hatte er sie einfach hier zurückgelassen?

Erneut wandte Selina suchend den Kopf. Es war irgendwie total absurd, sie saß hier auf dem Boden herum, zwar frei sich zu bewegen, aber unfähig, sich irgendwohin zu begeben.

Dante hatte angekündigt, ihr das Gefühl von Hilflosigkeit geben zu wollen – das war ihm gelungen. Sie konnte sich nicht erinnern, sich jemals zuvor so abhängig gefühlt zu haben.

Dafür erinnerte es sie aber umso mehr an ihre Schwester.

Ob Dante das wohl bewusst war? Was für eine Horrorvorstellung das immer für sie gewesen war, wenn sie jemals so enden würde? So völlig abhängig? Sie hatten nie darüber geredet, aber sie ging fix davon aus, dass Dante Nachforschungen über ihre Vergangenheit angestellt hatte und über ihre Schwester Bescheid wusste.

Ich liebe dich.

Selina schloss die Augen – auch wenn es keinen Unterschied machte, aber es half ihr trotzdem, die schwermütigen Gedanken an ihre Kindheit zu verdrängen.

Es war völlig egal, wie hilflos sie war. Sie konnte Dante vertrauen. Auch wenn sie sich seiner Gegenwart nicht sicher sein konnte. Es mochte langweilig sein, auf ihn warten zu müssen, aber es war kein Grund zur Sorge.

Die Melodie des Liedes, das Selina im Kopf abspielte, verstummte abrupt.

Bildete sie sich das nur ein, oder hatte sie gerade einen feinen Luftzug gespürt?

Allein die leise Andeutung von Dantes Anwesenheit überflutete Selina mit einem Schwall an Euphorie und Hoffnung, die ihr Herz schneller schlagen ließen.

Aufmerksam wandte sie sich ganz bedächtig in verschiedene Richtungen, in der Hoffnung, ein weiteres Signal von ihm empfangen zu können.

Völlig konzentriert auf den letzten verbliebenen ihrer fünf Sinne, nahm Selina den dezent warmen Hauch an ihrer Wange überdeutlich war.

Beglückt drehte sie sich so, dass sie Dante direkt vor sich haben sollte.

Der Luftzug, den sie nun wahrnahm, irritierte Selina jedoch ein wenig. Es fühlte sich an, als würde Dante mit seiner Hand vor ihrem Gesicht herumfuchteln.

Wollte er sich etwa versichern, dass sie nicht geflunkert hatte damit, dass sie absolut nichts mehr sah?

Fragend legte sie den Kopf schief, begleitet von einem dumpfen, kehligen Geräusch.

Die unvermittelte Berührung ihres Kinns brachte Selinas ganzen Körper in Aufruhr, so sehr dürstete sie nach Dantes Nähe. Unverzüglich gab sie dem leichten Druck nach, der von ihr forderte, ihren Mund zu öffnen.

Was zum ...

Das euphorische Prickeln, das sie eben noch empfunden hatte, schlug von jetzt auf gleich in eine eiskalte Gänsehaut um.

Das war nicht Dantes Hand!

Selinas erster Impuls war zurückzuweichen, nur um festzustellen, dass sie das ohne Zuhilfenahme von Händen oder Füßen nicht nennenswert konnte. Also riss sie stattdessen ihren Arm hoch, um die Hand von ihrem Gesicht wegzuschlagen.

Das Manöver war fürs Erste von Erfolg gekrönt, aber in Anbetracht dessen, dass sie keine Ahnung hatte, was da vor sich ging, beruhigte Selina das kein bisschen.

Wer zum Teufel war das?

Wusste Dante davon?

Hatte er sich jemanden geholt, der sie ein wenig in Aufruhr versetzen sollte?

Oder hatte er sie hier – vermeintlich gut aufgehoben – allein zurückgelassen, und irgendwer nutzte nun die Gunst der Stunde?

Mochte Dante ihr auch versichert haben, dass er sich auf seine Leute verlassen konnte, so wusste Selina doch, dass der eine oder andere hier ihr nicht wirklich wohlgesonnen war und sich bloß deshalb zurückhielt, um bei Dante nicht anzuecken. Aber wenn sich eine Chance ergeben würde, unerkannt zu bleiben ... Das waren Typen, denen sie alles zutraute.

Auf einmal legte sich ein nackter Fuß auf ihre Brust und gab ihr einen Stoß. Überrumpelt und unfähig, ihre Hände zur Hilfe zu nehmen, kippte Selina nach hinten um. Sie hatte gehofft, den Schwung vom Abrollen nutzen zu können, um gleich wieder hochzukommen, aber daraus wurde nichts. So wie sie unten angekommen war, war der Fuß auch schon wieder da, um ihren Oberkörper zu Boden zu drücken.

Selinas Gedanken überschlugen sich.

Sie hatte keinen blassen Schimmer, was sie davon halten sollte.

Sollte sie sich wehren?

Machte das überhaupt Sinn?

Sie konnte weder richtig schlagen noch treten, und wenn sie es doch versuchte, würde es ihr gewiss mehr wehtun als ihrem Gegner.

So es sich als eines von Dantes Spielchen herausstellte, war es das definitiv nicht wert.

Nur, wenn nicht, dann sollte sie besser jetzt aktiv werden, ehe es zu spät war.

Der Druck auf ihrer Brust verlagerte sich und Selina wurde bewusst, dass der Unbekannte dabei war, sich auf sie zu setzten.

Ihr Instinkt schrie danach, das nicht zuzulassen, aber Selina rang ihn nieder. Dante hatte ihre Hände und Füße nicht in einen Dornenkäfig gesteckt, auf dass sie sich daran verletzte, sondern damit sie still hielt. Also würde sie sich daran halten.

Steifer Stoff mit harten Nähten, vermutlich eine Jeans, streifte über ihre Haut. Dann senkte sich das Gewicht auf

Höhe ihres Beckens auf sie, während sie seitlich von Beinen umfangen wurde.

Obwohl die Person von Dantes Gewichtsklasse weit entfernt war, empfand Selina es dennoch als überaus erdrückend. Diese absolute Unwissenheit, wer sich da gerade mit was für Absichten auf sie setzte, machte sie ganz kribbelig.

Zugegeben, sie hatte bereits mit Männern geschlafen, die sie kaum eine Stunde gekannt und über die sie so gut wie nichts gewusst hatte. Aber das hier war nochmal eine ganz andere Liga. Hier wusste sie absolut gar nichts! Sie konnte ja noch nicht mal sagen, ob das ein Mann oder eine Frau war, der/die da erst prüfend mit den Fingern über die noch frischen Schnitte von Dantes Dolch an ihrer Schulter fuhr und dann ihre Brüste zu kneten begann. Die Hände waren ziemlich durchschnittlich von ihrer Größe, weder besonders hart oder weich, und auch die kurz geschnittenen Fingernägel ließen keine Aussage zu.

Hilflos wandte Selina suchend den Kopf zur Seite.

Einerseits konnte sie sich nicht so recht vorstellen, dass Dante bereit war, dabei zuzusehen, wie ein anderer derart intim mit ihr wurde.

Andererseits konnte sie sich aber noch viel weniger vorstellen, dass er es zulassen würde, dass ihr in ihrem völlig unbeholfenen Zustand etwas zustoßen könnte.

Es konnte nicht anders sein, als dass er da war, und über sie wachte.

Ich liebe dich.

So fest sie konnte griff Selina nach dem Anker, den Dante ihr gegeben hatte.

Eigentlich passte es doch alles wunderbar zusammen. Wenn Dante sich so viel Mühe gab, sie in einen absolut hilflosen Zustand zu versetzen, dann war davon auszugehen, dass er alles daran setzen würde, um es sie auch wirklich mit jeder Faser fühlen zu lassen.

All das hier passierte, weil Dante es so wollte. Die Person auf ihr war gewiss nichts weiter als eine Marionette, deren Strippen Dante in der Hand hielt.

Sie stellte es sich so deutlich vor, dass sie sogar ein wenig über den Anblick lächeln musste.

Wer auch immer da draußen war, bemerkte es wohl, denn das Kneten ihrer linken Brust hörte auf, um sie stattdessen auf der Schulter zu tätscheln.

Selina war sich nicht ganz sicher, ob das als Zuspruch oder als Hohn zu interpretieren war, aber sie beschloss, an einer positiven Einstellung festhalten zu wollen.

Das Klopfen an ihrer Schulter hörte auf. Nun wandten sich die Hände ihren Nippeln zu. Mit Daumen und Zeigefinger packten sie sie auf beiden Seiten. Der Griff war äußerst beherzt, und das darauffolgende Drehen und Ziehen ebenso.

Der vertraute Schmerz feuerte eine kleine Salve der Erregung ab, die zwischen ihren Beinen allerdings mit gewissen Ladehemmungen ankam.

Ob Dante es ihr wohl übelnehmen würde, wenn sie sich gar so bereitwillig irgend einem Unbekannten hingab?

Was auch immer ihr Mann davon halten mochte, bei den sie bearbeitenden Händen kam ihre verhaltene Reaktion wohl nicht so gut an, denn sie zogen die Schmerzschraube nochmal kräftig an.

Ach, pfeif drauf!

Dante hatte sehr klar festgehalten, dass die Verantwortung bei ihm und nicht bei ihr lag. Wenn er das hier zuließ, dann sollte er auch selber sehen, wie er damit klarkam.

Mit einem kehligen Stöhnen legte Selina den Kopf zurück und ließ das erregende Prickeln frei durch ihren Körper fließen. Es war gar nicht mal so schwer, sich einfach fallen zu lassen, denn die Selbstverständlichkeit, mit der sie hier malträtiert wurde, wirkte vertraut und gab ihr ein Gefühl der Sicherheit.

Ihre Hingabe stieß scheinbar auf Gefallen. Und ihr erster Eindruck, dass hier jemand wusste, was er tat, bestätigte sich voll. Sich leicht windend schwamm Selina auf den Wellen des süßen Schmerzes. Und die aufregende Ungewissheit machte es nur noch erregender.

Mit einem letzten festen Zug nahmen die Hände schließlich Abschied von ihren Brüsten.

Das Gewicht wurde von ihrem Becken genommen, und irgendwie fühlte Selina sich seltsam verlassen. Sie richtete den Oberkörper suchend ein wenig auf, um diesem Gefühl Ausdruck zu verleihen.

Der Fuß, der sich zwischen ihre Brüste legte und sie ziemlich nachdrücklich dazu aufforderte, flach am Boden liegen zu bleiben, löste eine regelrechte Euphorie bei ihr aus. Sie fühlte sich so unwissend und ausgeliefert, und sie lechzte danach, dass jemand das weidlich ausnutzen möge, solange er sie nur bloß nicht alleine zurückließ.

Dementsprechend bereitwillig nahm sie ihre Beine auseinander, als sie mit ein paar Fußstupsern dazu aufgefordert wurde.

Die Berührung ihrer intimsten Stelle durch die unbekannten Hände war geradezu elektrisierend. Forschend glitten Finger zwischen ihre Venuslippen, nahmen diese und zogen fordernd daran. Weitere Finger kamen hinzu und drangen in ihre derart bloßgelegte Scheide vor, um sie auch dort zu betasten und auseinanderzuziehen. Das Ganze wirkte sehr methodisch und vermittelte den Eindruck, dass sie hier einer Begutachtung unterzogen wurde. Zusammengenommen damit, dass sie momentan ihrer Fähigkeiten zur Wahrnehmung und Kommunikation größtenteils beraubt war, kam Selina sich dadurch sehr auf ein Objekt reduziert vor. Ein Spielzeug, das auf seine Möglichkeiten geprüft wurde.

Was irgendwie schon ziemlich aufregend war. Weshalb sie auch einen herben Verlust empfand, als die Finger plötzlich von ihr abließen.

Aber ihre Einsamkeit währte nicht lange.

Ein beglücktes Prickeln durchströmte Selina, als die Finger neuerlich an einer ihrer inneren Lippen fest anzogen und sie durchwalkten.

Der plötzlich aufflammende Schmerz ließ Selina kurz nach Luft schnappen. Offenbar hatte man ihr eine Klammer an diese überaus sensible Hautfalte angelegt. Eine zweite folgte sogleich.

Etwas wurde um ihren Oberschenkel gelegt. Ein Seil oder ein dünnes Band? Die Klammern wurden bewegt. Als sich das Seil um ihren Oberschenkel spannte, spürte Selina, wie es an den Klammern zog und sie öffnete.

Das Knistern wurde stärker. Allein schon die Vorstellung, dass sie hier jemand unter Ausnutzung ihrer Hilflosigkeit völlig entblößen und sich ungehinderten Zugang zu ihrer intimsten Stelle verschaffen wollte, war unglaublich heiß.

Begleitet von einem leisen, beglückten Stöhnen ließ sie bereitwillig zu, dass der Unbekannte mit ihrer zweiten Seite ebenso verfuhr.

Ein leichter Druck auf ihre Schenkel forderte sie auf, die Beine seitlich ganz abzusenken. Der dadurch noch weiter zunehmende Zug nach außen auf ihre Venuslippen trieb Selina ein zufriedenes Lächeln ins Gesicht, das sich noch intensivierte, als die unbekannte Person sich neuerlich über sie kniete, diesmal mit Fokus auf ihren Intimbereich.

Ein einzelner Finger legte sich sacht auf ihre nun frei zugängliche Klitoris. Selina hielt erwartungsvoll den Atem an. Aber anstatt ihre Perle zu streicheln, hob der Finger sich an – und senkte sich wieder. Zunächst noch gemächlich, dann in schnellerem Takt, tippe er sie in einem fort an. Es mochte geringfügig erscheinen, aber es fühlte sich dennoch gerade unglaublich intensiv an. Bemüht, nur ihren Oberkörper sich bewegen zu lassen und ihr Becken stillzuhalten, genoss Selina stöhnend die sie erfassende Erregung. Wenn das so weiterging, konnte sie sich vorstellen, dass allein das Geklopfe sie alsbald zum Höhepunkt führen könnte.

Auf einmal schrie Selina laut auf. Aber nicht vor Ekstase, sondern wegen eines heftigen Schmerzes, der sie völlig ohne Vorwarnung traf. Als hätte sie einen elektrischen Schlag bekommen, direkt auf ihre Klit.

Dass sie ihre Beine deshalb erschrocken zusammengeschlagen hatte, stieß dabei offenbar auf Unmut, der sich in Form eines herzhaften, tadelnden Schlages mit der Hand außen auf ihren Oberschenkel äußerte.

Zaghaft entließ Selina die Spannung aus ihren zusammengepressten Beinen. Es war sagenhaft, wie unglaublich verletzlich sie sich auf einmal fühlte.

Die Frage, ob sie den an sie gestellten Forderungen weiterhin so brav Folge leisten wollte, schaffte es allerdings nicht zur Reife. Ein weiterer Blitz entlud sich, diesmal mitten zwischen ihren Oberschenkeln, und ließ sie damit ebenso hastig auseinanderschnellen, wie sie zuvor zusammengefahren waren. Im nächsten Augenblick lagen auch schon die Hände genau an den beiden Stellen, die der Blitz getroffen hatte. Die streichelnde Berührung wirkte physisch und emotional gleichermaßen lindernd, auch wenn sie nahtlos in die Forderung überging, ihre Beine wieder weit geöffnet abzulegen.

Selina stieß den angehaltenen Atem aus und entspannte sich, um dem Druck auf ihre Beine nachzugeben. Wobei sich ihre Reaktion gleichermaßen aus zwei ziemlich konträren Positionen speiste. Einerseits wollte sie an ihrem Vertrauen festhalten, dass sie keinen Grund zur Sorge hatte, andererseits war ihr auch gerade sehr klar aufgegangen, dass sie hier kein aktiver Teilnehmer dieses Spiels war, sondern bloß ein Spielball für irgendjemanden. Jemand, der erwartete, dass sie wunschgemäß funktionierte.

Selina konnte sich nicht erinnern, jemals eine so breite Palette an – teils widersprüchlichen – Gefühlen auf einmal empfunden zu haben. Was irgendwie für sich genommen schon ein Erlebnis war.

Auf einmal berührte sie etwas Hartes, Kühles und forderte Einlass in ihre Vagina. Vermutlich metallisch. Es war schlank und glitt ohne nennenswerten Widerstand in sie hinein. Selina musste nicht lange herumraten, worum es sich dabei handelte, denn es fing sogleich damit an, den Eingang ihrer Vagina aufzuspreizen.

Passend zu ihrer eben gewonnenen Erkenntnis schien der Unbekannte eine sehr klare Vorstellung davon zu haben, wie weit das Spekulum geöffnet zu sein hatte, und die bezog ihre Reaktion darauf definitiv nicht mit ein, so zügig, wie es eingestellt wurde. Es war wohl reines Glück, dass sie die Dehnung zwar deutlich spürte, aber noch nicht als zu schmerzhaft empfand.

Ein paar Finger tauchten in sie ein, wobei Selina überrascht feststellte, dass das Spekulum offenbar keine durchgehenden Blätter sondern bloß vier Stangen hatte. Was bedeutete, dass sie weit geöffnet und ihr Inneres fast uneingeschränkt zugänglich war.

Und diese Finger wussten genau, wo die interessanten Stellen lagen. Ein heftiger Schauer der Erregung brachte ihren Körper zum Beben, als sie begannen, sie zu reiben.

Immer weiter fachten sie ihr Verlangen an, aber diesmal war Selina schon darauf gefasst, dass ihr Vergnügen nicht uneingeschränkt sein würde. Und tatsächlich, kaum, dass sie so richtig in Fahrt war, hörte das Reiben abrupt auf, während sie quasi im selben Moment einen weiteren Stromschlag auf ihre Perle verpasst bekam.

Trotzdem fuhren ihre Beine wieder heftig zusammen.

Was sich irgendwie seltsam anfühlte, denn obwohl sie die Schenkel leicht angehockt zusammenpresste, spürte sie überdeutlich, dass sie immer noch weit geöffnet dalag.

Und sie bekam sogleich auch zu spüren, wie ausgeliefert sie das machte. Denn der nächste Blitz sprang innerhalb ihrer Vagina auf sie über!

Hastig nahm Selina die Beine wieder auseinander und kehrte in die Position zurück, die von ihr erwartet wurde. Ihr Atem ging stoßweise, als sie leicht zitternd darauf wartete, was nun kommen würde: Zuckerbrot oder Peitsche.

Das leichte Stupsen an ihrem Eingang ließ sie erst mal unvermutet heftig zusammenfahren. Aber ihre Reaktion war unbegründet. Es war scheinbar bloß ein Dildo, der da in sie geschoben wurde. Und es dauerte keine drei Sekunden, ehe ihre Anspannung sich in heftige Ekstase wandelte. Das Gefühl, so gedehnt zu sein, und gleichzeitig davon unabhängig ihre Lustpunkte tief im Inneren stimulieren zu können, war derart immens, dass es regelrecht mit ihr durchging. Der Orgasmus kam so blitzschnell, dass sie die Person am anderen Ende des Dildos damit offenbar überrumpelte. Selina konnte an den auf einmal eher unschlüssigen Bewegungen klar erkennen, dass das so eindeutig nicht geplant gewesen war. Was das von ihrem Höhepunkt ausgelöste glückselige Lächeln noch um einiges breiter werden ließ, auch wenn es bedeutete, dass es sehr jäh vorbei war.

Der Dildo wurde ihr entzogen, das Spekulum zusammengeschraubt und entfernt, die Klammern ebenso. Und die Person, die eben noch auf ihr gesessen war, stand auf.

Ein wenig enttäuscht hob Selina den Kopf.

War es das nun?

Sie wollte nicht, dass es schon zu Ende war. Dazu war das alles viel zu aufregend.

Auf einmal fiel etwas auf ihr Bein. Eine Jeans. Offenbar von jemandem heruntergezogen, der über ihr stand.

Selina hielt gespannt den Atem an.

Was zum ...?

Das war diesmal kein Dildo, was sie da an der Scheide berührte! Der war echt! Und wenn sie sich nicht irrte, auch noch unverhüllt!

Begleitet von einem unverständlichem Brummen versuchte sie mit den Händen ein entschiedenes Nein zu deuten. Nicht, dass es viel bringen würde, denn wirklich wehren konnte sie sich nicht. Aber sie würde es zumindest versuchen. Die Zeiten, als sie unbekümmert Fremde an sich herangelassen hatte, waren vorbei. Sie war ihrem Mann treu. Und sie konnte sich beim besten Willen nicht vorstellen, dass Dante damit einverstanden war und hier irgendwo herumstand und vorhatte, sich das anzusehen. So wie sie ihn kannte, würde er wohl eher jeden umbringen, der auch nur laut daran dachte, sie vögeln zu wollen.

Tatsächlich wurde das Glied nach dem kurzen Anstupsen wieder zurückgezogen, aber Selina war nicht so naiv anzunehmen, dass das Grund zur Hoffnung war.

Einen Moment lag sie bang im völligen Blindflug da. Solange sie nirgends berührt wurde, hatte sie keinen Schimmer, was der Typ gerade trieb. Aber sie hatte eine Vermutung, und die schien sich zu bewahrheiten, als auf einmal ihre Beine gepackt wurden. Offenbar hatte er sich so zwischen ihren Beinen positioniert, dass er sie nun auf seinen Schoß ziehen konnte.

Es ging derart überfallsartig und Selina war so völlig planlos, was sie in ihrem gehandicapten Zustand denn tun könnte, dass sie erst mal genau gar keinen Widerstand leistete.

Moment mal ...

Die stürmische Art, wie er in sie eingedrungen war und die Art, wie er sie mit seinen Händen festhielt, kamen ihr doch äußerst vertraut vor.

Konzentriert verfolgte sie, wie er begann, sich in ihr zu bewegen.

Sie konnte nicht anders, als zu lachen zu beginnen.

Dieser hinterhältige Sadist hatte heimlich den Platz getauscht mit der Person, die zuvor mit ihr gespielt hatte!

Zu ihrer Überraschung hielt Dante als Reaktion darauf inne. Er beugte sich vor und steckte ihr eine Haarsträhne hinters Ohr, wie er es so oft tat. Dann umfasste er mit beiden Händen ihr Gesicht und gab ihr einen innigen Kuss, der absolut keinen Zweifel mehr daran ließ, wen sie hier vor sich hatte.

Selina schmolz dahin. Es hätte ja besser zu Dante gepasst, sie ein Stück weit im Unklaren zu lassen, indem er ihr eine eindeutige Bestätigung verwehrte. Aber diesmal ging es ihm um etwas anderes. Nach der aufregenden Gefühlsachterbahn, die ihr Blut zuvor in Wallungen gebracht hatte, überkam sie nun ein wirklich außerordentliches Gefühl der Geborgenheit. Bestimmt war es der Sinnesentzug, der hier seine Wirkung zeigte, aber wen interessierte das schon, wenn ihr Herz bei Dantes zarten Berührungen vor Freude Luftsprünge veranstaltete.

Und die Art, wie achtsam Dante mit diesem außergewöhnlichen Gefühlszustand umging, in dem sie sich gerade befand, ließ sie sogar noch tiefer in diese Wonne eintauchen. Ungewohnt sanft begann er, sich wieder in ihr zu bewegen, um die Intensität dann auf ein Level zu steigern, bei dem sie voll auf ihre Kosten kam.

Als ihr genüssliches Stöhnen anschwoll, gruben sich seine Hände voller Verlangen fester in ihre Haut, aber er hielt sich zurück, um weiterhin ihre Vorlieben zu bedienen.

Selina wünschte, sie hätte sich ebenfalls an Dante festhalten können, denn der sie überkommende Orgasmus ließ sie sich ihm noch näher fühlen, als es zuvor bereits der Fall gewesen war, erst recht, als er gleich nach ihr kam. Umso glücklicher war sie, dass Dante sich mal wieder als ausgezeichneter Beobachter jeder Regung von ihr erwies. Sowie die unmittelbare Ekstase vorüber war, ließ er sie flach auf den Boden gleiten und bedeckte ihren Körper großflächig mit seinem, ohne sie mit seinem Gewicht zu sehr zu belasten.

Mit einem überaus zufriedenen Seufzer schmiegte Selina sich beglückt an ihn.

Eine Weile lagen sie einfach nur so da und genossen die innige Nähe zueinander.

Schließlich stand Dante auf. Kühle Luft traf auf ihre schweißnasse Haut, aber mehr noch war es der Verlust des Körperkontakts, der Selina unbehaglich frösteln ließ. Ihr ganzer Körper prickelte, während er sich geradezu verzweifelt danach sehnte, vollflächig berührt zu werden. Ein derart großes Bedürfnis nach Nähe hatte sie eindeutig noch nie verspürt.

Etwas umständlich setzte Selina sich auf und bewegte unsicher den Kopf, als würde sie sich umsehen.

Nichts.

Stille.

Finsternis.

Nicht mal der kleinste Lufthauch.

Ihre Stimmung schlug abrupt um. Inzwischen wurde das doch irgendwie lästig. Sie wollte nicht neuerlich verwaist hier herumsitzen müssen. Es war echt ätzend, so hilflos und völlig abgeschnitten von der Welt zu sein.

Dante!, rief sie etwas ungehalten, aber mehr als ein halblautes, kehliges Geräusch kam dabei nicht heraus.

Mist.

Ob er das verstanden hatte?

Oder auch nur gehört?

War er überhaupt noch da?

Die eiskalte Berührung auf ihrem Rücken kam so unerwartet, dass Selina erschrocken aufkreischte und sich hastig nach vorne wegduckte.

Das kalte Ding verfolgte sie jedoch, diesmal legte es sich auf der anderen Seite neben ihrer Wirbelsäule längs auf ihren Rücken.

Eine Wasserflasche aus dem Tiefkühler vielleicht?

Ebenso unvermittelt, wie es gekommen war, verschwand es auch wieder.

Auf einmal wurde sie hochgehoben. Eindeutig von Dante.

Beglückt schmiegte sie sich an die nackte Haut seines Oberkörpers. An ihrer Hüfte rieb sie jedoch über Stoff. Offenbar hatte er seine Hose wieder angezogen.

Er trug sie ein paar Schritte, dann setzte er sie ab – auf einen spanischen Reiter – und trat von ihr zurück.

Unsicher analysierte Selina ihre neue Situation. Das Metalldach, auf dem sie mit herabhängenden Beinen saß, war vor und hinter ihr lang genug, dass sie sich keine Sorgen machen musste, davon herunterzufallen. Aber ebenso bestand keinerlei Chance, allein davon absteigen zu können. Sie würde – nicht aus Zwang, sondern aus reiner Unfähigkeit – brav auf dem qualvollen Teil sitzen bleiben müssen, solange es Dante beliebte.

Der Gedanke ließ neuerlich Adrenalin in ihre Adern schießen. Nachdem er zuvor so sehr um ihr Vergnügen bemüht gewesen war, kam nun wohl der Part, bei dem Dante seinen Spaß haben wollte. Das Bild von ihm, wie er einem Raubtier gleich seine Kreise um sie zog, erschien so klar vor ihrem geistigen Auge, als könnte sie es tatsächlich sehen. Gleich einer Beute auf dem Präsentierteller saß sie hier, wissend, dass der Jäger irgendwo da draußen war und sich jeden Moment auf sie stürzen könnte.

Ihr Puls beschleunigte sich, während sie gespannt das Unvermeidliche abwartete.

Ein forscher Griff um ihre Oberschenkel – kleine Metallzähnchen, die sich in ihre Haut bissen.

Selina stöhnte aus tiefer Kehle. Sie hatte ohnehin ein Faible für den Vampirhandschuh, aber heute fühlte er sich noch ungleich intensiver und aufregender an als sonst.

Auf einmal waren die Hände mit den Dornen wieder weg – um im nächsten Moment deutlich sanfter ihr Gesicht zu umfangen. Mit einem freudigen Lächeln reckte Selina sich Dante entgegen. Und die verlangende Art, auf die er sie küsste, vermittelte ihr auch ohne Zuhilfenahme irgendeines weiteren Sinnes eine sehr klare Vorstellung davon, was er nun mit ihr vorhatte.

Sie bekam nochmal die Vampirhandschuhe zu spüren, diesmal an ihren Oberarmen, ehe Dante sich von ihr zurückzog.

Die Spannung, mit der Selina auf seinen nächsten Zug wartete, steigerte sich rasch in lichte Höhen. Welche der dutzenden Möglichkeiten, mit ihren Sinnen zu spielen, würde er wohl wählen?

Der Schmerz, der plötzlich quer über ihrem Rücken aufflammte, ließ Selina keuchend nach Luft schnappen. Oder war es mehr vor Überraschung? So fest war der Schlag mit dem Flogger eigentlich gar nicht gewesen. Oder kam ihr das nur so vor, weil sie ihn nicht gehört hatte? Irgendwie fühlte sie sich wie im Drogenrausch. Mit ihren eingeschränkten Sinnen erlebte sie die Welt völlig anders als sonst. Alles wirkte so ungewohnt, eigentlich Vertrautes war wieder neu und aufregend.

Aber für den nächsten Schlag war sie gewappnet.

Nur, dass der auf sich warten ließ.

Stattdessen wurde sie auf einmal von etwas Weichem unter der Nase gekitzelt. Federn? Wo hatte Dante die denn her? Die gehörten eindeutig nicht zu seinem üblichen Repertoire.

Der sie auf einmal durchzuckende scharfe Schmerz in ihrem Oberschenkel traf Selina neuerlich völlig unvorbereitet. War das ein Rohrstock gewesen? Die Federn hatten offenbar bloß zur Ablenkung gedient.

Ein sachtes Streicheln mit den Fingern über ihre Wange. Es brauchte nicht viel Vorstellungsvermögen, um Dante amüsiert grinsen zu sehen.

Ob er gleich wieder zuschlagen würde, sobald sie sich durch die sanfte Berührung entspannen würde?

Doch noch ehe sie es schaffte, die Anspannung abzulegen, verschwanden die Finger wieder.

Und dann ... passierte erst mal gar nichts.

Selina gab es auf, sich auf irgendetwas vorbereiten zu wollen. Sie bekam hier rein gar nichts mit, ehe sie es am eigenen Leib erfuhr. Und eigentlich war es doch auch viel aufregender, von jeder Berührung überrascht zu werden. Sie sollte lieber versuchen, das zu genießen.

Als sie neuerlich zusammenzuckte, trieb es ihr ein zufriedenes Lächeln ins Gesicht, während sie sich voll und ganz auf ihre momentane Empfindung konzentrierte. Diesmal hatte es ihren anderen Oberschenkel getroffen, punktuell und heiß brannte es auf ihrer Haut knapp über dem Knie. Und nochmal. Und nochmal. Tropf, tropf. Eindeutig heißes Wachs, das da ihren Oberschenkel hinauf wanderte, bis es den Ansatz ihres Beins erreichte.

Aber der Schwall, der sich im nächsten Moment über ihren ganzen Bauch ergoss, kam so unerwartet, dass Selina schockiert aufschrie.

Das war viel zu viel auf einmal!

Das – tat seltsamerweise gar nicht weh?

Lachend atmete Selina auf, während sie mit dem Unterarm prüfend über ihren Bauch wischte. Das am Schluss war bloß kaltes Wasser gewesen!

Da berührte sie etwas sacht an der Wange. Selina wollte sich sogleich in Dantes Hand schmiegen, aber die Berührung war nur flüchtig. Trotzdem ließ sie ihr Herz höher schlagen. Sehnsüchtig neigte sie sich leicht nach vorne, der Richtung folgend, in die Dantes Hand entschwunden war.

Aber schon im nächsten Augenblick war das Gefühl vorbei, abgelöst von etwas weitaus Mächtigerem:

Schmerz!

Und was für einer!

Begleitet von einem gellenden Schrei fuhr Selina überaus erschrocken zusammen.

Was zum Teufel war das denn gewesen?

Ihr Rücken fühlte sich an, als würde er in Flammen stehen entlang der Linie, auf der das ihr unbekannte Teil sie getroffen hatte.

Und wen wunderte es, diesmal wo sie es gut brauchen hätte können, wurde ihr natürlich keine Liebkosung gegönnt. Etwas Seilartiges wurde um ihre Kehle gelegt und zog sie von hinten wieder in eine aufrechte Position hoch.

Nein, kein Seil. Es wirkte glatter und fester. Eher wie Leder.

Ein heftiger Schauder durchlief Selinas Körper.

Das fühlte sich schwer nach einer Single-Tail-Peitsche an!

Es war nicht wirklich schockierend, dass Dante so etwas besaß. Dass er das überaus bösartige Teil aber bei ihr zum Einsatz brachte, dagegen umso mehr. Der Schmerz, den sie eben empfunden hatte, rangierte in einer ganz anderen Kategorie, als sie es von den mehrstriemigen Peitschen kannte, die Dante bisher bei ihr verwendet hatte. Und dabei war das gewiss fürs Erste mal nur ein leichter Probeschlag gewesen.

Wieder konnte sie Dantes Amüsement äußerst real vor sich sehen, als er die Schlinge um ihren Hals lockerte und die Peitsche langsam so über ihre Haut zog, dass sie genau erfassen konnte, was er da in der Hand hielt.

Mit einem Ruck, der Selina neuerlich zusammenzucken ließ, zog er das letzte Stück über ihre Schulter zurück.

Sein sich auf ihr Schulterblatt senkender Mund, der die noch immer heiß brennende Spur mit lindernden Küssen überzog, gestattete es Selina, die Anspannung, welche sie eben erfasst hatte, wieder abzulegen. Doch sie wusste, dass dies bloß die Ruhe vor dem Sturm war.

Tatsächlich hatten Dantes Lippen ihre Haut kaum verlassen, als auch schon das nächste fiese Teil beißend auf ihrem Oberschenkel einschlug. Irgendetwas Breites, aber scheinbar mit mehr als einem Blatt. Eine Tawse vielleicht? Jedenfalls auch etwas, das verdammt weh tat.

Hoffend wartete sie darauf, ob Dante wohl auch diese Blessur mit einer lindernden Berührung besänftigen würde.

Der Schlag auf ihren anderen Oberschenkel kam so hart und unerwartet, dass Selina gleich nochmal ein Schrei entfuhr.

Hatte sie wirklich geglaubt, Dante würde ihr in ihrer völligen Hilflosigkeit ein beständiges Muster aus Zuckerbrot und Peitsche geben, also etwas Verlässliches, Vorhersehbares?

Natürlich nicht!

Und was zum Teufel war das überhaupt schon wieder für ein Höllengerät, das er diesmal verwendet hatte? Fühlte sich an wie ein Schweizer Käse aus Holz.

Und man mochte es nicht glauben, aber der Käse tat so richtig weh!

Was würde wohl als Nächstes kommen?

Die Käsereibe?!

Selina nahm einen tiefen Atemzug, als der Frust plötzlich Überhand zu nehmen drohte.

Sie hatte nicht die Entscheidung getroffen, hier sitzen zu bleiben und das zu ertragen. Vielmehr kam es ihr vor, als würde sie völlig orientierungslos taumelnd durch dieses Nichts irren, während sie von allen Seiten mit gezielten Salven von äußerst heftigem Schmerz beschossen wurde, die sie noch mehr ins Wanken brachten. Wie sehr wünschte sie, dass sie doch wenigstens gefesselt wäre, damit sie irgendetwas hätte, um ihr Halt zu geben. Aber nicht mal das war ihr vergönnt. Es gab hier rein gar nichts, woran sie sich festhalten hätte können, nichts, was ihr den Weg weisen könnte, und nichts, was irgendwelchen verlässlichen Regeln folgte.

Die beste Vorhersage, die sie treffen konnte war, dass Dante wohl noch eine Weile damit fortfahren würde, sie mit keine Ahnung was wo auch immer zu peinigen.

Vielleicht sollte sie doch einfach jetzt gleich die Nerven wegschmeißen, in der Hoffnung, dass Dante sie dann aus dieser beschissenen Situation entlassen würde.

Eine Berührung an ihrer Wange ließ Selina heftig zusammenfahren, aber der erwartete Schmerz blieb aus.

Ach ja, stimmt, es gab hier ja keine Regeln ... ab und an gab es wohl doch Zuckerbrot als Abwechslung zur Peitsche.

Aber diesmal war es mehr als nur ein flüchtiges Streicheln. Sanft umfasste Dante ihr Gesicht mit beiden Händen, und in dem Kuss, den er ihr gab, steckte so unglaublich viel Zuneigung und Verlangen ...

Keine Regeln ...?

Doch, es gab eine, und die war unerschütterlich: So sehr Dante es liebte, sie zu quälen, er würde dabei stets gut auf sie aufpassen. Sie musste sich keine Sorgen machen, sich hier herinnen völlig zu verlieren – Dante würde ihr immer rechtzeitig die Hand reichen, um sie wieder zurückzuholen. So, wie er auch jetzt ihre angespannte Abwehrhaltung bemerkt und entsprechend darauf reagiert hatte.

Blindes Vertrauen. Einfach loslassen. Voll und ganz – so hatte sie es ihm versprochen.

Wohlwissend, dass er ihr Versprechen auf eine harte Probe stellen würde. Doch er hatte gerade bewiesen, dass er dieses Vertrauens auch würdig war.

Als Dante sich schließlich wieder von ihr löste, lächelte Selina ihn zaghaft an und nickte leicht.

Mochte sie auch noch weniger als sonst wissen, was sie erwartet, so war es doch genug, um sich bewusst dafür zu entscheiden, es einfach geschehen zu lassen. Nicht ziellos umherirren, sondern sich einfach treiben lassen, in dem Vertrauen darauf, dass Dante sie schon sicher lenken würde.

Es folgten unzählige weitere ziemlich harte Schläge mit scheinbar ebenso vielen unterschiedlichen Schlaginstrumenten. Oder vielleicht kam ihr das auch bloß so vor, weil Dante die Art des Schlages variierte. Wer konnte das schon sagen. Sie hatte längst aufgehört damit, auch nur zu versuchen, den Überblick zu behalten.

Dazwischen schenkte Dante ihr immer wieder kleine Streicheleinheiten, um den akuten Schmerz ein wenig zu lindern und ihr Kraft zum Durchhalten zu geben. So auch jetzt wieder, als er mit seinen Händen über ihren schon arg geschundenen Rücken fuhr. Die sanfte Zuwendung war dabei qualvoll und tröstlich zugleich.

Bebend stieß Selina den Atem aus, während sich die Schmerzen von den Schlägen und die vom Sitzen auf dem spanischen Reiter ein Match um die Vorherrschaft lieferten. Sie wusste, dass Dante mit seinen Berührungen auch ihren Zustand einschätzte – und sie hoffte inständig darauf, dass er ihn sehr bald für grenzwertig genug befinden würde, um ihr Erlösung zu gewähren.

Tatsächlich wirkte seine Musterung diesmal ausführlicher als zuvor und beschränkte sich auch nicht auf die Stellen, die er mit Schlägen überzogen hatte.

Aber dann war er auf einmal weg.

Selinas Hoffnung schwand. Wenn er jetzt noch etwas holen ging ...

Auf einmal legte sich ein Finger eindringlich auf ihre Lippen. Das Zeichen, dass sie schweigen sollte.

Guter Witz, sie konnte ohnehin nicht ...

Aber da folgte die Forderung, ihren Mund zu öffnen. Als sie ihr nachkam, griff Dante hinein, um den Knebel zu entfernen.

Selina war verwirrt. Das sah ihr nicht nach der regulären Auflösung dieses Spiels aus.

Eine Befürchtung, die sich zu bewahrheiten schien, als Dante ihr einen Strohhalm an die Lippen führte. Dass er es für angebracht hielt, ihre stringenten Einschränkungen kurz ein wenig aufzuheben, um sie durch Flüssigkeitszufuhr wieder etwas aufzupäppeln, ließ bei Selina sämtliche Alarmglocken schrillen. Der kurze Trinkvorgang wurde zu einer emotionalen Achterbahnfahrt.

Eigentlich war sie nicht der Typ, der bettelte. Aber gerade heute, wo sie es nicht konnte, verspürte sie ein überaus dringendes Bedürfnis ein klares ‚Ich will hier raus!‘ in die Welt zu rufen. Nun hätte sie die Chance dazu.

Bloß, dazu hatte Dante ihr den Knebel nicht abgenommen. Er erwartete, dass sie weiterhin schwieg, anstatt die kurze Pause sofort unredlich auszunutzen. Und sie wollte ihn wirklich nicht enttäuschen. Sie wollte ihm doch vertrauen. Was sich allerdings genau jetzt in diesem Moment zu einer regelrechten Mammutaufgabe auswuchs.

Viel zu früh war das Getränk leer und ihr Zeitfenster schloss sich.

Sag etwas, er wird es verstehen.

Tu es nicht. Er weiß es doch ohnehin.

Eine Hand an ihrem Kinn verlangte, dass sie den Mund öffnete. Etwas verhalten kam sie der Aufforderung nach.

Letzte Chance ...

... vorbei.

Der nun wieder auf ihrer Zunge liegende Knebel machte es nicht gerade einfacher, den Kloß runterzuschlucken, der sich gerade schwer in ihrem Hals bildete.

Sie konnte bloß inständig hoffen, dass sie ihre Entscheidung nicht gleich bitter bereuen würde.

Ihre Nerven waren bis zum Zerreißen gespannt, während sie darauf wartete, was Dante als Nächstes tun würde. Aber er ließ sie warten. Zumindest kam es ihr so vor. Aber das lag wahrscheinlich an ihr und nicht an ihm.

Obwohl sie sich derart stark darauf konzentriert hatte, ließ die sachte Berührung an ihrer Schulter sie dann aber doch so sehr zusammenzucken, dass sie einen recht schmerzhaften Hüpfer auf dem Foltersattel machte.

Wieder meinte sie Dante lachen zu hören – nur dass sie inzwischen so weit war, sich nicht mehr sicher zu sein, dass sie sich das wirklich bloß einbildete.

Seine Hand glitt über ihren Rücken. Und selbst das war schon übel schmerzhaft. Sie mochte sich gar nicht ausmalen, wie sich der nächste Peitschenhieb darauf anfühlen würde.

Hatte er eigentlich die neunschwänzige Katze schon hervorgeholt? Er hatte das Ding noch nie bei ihr benutzt, aber heute schien er ja alles aus seinem Fundus auszugraben.

Oder würde er jetzt nochmal von vorne anfangen mit den Instrumenten, die er bereits benutzt hatte?

Bei Gedanken an die Single-Tail-Peitsche lief es Selina eiskalt den Rücken runter.

Und Dante merkte es, denn so dicht, wie er sich nun seitlich an sie drängte, konnte sie überdeutlich an der Bewegung seines Körpers und dem Lufthauch auf ihrer Wange spüren, wie er lachte. Einbildung diesmal ausgeschlossen.

Auf einmal umfing sein Arm sie unter der Brust und hob sie ein Stück hoch, genug, um sie in Längsrichtung von dem Spanischen Reiter herunterheben zu können. Sowie sie das Teil hinter sich gelassen hatte, brachte Dante seinen anderen Arm unter ihre Beine, so dass er sie nun sicher tragen konnte.

Eine so unglaubliche Gefühlswelle überwältigte Selina, dass sie fürchtete, gleich in Tränen auszubrechen, während sie den Kopf an Dantes Schulter barg. Und die Art, wie er sie sicher geborgen in den Armen hielt, verstärkte das überbordende Gefühl der Erlösung durch ihn noch mehr.

Sie hatte die richtige Entscheidung getroffen. Er hatte ihr Versprechen, ihm voll und ganz zu vertrauen, gezielt sehr hart auf die Probe gestellt – doch sie hatte bestanden. Und er ebenso.

Auf einmal blieb Dante mit ihr stehen. Zaghaft hob Selina den Kopf. Sie war komplett in ihrem Gefühlsrausch versunken gewesen, weshalb sie nicht den blassesten Schimmer hatte, wohin Dante sie gebracht hatte. Dass er Anstalten machte, sie abzusetzen, gefiel ihr jedoch gar nicht. Sie wollte doch weiterhin die innige Nähe zu ihm genießen.

Es erwies sich jedoch bloß als die Toilette, auf die er sie setzte. Was tatsächlich sehr fürsorglich von ihm war, denn ihre Blase war inzwischen schon ganz gut gefüllt. Trotzdem bescherte es Selina ein äußerst flaues Gefühl im Magen.

Mit einem Mal drohte die Vergangenheit sie äußerst machtvoll einzuholen.

Nein!

Entschieden schob Selina den Erinnerungen einen Riegel vor. Dieses Gefühl musste verschwinden, und zwar auf der Stelle!

Denn andernfalls würde Dante es bemerken. Und scharfsinnig, wie er war, würde er dahinter kommen, woher es rührte.

Sie vertraute Dante. Sie vertraute ihm so sehr, dass sie bereitwillig alles mitgemacht hatte, was er heute Nacht und die letzten Monate von ihr gefordert hatte.

Doch sie war sicher nicht so dumm zuzulassen, dass er erfuhr, wo ihre wahren Ängste begraben lagen.

Sollte Tyler sie ruhig für etwas zu verklärt und gutgläubig halten, was Dante anbelangte. Aber in Wahrheit wusste sie nur allzu gut, wozu ihr Mann fähig wäre, sollte das Vertrauen zwischen ihnen jemals den Bach hinuntergehen. Und dieses Wissen erwies sich gerade als ein äußerst wirksamer Damm gegen all die Erinnerungen, die sie zu überfluten drohten.

Mit einem kleinen Seufzen entspannte Selina sich und ließ dabei alles los. Dank des darauf einsetzenden Plätscherns unter ihr würde das Geräusch auch keine Aufmerksamkeit erregen. Und selbst als Dante es im Anschluss ob ihrer Unfähigkeit dazu übernahm, sie abzuwischen, waren Müdigkeit und Erschöpfung alles, was sie empfand.

Nachdem sie im Badezimmer fertig waren, brachte Dante sie auf direktem Weg ins Bett. Erledigt und zufrieden kuschelte Selina sich an ihn. Es war ihr egal, dass er offenbar noch nicht vorhatte, sie von ihren Repressalien zu befreien. Wenn es ihm gefiel, sich so umfassend um sie kümmern zu müssen, dann sollte er ruhig noch ein Weilchen seinen Spaß daran haben.

Schließlich vertraue sie ihm – voll und ganz.

27

Tyler starrte den Zettel mit der Telefonnummer an, den er vor sich liegen hatte. Es war völlig klar, was er zu tun hatte, ganz wohl war ihm aber dennoch nicht dabei.

Er hatte niemandem erzählt, dass Selina noch lebte, sondern sich darauf berufen, dass er seine Quelle für das umfangreiche Material über Garcia zu ihrem Schutz unbedingt geheim halten musste. Was aber auch bedeutete, dass außer ihm keiner ahnte, in welche Gefahr Selina der folgende Anruf leicht bringen könnte.

Schließlich griff er aber doch zum Telefon und wähle die Nummer. Es klingelte zweimal, ehe sich eine männliche Stimme auf Spanisch meldete:

„*Ja?*"

„Spreche ich mit Miguel Jose Garcia Perez?"

„Wer will das wissen?"

„Mein Name ist Tyler Callahan. Ich arbeite für das FBI."

„Ich rede nicht mit dem FBI. Das einzige, was mich interessiert, ist: Woher haben Sie diese Nummer?"

„Tut nichts zur Sache. Und ich denke schon, dass Sie mit mir reden werden, denn ich habe etwas, das Ihnen kürzlich abhandengekommen ist. Etwas, das Sie bestimmt schmerzlich vermissen."

„Ich wüsste nicht, was das sein sollte", gab Garcia sich unbeeindruckt, aber allein schon die Tatsache, dass er nicht gleich auflegte, strafte seine Worte Lügen.

„Lassen wir doch die Spielchen, Mister Garcia und machen wir es kurz. Dem FBI ist egal, was Sie da unten in Mexiko so treiben, das liegt nicht in unserer Befugnis. Sie interessieren uns gar nicht. Aber Sie haben Geschäftspartner, bei denen das ganz anders aussieht."

„Und wer soll das sein?"

„Die Scordatos."

Garcia grunzte unwirsch und murmelte auf Spanisch: *„Die schon wieder ...*

Ich wüsste nicht, wie ich Ihnen da helfen könnte."

„Nun, ich schon. Es heißt, bei den Scordatos schwelt ein Machtkampf um Don Valerios Nachfolge."

„Davon weiß ich nichts."

„Müssen Sie auch nicht. Es reicht, wenn ich Ihnen sage, dass das ein Pulverfass ist. Und Sie werden den Funken liefern, der es zum Explodieren bringt."

„Hört sich für mich schwer danach an, als wäre das äußerst schlecht für mein Geschäft."

„Es wäre noch wesentlich schlechter für Sie, wenn Sie es nicht tun. Dann werde ich die Pistole, die hier vor mir liegt, zusammen mit ihrer höchst interessanten Geschichte vom Mord, den der Sohn des Polizeipräsidenten damit begangen hat, an jemanden übergeben, der mehr Interesse an Ihnen hat als wir. Dann wird nicht nur die schützende Hand wegfallen, die der werte Herr Polizeipräsident so lange über Sie gehalten hat, um Sie gnädig zu stimmen. Er wird als Ablenkung zum Feldzug gegen Sie blasen, um seinen und den Hintern seines Sohnes zu retten."

Tyler konnte durch das Telefon hören, wie Garcia am anderen Ende leise auf Spanisch vor sich hin fluchte.

„Na schön, raus damit, was wollen Sie von mir?"

„Nicht viel. Nur, dass Sie Unfrieden stiften zwischen Stefano Scordato und Dante Napolitani. Wie Sie das anstellen, ist mir gleich. Aber ich will, dass am Schluss nur noch einer von beiden übrig bleibt."

„Pah, Sie tun, als ob das ein Kinderspiel wäre. Glauben Sie wirklich, die lassen sich von mir, einem Außenstehenden, so gegeneinander aufhetzen, dass sie aufeinander losgehen? Die halten doch zusammen wie Superkleber."

„Momentan nicht. Scordato sieht in Napolitani eine unliebsame Konkurrenz, die er vermutlich gerne loswerden würde. Aber dafür bräuchte er einen Grund. Liefern Sie ihm einen."

Einen Moment herrschte Stille, ehe Garcia unvermittelt fragte:

„Wie sind Sie an die Waffe gekommen?"

„Sie sind nicht in der Position, um Forderungen zu stellen. Sehen Sie zu, dass die Scordatos sich gegenseitig fertig machen. Ich an Ihrer Stelle würde noch heute damit anfangen."

28

Dante legte eine Vollbremsung hin, dass sein Mountainbike quer über den Schotterweg schlitterte. Massimo kam kurz nach ihm etwas gesitteter zum Stehen. Sie warfen die Fahrräder in ein Gebüsch und rannten über die Wiese zu dem kleinen See.

„Ich bin Erster im Wasser!", rief Dante ausgelassen, während er sich noch im Laufen sein T-Shirt auszog und dann hüpfend die Turnschuhe.

„Du musst immer Erster sein!", beschwerte Massimo sich, der abgeschlagen hinter ihm herlief.

Da platschte es bereits, als Dante aus vollem Lauf einen Kopfsprung vom Steg in den See machte.

So schnell er konnte, zog Massimo vor dem Steg ebenfalls seine Sachen aus und rannte nach vorne. Suchend hielt er Ausschau nach Dante, damit er nicht auf ihn drauf sprang. Aber er war nirgends zu sehen.

„Dante?", rief Massimo besorgt, als dieser nach einer Weile noch immer nicht auftauchte, während er angestrengt das Gebiet vor dem Steg betrachtete.

„Hier bin ich!", rief Dante da auf einmal hinter Massimo, während er ihn auch schon mit einem kräftigen

Stoß ins Wasser beförderte. Er war unter dem Steg durchgetaucht und im Schutz eines Busches leise aus dem Wasser gestiegen, um sich an Massimo anschleichen zu können, während dieser bloß auf das Wasser konzentriert gewesen war.

Prustend kam Massimo wieder an die Oberfläche. Da warf Dante sich mit einer fetten Bombe knapp neben ihm ebenfalls wieder ins Wasser.

„Das ist nicht lustig!", beschwerte Massimo sich lautstark, als Dante neben ihm auftauchte. „Ich habe geglaubt, du bist abgesoffen!"

Dante schlug ihm von hinten die flache Hand gegen den Kopf.

„Und warum stehst du Held dann bloß rum und schaust blöd? Du musst reinspringen, um mich zu retten!"

„Das ist gemein! Du weißt, dass ich nicht so gut tauchen kann!"

Natürlich wusste Dante das. Der See fiel hier steil ab und war am Stegende bereits rund drei Meter tief. Massimo hatte es noch nie geschafft, bis zum Boden zu tauchen. Die Schlüssel für Massimos Schulspind, die Dante letztens hineingeworfen hatte, um Massimo zu motivieren, es wenigstens ernsthaft zu versuchen, hatte Dante am Ende dann selber wieder vom Grund holen müssen.

„Schwimmen wir ans andere Ufer", schlug Dante vor.

„Das ist ja ur weit", zierte Massimo sich, aber Dante hatte keine Lust auf Ausreden.

„Los, schwimm", befahl er, wobei er Massimo von hinten anschob. „*Du* brauchst dir gar keine Sorgen machen, dass du absaufen könntest. *Ich* kann dich ja rausziehen."

„Immer willst du bestimmen", maulte Massimo. „Aber wir schwimmen am Ufer entlang!"

„Ja, ja. Jetzt schwimm endlich."

„Oh Mann, endlich geschafft!", freute Massimo sich, als er endlich wieder festen Boden unter den Füßen spürte. „Warum fahren wir eigentlich nicht einfach mit dem Rad rundherum? Das ist nicht so mühsam, wie den ganzen Weg zu schwimmen?“

Dies war nämlich das bessere Ende des Sees, mit einem flach abfallenden Sandstrand und einem großen Bereich, der seicht genug war, dass sie stehen konnten.

„Hör auf zu jammern. Du hast es doch eh geschafft.“

Auf einmal blieb Dante abrupt stehen. Schnell packte er Massimo und zog ihn zur Seite.

„He, was soll das?“

„Psst! Schau mal, wer dort ist.“

Er deutete ans Ufer, wo ein Bub hockte, der ganz vertieft einen Damm baute, um eine kleine Ausbuchtung im flachen Wasser vom Rest des Sees abzutrennen.

„Das ist ja Peter“, zischte Massimo verächtlich, ehe seine Augen auf einmal zu funkeln begannen.

„Das ist die Gelegenheit! Du hast mir versprochen, du wirst es ihm heimzahlen, was er letzte Woche gemacht hat.“

Allerdings, das hatte Dante. Dieser hinterhältige Sack hatte Massimo heimlich Sirup in die Sportschuhe geleert. Die ganze Klasse hatte sich köstlich darüber amüsiert. Außerdem hatte Massimo dann barfuß turnen müssen, was einige dazu genutzt hatten, ihm ganz zufällig auf die Füße zu treten.

Nein, keine Absicht, nur aus Versehen – fünf Mal in einer Stunde!

Dante nickte zustimmend und zog Massimo weiter zur Seite. Er wollte Peter nicht die Gelegenheit geben zu türmen, wenn er sich ihm vom Wasser aus näherte. Der Bursche konnte echt schnell rennen. Aber wenn er von der anderen Seite kam und ihm nur die Flucht in den See ließ, würde er ihm garantiert nicht entkommen.

Und, oh Wunder, getrieben von dem Wunsch nach Rache, kamen von Massimo gar keine Klagen, als sie sich mitten durch Schilf und Gebüsch einen Weg ans Ufer suchten, um sich anschließend leise anschleichen zu können.

Dante erwog, ob er Peter ebenso überfallen sollte, wie er es zuvor mit Massimo gemacht hatte, entschied sich dann aber dagegen. Peter sollte nicht behaupten können, dass er sich bloß feige aus dem Hinterhalt zuschlagen traute. Stattdessen stellte er sich provokant hin, Massimo an seiner Seite, um den Weg zu blockieren.

„Hallo, Peter!"

Der Angesprochene fuhr erschrocken hoch und wurde sichtlich nervös, als er seine beiden Mitschüler erblickte.

„Dante. Massimo. Was macht ihr denn hier?"

Mit einem fiesen Grinsen trat Dante drohend näher an Peter heran.

„Na was wohl? Hast du wirklich geglaubt, wir würden dir das nicht heimzahlen?"

Peters Blick sprang wild umher, hektisch nach einem Ausweg suchend, aber es stand schlecht für ihn. Auf der einen Seite war ein dichtes Dornengebüsch, auf der anderen Seite wuchsen schulterhohe Brennnesseln, und dazwischen standen die zwei Burschen, die es auf ihn abgesehen hatten. Blieb also nur noch die Flucht übers Wasser.

Mit einem Affenzahn sprintete Peter los, aber Dantes Überlegung erwies sich als zutreffend: Im See half es Peter nicht, dass er ein Ass im Laufen war. Sowie das Wasser tief genug zum Schwimmen war, hatte Dante ihn mit einigen wenigen kräftigen Zügen eingeholt. Der Rest war ein Kinderspiel. Er packte Peter unter Wasser an den Beinen und riss so kräftig daran an, dass dieser umfiel. Strampelnd versuchte Peter, aus dem brusthohen Wasser wieder aufzutauchen, aber Dante warf sich auf ihn drauf, um das zu verhindern.

Auf einmal bemerkte er, dass Peters ohnehin vehemente Gegenwehr sprunghaft zunahm. Das musste wohl bedeuten, dass ihm gerade die Luft ausging.

Es war genau der Punkt, an dem er Massimo stets wieder auftauchen ließ. Aber bei Peter zögerte er diesmal.

Was würde passieren, wenn er ihn noch ein wenig länger untertauchte?

Er wusste, dass gute Taucher wesentlich länger die Luft anhalten konnten. Es war also durchaus möglich, so lange unter Wasser zu bleiben.

Allerdings nur, wenn der Idiot in seiner Panik kein Wasser schluckte.

Dante nahm sein Gewicht von Peter und ließ ihn den Kopf aus dem Wasser strecken.

„Lass mich los!", brüllte dieser ganz außer sich und wild um sich schlagend, aber Dante dachte gar nicht daran.

„Wie oft bist du Massimo auf die Füße getrampelt? Fünfmal?", fragte er herausfordernd. „Dafür saufst du genauso oft!"

Obwohl Peter sich heftig wehrte, hatte Dante keine großen Probleme, ihn neuerlich unter Wasser zu drücken. Und Hemmungen erst recht nicht. Im Gegenteil, Dante stellte fest, dass das noch weitaus unterhaltsamer war, als er angenommen hatte. Ursprünglich hatte er sich ja bloß an Peter rächen wollen, aber nun hatte er hier so viel Spaß wie seit Langem nicht mehr.

Es fühlte sich irgendwie … er konnte es nicht recht beschreiben … einfach gut an. Nicht nur, weil er hier austeilen konnte, anstatt einstecken zu müssen. Dieses befriedigende Gefühl hatte er beim Raufen auch. Aber das hier war … mehr. Die Panik, die Peter verströmte, war ganz anders, als bloß die Angst davor, eine aufs Maul zu bekommen. Es war so viel intensiver, so … Naja, wie Brot verglichen mit Schokolade. Brot war gut, wenn er Hunger hatte, aber von Schokolade konnte er nie genug bekommen.

Ja, er wollte mehr davon!

Zu Peters Glück war aber auch Dantes Kraft enden wollend, weshalb er es dann doch dabei beließ, ihn die versprochenen fünfmal unterzutauchen.

Aber dann hatte Dante eine Idee.

Er zerrte den inzwischen schon ziemlich fertigen Peter im Schwitzkasten aus dem See, zurück zu der Stelle, wo sie ihn erwischt hatten.

„So, und das ist für den Sirup!"

Massimo, der sich bisher in nobler Zurückhaltung geübt hatte, begann ausgelassen zu lachen, als Peter kreischend wie ein Mädchen bloß mit der Badehose bekleidet bäuchlings mitten in den Brennnesseln landete. Natürlich versuchte Peter sofort hektisch und eher unkoordiniert wieder aufzuspringen. Was Dante mit besonderer Freude dazu nutzte, ihn mit einem Tritt in die Seite nochmal zu Fall zu bringen, diesmal mit dem Rücken mitten in die bösartigen Pflanzen.

„Aufhören! Lasst mich!", schrie Peter, dem inzwischen dicke Tränen über das Gesicht flossen.

Massimo fand das offensichtlich extrem lustig, er konnte sich kaum noch halten vor Lachen, aber Dante trieb etwas anderes an. Überlegen trat er Peter mit seinem Fuß auf dessen Brust neuerlich zu Boden, um dann mit einem Bein auf ihm stehen zu bleiben. Die Angst und Panik, die Furcht, mit der Peter zu ihm aufsah, stiegen geradezu greifbar von ihm hoch, und Dante badete darin, als wäre es eine angenehme, warme Quelle.

„Wenn dich jemand fragt, was passiert ist, sagst du, du hast beim Laufen nicht aufgepasst und bist hingefallen. Verstanden? Wehe, du erzählst irgendwem, dass wir hier gewesen sind!"

Dabei beugte er sich leicht nach unten und ballte drohend seine Faust, während er gleichzeitig noch fester auf Peters Brust stieg.

„Ich werd's niemandem erzählen!", beteuerte Peter hastig unter weiteren Tränen, wobei er schützend die Hände vor den Kopf riss.

Er hatte eindeutig begriffen, dass er allen Grund hatte, sich vor Dante zu fürchten.

Gut so. Dann würde er hoffentlich wirklich die Klappe halten. Denn wenn sein Onkel davon Wind bekam, würde es wieder Prügel hageln.

Nein, nicht wegen dem, was er getan hatte, sondern weil er sich erwischen hatte lassen. Solange er bloß im Geheimen Kinder verkloppte, die nicht zur Familie gehörten, war das seinem Onkel nämlich schnurzpiepegal.

„Wenn ich wegen dir Ärger bekomme, wirst du das büßen!", zischte Dante noch drohend, damit auch dieser Schwachkopf das begriff.

Dann nahm er seinen Fuß von Peters Brust.

„Und jetzt hau ab!"

Das ließ Peter sich nicht zweimal sagen.

„Ja, lauf heim zu deiner Mami, heulen!", rief Massimo ihm noch triumphierend hinterher.

„Ha, der hat die Hosen gestrichen voll!", wandte er sich nun lachend an Dante.

Doch dann verstummte er schlagartig.

„Warum schaust du mich so an?", fragte Massimo verunsichert.

„Wie denn?"

„Als wär' ich dein Nachtisch?"

Massimo mochte ja kein Held sein, aber blöd war er nicht. Dante hatte tatsächlich darüber nachgedacht, noch ein wenig Spaß zu haben, nachdem er schon in der richtigen Stimmung dafür war.

Als er einen Schritt nach vorne machte, wich Massimo mit sichtlichem Bammel zurück.

„He, Dante, wir sind doch Brüder, oder?", stammelte er hilflos.

Dante blieb stehen ... legte den Kopf schief ... und begann zu lachen.

„Klar sind wir das!"

Im ersten Moment blieb Massimo einfach nur wie erstarrt stehen. Dante ging zu ihm und deutete spielerisch an, Massimo in den Schwitzkasten nehmen zu wollen, und rubbelte kurz mit der Faust über dessen Kopf. Als er ihn wieder losließ, atmete Massimo erleichtert auf.

„Mann! Weißt du eigentlich, wie gruselig das ist, wenn du so schaust?"

Wie ein Ungeheuer nahm Dante die Arme hoch.

„Ich bin ja auch das Monster vom See", grölte er mit tiefer Stimme, konnte sich dann aber das Lachen nicht verkneifen. „Und du bist ein Hasenfuß! Dich zu erschrecken ist echt nicht schwer!"

„Stimmt überhaupt nicht!"

„Na wenn das so ist, schwimmen wir zurück. Aber diesmal nicht am Ufer entlang, sondern quer durch den See!", verlangte Dante herausfordernd.

Massimo schluckte kurz, aber dann reckte er kämpferisch das Kinn und stapfte in den See.

„Ich bin kein Feigling!", schimpfte er nochmal über die Schulter, ehe er sich ins Wasser warf, und Dante keines Blickes mehr würdigte.

Als er so am Ufer stand und Massimo nachsah, war von dem Hochgefühl, das Dante kurz zuvor noch verspürt hatte, nichts mehr übrig. Stattdessen breitete sich gerade ein sehr ungutes Gefühl in ihm aus.

Es wäre so leicht, Massimo einzuholen, unter ihn zu tauchen und ihn unter Wasser zu ziehen. Und er würde bestimmt vollkommen in Panik ausbrechen. Er fühlte sich ohnehin nicht sicher im tiefen Wasser.

Das würde wie Weihnachten werden.

Aber Massimo hatte Recht. Sie waren Brüder. Und Brüder sollten zusammenhalten.

Ja, sicher, manchmal gab es Streit, und der konnte sich schon auch mal zu einer Rauferei auswachsen. Und so ein kleiner Streich zwischendurch musste auch immer wieder mal sein.

Doch das war was anderes, soviel war Dante klar. Wenn er sich dazu hinreißen ließ, das zu tun, was ihm gerade so lebhaft vor Augen schwebte, würde Massimo nicht bloß einen Tag schmollen und ihm dann eh wieder verzeihen. Er würde damit zwischen Massimo und ihm etwas kaputt machen. Und das wollte er wirklich nicht.

Aber wenn er das alles wusste, warum bekam er dann dieses Bild nicht aus dem Kopf?!

Wütend über dieses miese Gefühl, das seine unerfüllbaren Wünsche ihm bereiteten, lief Dante ins Wasser und tauchte unter. Er tauchte so lange, bis er keine Luft mehr hatte. Und dann zwang er sich dazu, noch ein Stück weiter zu tauchen.

Das fühlte sich echt kacke an!

Aber er weigerte sich, aufzutauchen, ehe er nicht den Wunsch los war, genau das bei seinem Bruder zu bestaunen.

Prustend stieß er schließlich knapp neben Massimo an die Oberfläche.

„He! Was ...?"

Da bemerkte Massimo, wie sehr er außer Atem war.

„Warum musst du immer so übertreiben?", schimpfte Massimo, reichte Dante dabei aber die Hand, damit er sich festhalten konnte.

Natürlich konnte Massimo ihn nicht wirklich halten, dafür konnte er nicht gut genug schwimmen. Aber die leichte Führung und Orientierung, die er ihm bot, während er sich auf den Rücken legte, um wieder zu Atem zu kommen, waren Dante doch eine willkommene Hilfe.

Ein paar tiefe Atemzüge später war er wieder einsatzbereit.

„Los, häng dich an meine Schultern", bot er Massimo an. „Ich zieh dich ans andere Ufer."

„Damit du dann wieder sagen kannst, ich habe gekniffen, ohne es wirklich zu versuchen?! Nein, ich schwimm selber!"

„Mach ich nicht, versprochen. Komm schon, ich will dich ziehen."

„Quer durch den ganzen See? Spinnst du? Das ist viel zu weit! Das schaffst du nie!"

„Und ob ich das schaffe!"

„Was ist los mit dir? Du bist gerade schon fast abgesoffen. Willst du unbedingt probieren, ob du es ganz schaffst? Schon vergessen, ich kann dich nicht rausziehen!"

„Aber ich habe dir groß versprochen, dass ich dich rausziehen würde. Ich will dir beweisen, dass ich es wirklich kann!"

Massimo schüttelte zwar den Kopf, legte ihm aber dann doch die Arme auf die Schultern, wenn auch mit einem ätzenden:

„Das ist eine ganz blöde Idee."

„Nicht mithelfen!", protestierte Dante, als er spürte, dass Massimo die Beine bewegte. „Ich schaff das allein!"

Große Worte dafür, wie schwer Massimos Gewicht auf ihm lastete, und wie sehr er sich abmühen musste, vorwärts zu kommen, ohne unterzugehen. Aber Dante schwamm verbissen weiter. Er musste sich beweisen, dass er es wirklich schaffen konnte.

In seinem Kopf kreiste lebhaft der Moment, kurz bevor er aufgetaucht war, als seine Luftreserven völlig aufgebraucht gewesen waren. Der kleine Selbstversuch hatte leider nicht die erhoffte Wirkung gehabt, im Gegenteil. Nun, da er ein wenig von diesem Gefühl gekostet hatte, war er sogar noch versessener darauf zu erleben, wie ein anderer es durchlitt.

Der Kraftakt, den er hier vollführte, hielt ihn jedoch wirksam davon ab, irgendwas Dummes mit Massimo zu versuchen. Und das war gut so, denn im Moment traute er sich selber nicht.

Als sie das andere Ufer erreichten, war Dante am Ende seiner Kräfte. Mit letzter Mühe erklomm er die Leiter zum Steg, wo er einfach liegen blieb.

„Wahnsinn, du hast es echt geschafft!", zollte Massimo ihm begeistert Anerkennung.

Schnaufend rollte Dante sich auf den Rücken und sah Massimo blinzelnd gegen die Sonne an, wie er hoch über ihm aufragte.

Sein erster Gedanke war, dass dies, so erschöpft wie er war, die Gelegenheit für Massimo wäre, sich mal erfolgreich an ihm zu rächen.

Aber offenbar war Massimo nicht so verdorben wie er, auf solche Gedanken zu kommen. Denn anstatt ihm etwas Böses zu tun, ging er neben ihm in die Hocke und reichte ihm zögerlich die Hand.

„Nächstes Mal werde ich keine Angst haben, wenn du sagst, wir schwimmen irgendwo hin. Versprochen."

Dante drückte Massimos Hand und schloss lächelnd die Augen. Ein Gefühl des Friedens überkam ihn. Die Wünsche, die ihn geplagt hatten, traten endlich den Rückzug an, und das ungute Gefühl gleich mit ihnen.

Das war Massimos Verdienst. Dieses Vertrauen in ihn, das er gerade zum Ausdruck gebracht hatte, war wundersamerweise mehr wert als alles andere. Sogar mehr als diese Gier versprochen hatte, die ihn eben noch umgetrieben hatte.

Genau daran würde er in Zukunft denken, sollte sie ihn wieder befallen.

29

Gedankenverloren ging Dante schon mal voraus ins Schlafzimmer, während Selina noch im Bad beschäftigt war.

Es war nun schon eine gute Woche her, seit er Don Valerio den USB-Stick gegeben hatte, aber Massimo hatte noch immer nichts von sich hören lassen.

Was war nur los mit ihm?

Hielt Massimo sich bloß bedeckt, weil er immer noch sauer auf ihn war? Oder wollte er tatsächlich nicht, dass Dante Don Valerio beerbte?

Ob der alte Don Massimo überhaupt erzählt hatte, dass er gerade die Rolle des Königsmachers innehatte? Wo er doch so sehr darauf gepocht hatte, dass dies ganz allein seine Entscheidung war, die alle anderen gefälligst zu akzeptieren hatten.

Dantes Blick fing sich in dem großen Spiegel. Er trat einen Schritt darauf zu und betrachtete nachdenklich seine Kehrseite.

Völlig egal, was Don Valerio Massimo auch mitgeteilt oder verheimlicht hatte, eigentlich sollte es für Massimo gar keine Frage sein, ob er lieber seinen Vater oder seinen Cousin in dieser Position sehen wollte.

„Was machst du da? Schaust du dir deinen knackigen Hintern an?“, neckte Selina, als sie nun ebenfalls aus dem Bad kam und ihn nackt vor dem Spiegel vorfand.

Sein eben noch so gedankenversunkener Blick wurde von einem Lächeln aufgeheitert.

„Ich mag viele Laster haben, aber Selbstverliebtheit gehört garantiert nicht dazu. Wenn mein Hintern hier irgendwelche Blicke auf sich zieht, dann sind das gewiss deine.“

„Die sind nicht das Einzige, was er anzieht“, säuselte Selina, wobei sie mit ihrer Hand grapschend von unten Dantes linke Pobacke umfasste, während sie sich von hinten an ihn schmiegte.

Aber dann ließ sie ihre Hand zärtlich etwas nach oben gleiten, wo ihre Finger dann sacht just über jene vernarbte Stelle glitten, die er eben noch betrachtet hatte.

Eigentlich stach sie nicht besonders hervor, unter all den Narben, die er hatte. Und doch war diese hier anders. Ihre Form war länglich, aber es war eine ungewöhnliche Stelle, sowohl für eine Schnitt- als auch eine Platzwunde. Außerdem war es nicht nur eine, sondern gleich zwei nebeneinander.

„Was ist das für eine Narbe?“, flüsterte Selina ihm sanft zu.

Er wusste, dass ihr diese spezielle schon früher aufgefallen war, aber es war das erste Mal, dass sie ihn danach fragte.

Ein kleines, freudloses Grinsen zeichnete sich in seinem Gesicht ab.

„Das ist so eine wie diese hier.“

Er legte seine Hand auf die Stelle, wo Selina ihn vor ein paar Monaten mit einer Kugel durchlöchert hatte.

Verwirrt schüttelte sie den Kopf.

„Die stammt doch nicht von einer Schusswunde.“

„Nein. Aber beide sind auf die gleiche Art zustande gekommen“, erklärte er äußerst nüchtern. „Ich habe auf Kosten von jemandem, der mir wichtig ist, eine ziemlich danebengegangene Entscheidung getroffen, und das ist die Quittung dafür.“

„Und woran soll diese hier dich erinnern?", fragte sie einfühlsam.

Aber Dante schüttelte den Kopf.

„Es ist wohl kaum an mir, zu erzählen, wie ich zu diesen beiden Narben gekommen bin. Geschichte wird von Siegern geschrieben. Und das waren keine Siege, das waren herbe Niederlagen. Wenn du es wirklich wissen willst, kannst du ja Massimo fragen."

Selina verzog angewidert das Gesicht.

„Du weißt genau, dass ich das ganz sicher nicht tun werde."

„Tja, das ist deine Entscheidung.

Und unterstelle mir jetzt ja nicht, dass ich das bloß aus dem Hut gezogen habe, weil ich genau weiß, dass du nicht mit Massimo reden willst."

„Heißt das, wenn dich jemand nach der Narbe in deiner Brust fragt ..."

„... dann schicke ich ihn zu dir."

Selina seufzte, denn sie wusste, dass jede weitere Diskussion sinnlos war, wenn er mal so wie jetzt aus Überzeugung einen Standpunkt eingenommen hatte.

„Manchmal bist du schon seltsam", meinte sie kapitulierend. „Und nur fürs Protokoll: ich habe mich in jener Nacht absolut nicht als Sieger gefühlt."

Massimo damals auch nicht. Dennoch fand er, dass es den beiden viel eher als ihm zustand, diese Geschichten zu erzählen.

Das Klingeln seines Handys ersparte Dante glücklicherweise eine weitere Erwiderung darauf.

„Was gibt es, Emilio?"

„Wir haben Besuch, Boss", erklärte dieser ernst.

„Ich bin schon unterwegs."

„Was ist los?"

„Zieh dich an. Und beeil dich. Sieht so aus, als könntest du heute Nacht unter Beweis stellen, was das Training am Schießstand gebracht hat."

➤

Im Laufschritt kamen Dante und Selina nur wenige Minuten später in dem kleinen Türmchen ihres Hauses an, das als Aussichtsposten diente.

„Wie viele?", fragte Dante knapp, als Emilio ihm den Feldstecher mit Nachtsicht reichte.

„Scheinbar nur zwei. Sie schleichen dort am Waldrand herum, haben aber offenbar noch nicht den Mut gefunden, sich aufs offene Feld hinaus zu wagen."

„Vielleicht ist das bloß der Aufklärungstrupp", mutmaßte Dante und gab Emilio den Feldstecher zurück.

Mit einem Schnippen und einem Fingerzeig beorderte er Selina auf einen der beiden Plätze, an denen seine Leute bereits je ein Scharfschützengewehr vorbereitet hatten.

„Du nimmst den mit der Kappe, ich nehme den mit dem Tuch. Wenn es geht, will ich ihn lebend. Aber wichtiger ist, dass er nicht entkommt. Bekommst du das hin?"

„Ich werde mein Bestes geben", versicherte Selina ihm, aber Dante spürte, dass es ihr etwas an der Überzeugung fehlte, die sie sonst an den Tag legte.

„Du bist gut genug, um es zu schaffen. Denk an das, was ich dir beigebracht habe", versuchte Dante, sie zu bestärken. „Wir schießen gleichzeitig, damit keiner abhaut. Sag mir, wenn du ein freies Schussfeld hast."

„Er steht hinter einem Baum."

„Macht nichts, wir haben Zeit. Irgendwann wird er sich hervorwagen. Nur nichts überstürzen."

„Und wenn sie sich zurückziehen?"

„Werden sie nicht. Die sind hier noch nicht fertig. Das habe ich im Gespür, so wie die sich benehmen."

Von einer tiefen Ruhe beseelt, spähte Dante durch das Zielfernrohr und lotete seine Möglichkeiten aus. Ein Schuss, der den Mann nur am Weglaufen hindern würde, war riskant, aber einen sicheren Schuss würde er vielleicht nicht lange genug überleben, um ihn eingehend zu befragen.

„Er bewegt sich", flüsterte Selina ihm auf einmal zu.

„Ruhig bleiben. Warte auf einen Schuss, der sitzt. Und vergiss nicht, den leichten Wind von Nordwesten miteinzuberechnen. Wenn du soweit bist, gib mir Bescheid."

Selina atmete hörbar durch, während sie ihre Waffe auf ihr Ziel ausrichtete.

„Ich habe ihn im Visier."

„Gut. Ich meinen auch."

Er würde auf Risiko spielen. Die Voraussetzungen waren gut. Blieb nur zu hoffen, dass der Typ sich jetzt nicht abrupt bewegte.

„Auf drei. Eins, zwei, drei."

Nahezu gleichzeitig ertönten zwei gedämpfte Schüsse.

Durch das Zielfernrohr verfolgte Dante, wie seine Kugel zielgenau das Bein des Mannes auf Höhe des Knies traf, woraufhin dieser mit einem Schmerzensschrei zu Boden ging. Der würde nicht mehr wegrennen, höchstens noch humpeln.

Rasch schwenkte Dante sein Gewehr nach rechts, um zu sehen, was Selina vollbracht hatte.

„Verdammt!", hörte er sie da aber auch schon neben sich fluchen, während der andere Reißaus nahm.

Aber das Schussfeld war immer noch frei. Ruhig und sicher legte Dante an.

Ein weiterer Schuss ertönte, und der Mann fiel wie ein nasser Sack zu Boden. Der würde leider nichts mehr erzählen können. Aber egal, einer von beiden reichte ihm vollkommen aus.

„Sammelt sie ein", wies er Emilio an, ohne sein Auge vom Zielfernrohr zu nehmen.

Sein Blick kehrte zu dem Baum zurück, hinter dem der Mann kurz zuvor gestanden war. Dort fand er die Spur von Selinas Kugel seitlich in der Rinde.

Fragend sah er seine Frau an, die sich peinlich berührt mit einer Hand durch die Haare fuhr.

„Ich habe den Wind wohl etwas falsch eingeschätzt", entschuldigte sie sich ein wenig beschämt.

„Nur etwas? Worauf hast du gezielt? Wenn das etwas anderes als ein Streifschuss hätte werden sollen, hast du fast einen halben Meter danebengeschossen."

„Tut mir leid", erwiderte sie bloß kleinlaut.

Dante seufzte, stand auf und nahm ihre Hand. Er sollte nicht so hart zu ihr sein, bloß, weil sie seine Erwartungen nicht erfüllt hatte. Vielleicht waren diese einfach zu hoch gewesen.

„Ist schon gut. Ist ja schließlich das erste Mal gewesen, dass du nicht bloß auf eine Zielscheibe geschossen hast. Ein Mensch ist eben doch was anderes. Mach dir nichts draus.“

Das konnte er durchaus nachvollziehen. Auch wenn es bei ihm genau in die andere Richtung ausschlug. Ein lebendiges Ziel machte die Sache erst richtig interessant. Aber Selina hatte wohl dann doch Skrupel gehabt, hinterrücks auf jemanden zu schießen, der sie noch nicht einmal sehen, geschweige denn ihr akut gefährlich werden konnte.

Er gab ihr einen Kuss und zog sie in seine Arme.

„Es ist schon spät. Wie wäre es, wenn du schon mal ins Bett gehst?“

„Und was ist mit dir?“

„Ich habe noch etwas zu tun. Aber das könnte auch länger dauern. Es ist besser, wenn du nicht auf mich wartest.“

Selina löste sich von ihm und sah ihn vorwurfsvoll an.

„Ist das dein Ernst? Du schickst mich wie ein kleines Kind ins Bett, damit du ungestört den Typ verhören kannst?“

„Es ist mir egal, was du währenddessen machst. Solange es etwas anderes ist“, erwiderte Dante entschieden.

„Ach, und nur weil du das sagst, muss ich mich daran halten? Ich bin deine Angetraute, nicht deine Angestellte!“

„Du wirst dich daran halten, weil ich dich liebe und nur das Beste für dich will. Glaub mir einfach, wenn ich dir sage, da willst du nicht dabei sein.“

„Warum? Weil ich eine Frau bin?“

„Nein. Weil du normal bist. Und alle anderen hier, die das auch sind, werden dir bestätigen, was ich gesagt habe. Keiner von denen reißt sich darum, sich das ansehen zu müssen. Frag Emilio.“

Selina stemmte herausfordernd die Arme in die Hüften.

„Und was ist mit Salvatore?“

Dante grinste schief.

„Na gut, der würde sich wohl freiwillig dafür melden. Vor dem solltest du dich in Acht nehmen.“

Aber Selina fand das wenig amüsant.

„Ach wirklich. Und wie ist das dann erst mit dir?“

Schlagartig wurde Dante wieder ernst.

„Ich habe dir nie etwas vorgemacht. Du hast von Anfang an gewusst, dass ich ein Sadist durch und durch bin. Und du weißt verdammt gut, dass ich es zwar unter Kontrolle habe, es da aber sehr wohl Abgründe gibt, die noch weitaus tiefer sind als das, was du zu sehen bekommst. Belasse es einfach dabei. Es bringt nichts, diese Abgründe erkunden zu wollen. Die sind wie die Tiefsee: Dort hausen nur Monster.“

Damit ließ er Selina ohne ein weiteres Wort stehen. Diese Entscheidung war nicht verhandelbar. Egal wie sehr sie darüber auch schmollen oder zornig auf ihn sein würde, es war in jedem Fall besser, als ihrer unbedachten Forderung nachzukommen.

30

Als Selina nach unten kam, sah sie gerade, wie zwei von Dantes Leuten jenen Mann in den Keller schleppten, welchen Dante angeschossen hatte. Sie wollte ihnen folgen, lief dabei aber Emilio in die Arme.

„Hey, Selina. Hast du eigentlich auch an Tatorten ermittelt, oder warst du lediglich ein Schreibtischhengst?"

Er überlegte einen Moment, scheinbar verwirrt.

„Sorry, du bist ja eine Frau. Muss es dann Schreibtischstute heißen?"

Selina verdrehte die Augen.

„Was ist das hier heute? Hat mir jemand heimlich einen ‚Tritt mich'-Zettel auf den Rücken geklebt, dass ihr scheinbar angestellt steht, um mich zu beleidigen? Soll ich vielleicht Nummern ausgeben und euch aufrufen, damit die Schlange nicht zu lang wird?"

„Ach komm schon, sei doch nicht gleich so angerührt, nur weil Dante dich mal ausnahmsweise nicht dabeihaben will. So bist du doch sonst nicht.

Was ich eigentlich gemeint habe: Ich könnte ein paar geschulte Augen brauchen, die mir draußen beim Aufräumen helfen. Da würde mir jemand, der weiß, wie man nach Beweismitteln sucht, ganz gelegen kommen. Also, hilfst du mir, oder willst du lieber hier sinnlos herumsitzen und dich weiter ungerecht behandelt fühlen?"

„Wie könnte ich nein sagen, wenn du schon so charmant fragst?", mokierte Selina sich, was Emilio mit einem entwaffnenden Lächeln beantwortete.

„Sehr gut. Dann lass uns gehen."

Sie verließen das Haus durch die große Eingangstür, überquerten den Vorhof mit der Einfahrt und marschierten dann quer über den Rasen und die sich daran anschließende Wildblumenwiese, bis sie den Waldrand erreichten. Dabei plauderte Emilio mit ihr über seine Kinder, zwei Mädchen im Kindergartenalter, die ihren Papa scheinbar ganz schön auf Trab hielten.

Am Ende musste Selina sogar lachen, so erfolgreich hatte Emilio ihre schlechte Laune verscheucht. Ungeachtet seiner doch eher zweifelhaften Berufswahl schien er in Grunde ein feiner Kerl zu sein, den sie wirklich gern hatte. Und anders als bei so manch anderen aus Dantes Team, die ihr doch gern mal misstrauische Blicke zuwarfen, schien er sie auch wirklich zu mögen.

Jedenfalls bemühte er sich, ihr das Gefühl zu geben, dass es so war. Denn nachdem er auch von Dante größte Wertschätzung genoss, bedeutete das, dass der Mann was draufhaben musste. Vielleicht befolgte er in Wahrheit auch bloß die alte Weisheit: Sei deinen Freunden nah, aber deinen Feinden noch näher. Wenn er sich mit ihr anfreundete, war es leichter für ihn, sie im Auge zu behalten.

Oder aber, sie war wegen der herablassenden Art, mit der Dante sie eben behandelt hatte, gerade mies drauf und daher grundlos misstrauisch, dass ihr jeder hier in den Rücken fallen könnte. Wahrscheinlich wollte Emilio wirklich einfach nur nett zu ihr sein, schlicht weil sie eben die Frau seines Kumpels war und er sie sympathisch fand.

„Es gilt drei Kugeln zu finden", holte Emilio sie neuerlich aus ihren missmutigen Gedanken. „Ich fange da drüben an mit der, die Dante dem Kerl durchs Bein geschossen hat. Du suchst die, mit der du den Baum rasiert hast."

„Danke, dass du mich daran erinnerst."

„Du kannst dir ja jetzt noch Lorbeeren verdienen, indem du auch die dritte findest, mit der Dante den anderen erledigt hat. Auf geht's. Wer mehr findet, hat gewonnen."

Im Schein ihrer Taschenlampe verfolgte Selina die Bahn, die die Kugel bis zum Boden genommen haben musste. Dort schaltete sie den Metalldetektor ein, den sie mitgenommen hatte, und begann die Umgebung abzusuchen. Es dauerte nicht lang, da piepste es auch schon. Sie musste ein wenig in der Erde graben, dann hatte sie die Patrone auch schon in der Hand.

„Eins zu null!", rief sie Emilio zu.

„Du bist auch im Vorteil, weil du selber geschossen hast", hielt dieser recht heiter fest.

„Wenn es deinem Ego hilft, die Niederlagen besser zu verkraften ..."

Selina suchte die Stelle, an der der Eindringling, den sie verfehlt hatte, schließlich zu Boden gegangen war. Sorgfältig darauf bedacht, nicht in das dort befindliche Blut zu steigen, nahm sie die Suche nach der zweiten Kugel auf. Da piepste es auch bei Emilio.

„Ausgleich!", rief Emilio und gesellte sich zu ihr.

„Was ist mit dem Blut?", fragte Selina.

„Das schaufeln wir in Säcke, sobald wir die Patronen haben."

„Und dann?"

„Entsorgen wir es zusammen mit den Leichen."

„Leich*en*?"

Emilio sah kurz vom Boden hoch und sie direkt an.

„Du weißt, dass er de facto schon tot ist. Wenn Dante jemanden in seinen Keller verfrachtet, ist das so, wie wenn du jemanden mit Betonschuhen ins Meer wirfst. Klar schlägt sein Herz noch, wenn du ihn hineinschmeißt, aber eigentlich ist es vorbei mit ihm, in dem Moment, in dem er fällt."

„Anschauliches Beispiel", meinte Selina und verzog das Gesicht.

„Ich muss dir jetzt nicht erst erklären, dass Dante ihn nicht gehen lassen kann, oder?"

„Nein, natürlich nicht", winkte Selina ab und konzentrierte sich wieder auf die Suche.

„Und was wird dann aus den Leichen und den Säcken?"

„Die entsorgen wir im Krematorium eines Freundes. Da bleibt nichts zurück."

„Wer hat, der hat", musste Selina anerkennen. Kein Wunder, dass das FBI nie genug Beweise finden hatte können, um Dante eines Mordes zu überführen.

Wieder piepste es.

„Ich habe gewonnen", verkündete sie.

<hr>

Zurück im Haus wünschte Selina Emilio eine gute Nacht, doch sehr zu ihrem Ärger bleib er einfach mitten in der Halle stehen, anstatt sich zurückziehen.

„Wartest du auf etwas?", fragte sie ihn.

„Ja, darauf, dass du ins Bett gehst."

„Hat Dante dich etwa beauftragt, für mich den Babysitter zu spielen?"

„Nein. Aber es war mehr als eindeutig, dass er nicht will, dass du runterkommst. Und es ist ebenso offensichtlich, dass du vorhast, das zu ignorieren."

„Na schön. Wenn es so eindeutig ist, dann können wir uns diese Farce hier ja sparen, und ich gehe jetzt einfach in den Keller."

Sie wollte an ihm vorbeigehen, aber Emilio versperrte ihr den Weg.

„Bist du wirklich bereit, handgreiflich zu werden, um mich aufzuhalten?", fragte sie herausfordernd.

„Glaub mir, Dante hat Recht. Du willst das nicht sehen, was da unten abgeht."

„Uh, heute wissen ja alle ganz genau, was ich will."

„Also ganz ehrlich, ich bin immer froh, wenn ich nicht live dabei sein muss. Ich habe kein Problem damit, das was von ihnen übrig ist, zu entsorgen. Aber Dante dabei zuzusehen und mir das Geschrei anzuhören ... das muss wirklich nicht sein."

Selina schnaubte empört.

„Und was bringt dich jetzt zu der Annahme, dass du so viel härter im Nehmen bist als ich, dass man dir das zumuten kann, aber mir nicht?"

Sie unternahm einen neuerlichen Versuch, zur Stiege zu gelangen, aber Emilio knallte ihr entschlossen den Arm vor die Brust.

„Das hat niemand behauptet. Aber es gibt einen entscheidenden Unterschied zwischen uns: Ich muss weder neben noch mit Dante schlafen."

Nun wurde Selina wirklich ungehalten.

„Ach ja, und was sagt uns das? Ich frage mich, wie viele von euch die Eier hätten, Dante seelenruhig dabei zuzusehen, wie er erst mit diesem Glühen in den Augen seinen Dolch wetzt, um ihn dir dann durch deine Haut zu ziehen!"

„Das ist nicht das Thema. Das Thema ist, dass du jetzt brav nach oben gehen solltest, wenn du dir diese Seelenruhe erhalten willst."

„Ich bin alt genug, um derartige Entscheidungen selbst zu treffen. Das ist mein Mann, und ich schlafe wesentlich besser, wenn ich weiß, wer da neben mir liegt!"

Mit einem unwirschen Knurren schlug Selina Emilios Arm beiseite, um an ihm vorbeizukommen, doch dieser schnellte postwendend zurück in dem Versuch, sie zu packen. Aber Selina war schneller, wie eine Schlange zog sie ihren Arm nach hinten aus seiner Reichweite, ehe sie ihn heftig wieder vorstieß und Emilio ihre Faust in die Seite rammte. Und weil das natürlich nicht reichen würde, um ihn erfolgreich daran zu hindern, sie aufzuhalten, nutzte sie die sich bietende Chance und knallte ihm auch noch das Knie in die Weichteile.

„Du kämpfst ganz schön unfair", röchelte Emilio anklagend während er sich zusammenkrümmte, aber Selina empfand keine Reue.

„Es ist auch unfair, dass du ein Mann, einen Kopf größer und dazu noch deutlich schwerer bist als ich. Ich bin halt schneller gewesen als du."

Was ein gutes Stichwort war. Sie hatte nicht vor, hier herumzustehen, bis Emilio sich wieder hochgerappelt hatte.

Rasch lief sie die Kellerstiege hinunter, vorbei an ein paar Lagerräumen, bis sie vor einer Tür ankam, die sich von allen anderen unterschied. Sie war wuchtig, aus Metall, weiß gestrichen und fest schließend, denn der Raum dahinter war schalldicht.

Dante legte das Messer beiseite.

„So, du willst also reden. Na schön, jetzt hast du meine Aufmerksamkeit", offerierte er gönnerisch, nachdem sein Opfer nun schon seit gut zehn Minuten beteuerte, dass er alles erzählen würde und verzweifelt darum gebettelt hatte, dass Dante doch endlich seine Fragen stellen sollte.

Als ob er sich von dem Geschrei und Gejammer irgendwie beeinflussen lassen würde.

Es war bloß inzwischen an der Zeit geworden, dass er seine Fragen stellte, ehe ihm der Typ noch wegkippte und dann womöglich länger nicht ansprechbar war. Die Zeit abzuwarten, während sie ohnmächtig waren, war immer verdammt öde, und gerade heute hatte er echt keine Lust darauf. Er würde das in einem Rutsch durchziehen, und den Rest der Nacht im Bett bei seiner Frau verbringen, nicht hier auf diesem Schlachtfeld.

Anstatt etwas auf seine Ankündigung zu erwidern, sah ihn der Mann bloß aus glasigen Augen matt an, das von Schweiß und Tränen nasse Gesicht vor Schmerz verzerrt.

„Für wen arbeitest du?"

„Für niemanden", war die erschöpfte Antwort.

Dante hob drohend eine Augenbraue und ließ den Blick zu seinem Messer schweifen.

„Nein! Lass mich ausreden!", brachte der Gefolterte von neuer Kraft beseelt so hastig er konnte vor. „Ich bin Söldner. Ich gehöre zu keinem Verein."

„Schön. Und wer hat dich angeheuert?", fragte Dante betont gelangweilt nach. „Lass dir nicht alles so aus der Nase ziehen. Sonst hole ich mir das passende Instrument dafür."

Die Augen des Mannes weiteten sich in blanker Angst.

„Ich habe keine Ahnung, wie der Typ heißt. Ein Mexikaner. Sicher schon über sechzig. Aber er färbt sich die Haare schwarz. So bisschen längere mit Locken. Zirka eins siebzig, ein klein wenig übergewichtig. Sie waren zu zweit da, der andere war so zwischen dreißig und vierzig. Auch schwarzhaarig, aber kürzer geschnitten. Ein durchtrainierter Typ, wohl sein Leibwächter oder so."

Die Beschreibung würde auf Miguel und Javier passen. Und wahrscheinlich auf eine Million andere Mexikaner.

„Er hat nicht zufällig eine Narbe auf der Wange gehabt?"

Der Mann dachte sichtlich angestrengt nach.

„Nein, nicht auf der Wange. Aber am linken Oberarm. Er hat ein Tank-Top getragen."

Test bestanden, es war wohl wirklich Javier gewesen.

„Na gut. Und was wollten die beiden von dir?"

„Das übliche. Ich sollte jemanden beseitigen."

Toll, ein Auftragskiller. Die waren ihm ja die liebsten. Auf dieses elende Pack konnte sogar er noch herabschauen. Die konnten sich nicht einmal mehr auf ‚Der Zweck heiligt die Mittel‘ berufen, denn die hatten kein höheres Ziel.

Kurz gesagt, um den war es nicht schade, dass er hier ein derartiges Ende finden würde.

„Wen?"

Nun zögerte er ein wenig. Offenbar fürchtete er, dass seinem Folterknecht die Antwort nicht gefallen würde.

„Dich. Und deine Frau."

Das war zu erwarten gewesen. Die bessere Frage war:

„Woher sind die Infos für den Job gekommen?"

Weder Miguel noch Javier noch irgendein anderer von denen wusste, wo er sich nach seinem offiziellen Ableben niedergelassen hatte. Und erst recht wussten sie nicht, dass er geheiratet hatte.

„Die ..."

Da ging auf einmal die Tür auf.

Wer wagte es, einfach so hereinzuplatzen?

Es war allgemein bekannt, dass er hier drinnen ungestört sein wollte!

Beherzt stieß Selina die Tür auf. Sie war darauf gefasst, dass das, was sie hier gleich zu sehen bekommen würde, kein schöner Anblick sein würde. Aber hey, sie war FBI-Agentin gewesen, da hatte sie schon so einige Dinge gesehen, die sensiblere Naturen dazu brachten, unfreiwillig ihre letzte Mahlzeit wieder von sich zu geben. Wie schlimm könnte es schon werden?

Fuck …

Vielleicht wurde ihr doch gerade etwas flau im Magen.

Fassungslos starrte Selina das Bild an, dass sich ihr in diesem Raum bot. Emilio hatte Recht gehabt, der Anblick einer Leiche war deutlich einfacher zu ertragen als das hier.

Da war der Typ, den Dante angeschossen hatte, splitternackt hing er von der Decke – aber nicht an seinen Armen, sondern an zwei Fleischerhaken, die durch die Haut in seinem Rücken gestochen waren. Über den Haken lag eine Holzstange, die seine Arme seitlich gestreckt hielt. Seine Hände waren daran angenagelt. Die Beine waren ebenfalls gespreizt und stramm über grobe Seile, welche die Haut bereits blutig aufgeschürft hatten, an Ösen im Boden vertäut.

Doch das war noch lange nichts im Vergleich dazu, was Dante mit dem Messer angerichtet hatte, das momentan Pause auf dem Edelstahltisch neben ihm machte.

Sie hatte gedacht, Massimo wäre bloß melodramatisch gewesen, als er damals zu ihr gesagt hatte, im Gegensatz zu Dante wäre es nicht so sein Ding, ihr die Haut streifenweise abzuziehen. Aber es war ganz offensichtlich sein voller Ernst gewesen.

Auf der Brust, am Bauch, am Rücken, auf Armen und Beinen, überall waren mehrere Zentimeter breite, längliche Streifen der Haut fein säuberlich entfernt worden, so dass die darunter liegenden Muskeln frei lagen.

Und mitten drinnen in dem Blut, das rund um sein Opfer den Boden befleckt hatte, stand Dante mit blutigen Händen und sah sie zornig an.

Ein wüster Fluch entfuhr im auf Italienisch, den sie glücklicherweise nicht zu übersetzen vermochte.

„Was hast du hier zu suchen? Ich habe dir doch klipp und klar gesagt, dass du oben bleiben sollst!"

Es dauerte einen Moment, bis Selina es schaffte, sich von der schrecklichen Szene los- und sich wieder zusammenzureißen.

„Und ich habe dir gesagt, dass du nicht mein Boss bist und ich keine Befehle von dir entgegennehme!"

„Wenigstens einen gut gemeinten Ratschlag könntest du ab und an mal annehmen!"

„Deine Beteuerungen, dass du mich nur schützen willst, kannst du dir sonst wo hinschieben! Wie du siehst, bin ich sehr wohl imstande, das auszuhalten. Aber das überrascht dich wahrscheinlich gar nicht, habe ich Recht? Denn in Wirklichkeit ist es dir lediglich darum gegangen, dich selbst zu schützen. Du wolltest doch bloß nicht, dass ich sehe, was du hier abziehst!"

Selina verzog angewidert das Gesicht, als ihr die ungustiöse Doppeldeutigkeit ihrer Worte bewusst wurde:

„Das ist mir jetzt nur so rausgerutscht."

„Ich sage es dir nochmal: Ich habe nie ein Geheimnis daraus gemacht. Und ich habe auch nie etwas anderes gesagt, als dass ich einfach nicht will, dass du das siehst. Wegen dir, wegen mir, wegen uns … spielt das wirklich so eine große Rolle?", fragte Dante düster, ehe er harsch nachsetzte:

„Und jetzt raus mit dir. Ich bin hier noch nicht fertig. Und ich werde bestimmt nicht weitermachen, solange du da stehst. Das kannst du vergessen."

„Und wenn ich mir auch anhören will, was er zu sagen hat? Ich wohne ebenfalls hier, mich betrifft das genauso wie dich", hielt Selina mit der gleichen Härte in der Stimme fest.

„Du wirst dich mit der Zusammenfassung zufriedengeben müssen."

Ihre Blicke prallten wie zwei Funken schlagende Schwerter aufeinander.

Aber Selina wusste, dass dieser Kampf für sie nicht zu gewinnen war. Dantes Position war einzementiert, und leider saß er am längeren Hebel.

Mit einem ungehaltenen Schnauben drehte sie sich um und schlug erzürnt die Tür hinter sich zu.

Auch Dante konnte sich eines verärgerten Grollens nicht enthalten, als er sich wieder dem eigentlichen Grund seines Hierseins zuwandte.

Um dann festzustellen, dass der Kerl nun noch weitaus verängstigter als zuvor aussah. Aber er ging nicht darauf ein.

„Die Infos – woher sind die gekommen?", nahm er nahtlos den Faden wieder auf, als hätte die kurze Unterbrechung nie stattgefunden.

„K-Keine Ahnung", war die gestammelte Antwort.

Ohne den Blick vom Gesicht des Mannes zu nehmen, langte Dante zur Seite nach seinem Messer.

„Du lügst. Und zwar ziemlich offensichtlich. Hättest du mal bei der Signora, die uns da gerade eben beehrt hat, Nachhilfe genommen. Die hat das nämlich weitaus besser drauf als du."

„Sieht so aus", murmelte der Typ undeutlich vor sich hin.

„Was hast du gesagt?", inquirierte Dante und legte ihm das Messer auf die Wange.

„Nichts! Gar nichts!"

Schön langsam hatte Dante genug. Er kippte die Klinge und drückte sie tief in die Haut.

„Ich gebe dir eine allerletzte Chance zu überdenken, ob du nicht doch lieber schleunigst mit der Wahrheit rausrücken willst. Bevor ich befinde, dass mich das vorerst eigentlich gar nicht mehr interessiert", übertönte er mit fester Stimme die Wehklagen seines erbärmlichen Opfers, während er die Klinge quer über dessen ganze Wange nach unten zog.

„Wenn ich's dir sage, wirst du mich erst recht filetieren!", schluchzte er völlig außer sich.

Dante zog das Messer weg und benutzte es, um das Kinn des Mannes nach oben zu drücken, damit er ihm in die Augen sah.

„Kann sein. Aber solange du mir nicht alles erzählt hast, kann ich dich nicht töten. Denk mal darüber nach."

Ohne eine Miene zu verziehen, aber voller Genuss und Genugtuung, beobachtete Dante, wie der Gefolterte mit großer Verzweiflung versuchte, sich zu einer Entscheidung durchzuringen.

„Tick. Tack."

Er schwenkte das Messer wie das Pendel einer Uhr vor dessen Gesicht.

„Deine Zeit läuft ab."

Das Pendel stoppte.

„Schon gut! Ich rede!"

Eine Welle der Befriedigung überspülte Dante. Das war doch immer wieder ein ganz außerordentlicher Moment.

„Ich habe natürlich gefragt, wie zuverlässig ihre Infos sind. Er hat gesagt, er hat einen Kontakt beim FBI."

Das Hochgefühl von eben legte eine steile Talfahrt hin.

„Beim FBI? Was haben die damit zu schaffen?"

„Weiß ich nicht. Wirklich nicht! Aber die haben jemanden, der äußerst gut informiert ist ..."

Dante rückte ihm wieder mit dem Messer auf die Pelle.

„Ich will schwer für dich hoffen, dass jetzt noch etwas mehr kommt als die Beteuerung, du weißt nicht, wer das ist."

„Ich weiß keinen Namen. Aber sie haben mir eine Aufnahme vorgespielt, die alles zusammengefasst hat, was ich wissen musste. D-D-Die St-Stimme ..."

Er war so aufgelöst, dass er kaum noch sprechen konnte. Aber schon ein kleiner Pieks mit dem Messer half ihm auf die Sprünge.

„Es war ihre Stimme! Ich bin mir ganz sicher! Die Frau, die gerade da war! Das war sie!"

Nun brach er endgültig zusammen. Aber Dante konnte sich kein Stück darüber freuen.

Fassungslos sank seine Hand mit dem Messer herunter, während er einfach nur starr geradeaus sah.

Konnte das wirklich wahr sein? War es möglich, dass Selina ein doppeltes Spiel mit ihm spielte?

Er hatte es eben selbst gesagt, sie war eine exzellente Lügnerin – ganz im Gegensatz zu dem da. Und er erkannte keinerlei Anzeichen dafür, dass das erbärmliche Häufchen Elend hier gerade gelogen hatte.

Aber selbst, wenn er sich täuschte, und der Typ in Wahrheit ein Meisterlügner war – wer wäre so dämlich, so etwas zu erfinden? Er würde hier drinnen sterben, das wusste er. Und nach dieser Aussage bestimmt weitaus erbärmlicher, das wusste er auch. Selbst wenn ihn jemand unter Druck setzte, es würde doch nie jemand mit Sicherheit erfahren, was er erzählt hatte.

Blieb freilich noch die Möglichkeit, dass er das, was er erzählte, zwar wirklich glaubte, es aber dennoch nicht der Wahrheit entsprach.

„Was hat die Frau auf der Aufzeichnung erzählt?"

Stotternd gab der Auftragskiller diverse Daten wider zur Lage des Hauses, zu Einstiegsmöglichkeiten, Anzahl der Wachen und Sicherheitssystemen, sowie eine genaue Beschreibung seiner Zielperson, also von ihm.

Größtenteils Dinge, die wirklich nur jemand wissen konnte, der ihm sehr nahe stand. Allerdings ...

„Moment. Du hast zuvor doch gesagt, dass du mich und meine Frau umbringen sollst."

„Die Beschreibung der weiblichen Zielperson habe ich direkt von meinem Auftraggeber erhalten. Er hat gesagt, er hat da noch eine offene Rechnung mit ihr, und dass ich keinesfalls Zögern soll. Ist mir etwas seltsam vorgekommen, dass er das extra betont hat. Aber jetzt weiß ich, was er damit gemeint hat."

Das machte irgendwie Sinn. Es würde zu Miguel passen, hier getrieben von Rache sein eigenes Süppchen zu kochen, anstatt sich brav an das zu halten, was mit dem FBI abgesprochen gewesen war – was auch immer das sein mochte.

„Und du bist dir absolut sicher, dass es die gleiche Stimme war? Nicht der Hauch eines Zweifels?"

„Naja, die Qualität der Aufnahme war recht mittelmäßig, aber doch, das war sie, eindeutig.“

Forschend sah Dante ihn an, aber er fand nicht das
leiseste Anzeichen dafür, dass er nicht überzeugt von seinen Worten war.

Er hob das Messer und ließ den Rücken der Klinge
durch Daumen und Zeigefinger der anderen Hand gleiten,
während sich in seinem Inneren ein Unwetter zusam-
menbraute, das eine Spur der Verwüstung nach sich ziehen würde.

Irgendwer trieb hier ein falsches Spiel mit ihm, sei es
Selina selbst, oder jemand, der sie reinreiten wollte. Doch
wer auch immer es war, er würde denjenigen zur Strecke
bringen.

Ungeachtet dieser Wut im Bauch, blieb sein Blick jedoch völlig ausdruckslos, als er schließlich den Kopf hob
und den Unglücklichen ansah, an dem er seine aktuelle
Gemütslage gleich auslassen würde.

„Ich habe noch eine allerletzte Frage an dich: Unter
welchem Namen hat man dich angeheuert?“

Die Botschaft, die er Miguel zu schicken gedachte,
sollte schließlich auch ordentlich beschriftet sein.

31

Dante gab dem Buben, mit dem er sich geprügelt hatte und der nun besiegt am Boden lag, noch einen letzten Tritt in die Seite.

„Das war's. Lass uns abhauen, bevor uns noch jemand erwischt."

Massimo nickte zustimmend und warf Dante seinen Schulrucksack zu. Zügig gehend machten sie sich vom Acker. Den Anfängerfehler, hastig davonzulaufen und sich damit verdächtig zu machen, begingen sie schon lange nicht mehr.

Als wäre rein gar nichts gewesen, bogen sie ganz beiläufig um die nächste Ecke.

„Und, geht's dir jetzt besser?"

Überrascht zuckte Dante zusammen, als plötzlich neben ihm ein Mann aus einer etwas versteckten Nische heraustrat.

Mist!

Das war Lorenzo. Er war vor drei Wochen plötzlich bei ihnen daheim aufgetaucht. Seine Mutter hatte ihm erklärt, dass er ein Cousin von ihr und Stefano war. Er hatte ein paar Jahre gesessen, aber nun war er wieder draußen und arbeitete wie zuvor als Leibwächter oder was auch immer für Stefano.

„*Es ist immer ein gutes Gefühl, wenn die Schule aus ist*“, zeigte Dante sich unwissend.

Lorenzo gab ihm ein Nicken, das wohl heißen sollte: ‚Verarsch mich nicht, Kleiner.‘

Mit seinen dunklen Augen sah er Dante durchdringend an, als er unbeirrt weiterfragte:

„*Warum machst du das?*‘

„*Der Typ ist selber schuld gewesen!*“, verteidigte sich Dante, nachdem leugnen wohl keinen Zweck mehr hatte. „*Er hat's doch darauf angelegt!*“

Wieder dieses Nicken.

„*Schon mal was davon gehört, dass man nicht auf jemanden eintritt, der schon am Boden liegt?*‘

Dante schnaubte verächtlich.

„*Wer hätte mir das beibringen sollen? Onkel Stefano vielleicht?*‘

„*Wohl kaum*“, erklärte Lorenzo unverblümt abfällig, womit er Dante ziemlich überraschte.

Er deutete auf einen Wagen, der ein paar Schritte entfernt parkte.

„*Los, steigt ein.*“

Schnell wechselten Dante und Massimo einen misstrauischen Blick miteinander. Das roch sehr danach, dass es Ärger geben würde.

Doch Lorenzo unterbrach ihren Gedankengang, ob sie die Beine in die Hand nehmen sollten:

„*Er kann von mir aus abhauen, aber du kommst mit mir*“, stellte er an Dante gewandt nachdrücklich klar.

Dante nickte Massimo zu, aber dieser schüttelte entschieden den Kopf.

„Ich lass dich nicht allein“, zischte er ihm leise zu.

Die Andeutung eines zufriedenen Lächelns zeichnete sich auf Lorenzos Gesicht ab.

„*Na immerhin das habt ihr gelernt. Und jetzt kommt endlich, bevor euch noch jemand hier sieht.*“

Wider Erwarten schlug Lorenzo nicht den Weg nach Hause ein. Stattdessen brachte er sie zu einer unscheinbaren, eher niedrigen und schon etwas älteren Halle. Der Parkplatz davor war leer, als sie ankamen.

Lorenzo stieg aus und bedeutete ihnen, ihm zu folgen.

Die alte Metalltür quietschte erbärmlich, als Lorenzo sie aufschloss und öffnete.

Erneut wechselten Massimo und Dante unschlüssig einen Blick. Was um alles in der Welt wollten sie in dieser Bruchbude?

„Sollen wir nicht doch lieber abhauen?", flüsterte Massimo ihm ganz leise zu.

Dante überlegte einen Moment. Bei den meisten anderen Typen, die für seinen Onkel arbeiteten, hätte er Massimo wohl zugestimmt. Aber so, wie seine Mutter über Lorenzo geredet hatte, schien sie ihn doch tatsächlich zu mögen. Und das machte ihn neugierig.

„Nein. Ich will das jetzt wissen."

Mutig trat Dante durch die Tür. Und fand sich in einer Sporthalle wieder, die innen bei weitem nicht so abgewirtschaftet aussah, wie das Gebäude von außen vermuten ließ.

Lorenzo führte sie quer durch die Halle zu einem Bereich, der mit Matten ausgelegt war. Gleich daneben gab es auch einen Boxring.

„*Zieh deine Schuhe aus*", wies er Dante an, während er seine ebenfalls abstreifte, um sich dann breitbeinig mitten auf den Matten zu positionieren.

„*Was ist? Vorhin warst du doch noch ganz heiß darauf, dich zu prügeln. Oder hast du etwa Schiss, wenn's ein Gegner und kein Opfer ist?*", stichelte Lorenzo, als Dante zögerte.

Dantes Augen verengten sich vor Wut.

„*ICH schlag mich auch mit Burschen, die größer sind! Aber ich habe kein Bock, für dich das Opfer zu sein!*"

„*Ist das der Grund, warum du deine Mitschüler terrorisierst? Um dir zu beweisen, dass du kein Opfer bist?*"

Begleitet von einem zornigen Knurren starrte Dante Lorenzo finster an. Am liebsten wäre er ihm an die Gurgel gesprungen.

Aber so sehr er sich auch ärgerte, er war doch nicht blöd, sich auf jemanden zu stürzen, der ihn mit Sicherheit aber so was von fertig machen würde.

„Ich bin kein Opfer!", brüllte er stattdessen. *„Da kannst du jeden in der Schule fragen!"*

„Ja, in der Schule", mokierte Lorenzo sich. *„Aber das hilft dir daheim auch nicht, nicht wahr?"*

Dante fühlte sich wie kurz vor dem Explodieren. Mit einer unglaublichen Wut im Bauch riss er sich die Schuhe von den Füßen und schleuderte sie davon. Er stapfte auf die Matte und baute sich mit seinen vollen ein Meter zweiundvierzig kampfbereit vor dem erwachsenen Mann auf.

„Na los, lass es raus", stiftete Lorenzo ihn auch noch an, was Dante noch mehr auf die Palme brachte.

„Hättest du wohl gern!", spie er ihm entgegen. *„Ich werde dir garantiert keinen Anlass geben, um mich zu verprügeln. Aber wenn du es versuchst, werde ich mich wehren!"*

„Wir sind nicht hier, weil ich dich dafür bestrafen möchte, was du heute mit deinem Schulkollegen aufgeführt hast", erklärte Lorenzo bestimmt. *„Wir sind hier, weil ich dir helfen möchte. Ich kenne den hilflosen Zorn gut, den du gerade empfindest. Mein Vater war nämlich auch der Meinung, eine Tracht Prügel sei das beste Mittel für alles. Aber diese Wut kannst du nicht an anderen Kindern auslassen! Du willst auf jemanden einschlagen? Dann komm her, und lass sehen, was du kannst!"*

Es war nur ein kurzes Zögern. Das Bedürfnis, all den angestauten Frust endlich mal ungebremst rauslassen zu können, war einfach zu stark, als dass die Vernunft noch irgendetwas mitzureden gehabt hätte.

Mit einem Kampfschrei stürzte Dante sich auf Lorenzo.

Um dann festzustellen, dass es gar nicht so einfach war, ihn zu erwischen.

Die Leichtigkeit, mit der Lorenzo seine Angriffe parierte und ihnen auswich, fachte Dantes Wut noch weiter an. Wie ein Irrer prügelte er auf seinen Gegner ein, doch seine Schläge gingen allesamt ins Leere.

Nachdem er ein paar Minuten so gewütet hatte, musste er schließlich erschöpft aufgeben.

„Und? Geht's dir jetzt besser?", wiederholte Lorenzo nochmal die Frage, mit der alles angefangen hatte.

„Ja", musste Dante schnaufend zugeben.

Es war zwar irgendwie frustrierend gewesen, dass er nicht getroffen hatte, aber es hatte auch richtig gutgetan, sich mal nicht zurückhalten zu müssen.

„Du bist eigentlich schon ziemlich gut für dein Alter. Aus dir könnte wirklich was werden", zollte Lorenzo ihm nun sogar ein wenig Anerkennung, ehe das unvermeidliche ‚aber' kam:

„Aber du musst lernen, deine Aggressionen unter Kontrolle zu bekommen, sonst wird dich das in Teufels Küche führen. Glaub mir, ich weiß, wovon ich rede. Die Prügeleien mit deinen Schulkollegen müssen aufhören, verstanden? Wenn du Dampf ablassen willst, kommst du stattdessen hier her. Um die Mittagszeit ist nie was los, da sind wir ungestört. Ich glaube, wir sind uns einig, es deinem Onkel nicht auf die Nase binden zu müssen, dass ich mit dir trainiere."

Der letzte Satz ließ Dantes Augen aufleuchten.

„Heißt das, du wirst mir auch die coolen Tricks beibringen, die du drauf hast?"

Lorenzo lachte.

„Das ist kein Trick, das nennt sich Kampfkunst. Und damit das klar ist, ich werde dich schinden bis zum geht nicht mehr, damit dir das irgendwann ebenfalls so locker von der Hand geht."

Das schreckte Dante nicht ab, im Gegenteil. Soviel verstand er schon von der Welt, um zu wissen, dass es besser war, sich die blauen Augen beim Training anstatt auf der Straße zu holen.

„Das halte ich aus", versicherte er Lorenzo eifrig, woraufhin dieser zufrieden lächelte.

„Mit Sicherheit. Schließlich bist du Caterinas Sohn. Und was ich so gehört habe, ein ebenso harter Knochen wie sie."

Verwundert und irgendwie berührt sah Dante Lorenzo an. Es war das erste Mal, dass er ein männliches Familienmitglied mit dem Respekt über seine Mutter reden hörte, der ihr seiner Meinung nach auch zustand.

Seine Mutter hatte ihm das ja schon lange ausgetrieben, Mädchen grundsätzlich für schwach und unterlegen zu halten. Sie selbst war das beste Beispiel dafür, dass es nicht so war. Und mochte er, was die körperliche Konstitution betraf, auch ganz nach seinem Vater kommen, so hatte er seinen eisernen Willen und seine Gnadenlosigkeit nach einhelliger Meinung doch eindeutig von seiner Mutter geerbt. Beziehungsweise – in der Sicht der Männer – von ihrem Vater, dem großen Don Valerio.

„Wie meine Mutter? Nicht wie mein Großvater?", fragte er daher verblüfft nach.

„Macht das einen Unterschied? Deine Mutter kommt ganz nach ihrem Vater, weitaus mehr als ihr Bruder. Und genau deshalb können die beiden auch so gar nicht miteinander.

Deine Mutter und ich kennen uns schon von klein an. Und ich sehe viel von ihr, wenn ich dich anschaue. Aber du hast ein riesiges Geschenk bekommen, das ihr verwehrt worden ist."

„Und zwar?"

Er konnte sich beim besten Willen nicht vorstellen, was das sein sollte. So toll war das Leben als Halbwaise bei seinem Onkel nun wahrlich nicht.

„Du bist als Bub auf die Welt gekommen. Viel mehr ist es nicht, was dich von deiner Mutter unterscheidet. Aber genau das wird dir den Weg ebnen, es bei uns wesentlich weiter zu bringen als sie. Denk mal darüber nach. Und hör auf das, was sie dir sagt. Von ihr kannst du nämlich noch viel lernen."

Lorenzo legte ihm väterlich die Hand auf die Schulter, dann fügte er schmunzelnd hinzu: „Bis auf das Kämpfen, das bringe ich dir bei."

32

Als Selina am nächsten Morgen aufwachte, musste sie verwundert feststellen, dass Dante noch immer nicht da war.

Rasch erledigte sie ihre Morgenroutine und verließ dann ihren privaten Bereich, um sich auf die Suche nach ihrem Mann zu begeben.

In der Küche im Erdgeschoss traf sie auf Emilio, der gerade frühstückte. Sein Blick war diesmal jedoch reichlich missmutig, als er sie sah.

„Du bist doch nicht etwa immer noch sauer wegen des Tritts von gestern?", fragte sie rundheraus, anstatt erst mal eine Begrüßungsfloskel zu bringen.

„Vergiss den Anschlag auf meine Kronjuwelen", winkte er mürrisch ab. „Sag mir lieber, was da unten zwischen euch abgegangen ist."

„Nichts", schnauzte Selina zurück. „Ich wollte bleiben, er hat mir die Tür gezeigt. Ende der Diskussion. Du kennst doch Dante."

„Ach ja? Und das soll alles gewesen sein? Kann ich nicht so recht glauben."

„Was soll ich dir erzählen? Wir sind beide sauer gewesen und haben uns kurz gestritten, aber dann bin ich gegangen. Ist mir ja auch nichts anderes übrig geblieben.“

Emilio schüttelte den Kopf.

„Da muss noch mehr gewesen sein.“

„War aber nicht. Und wie kommst du überhaupt darauf? Wenn du schon mit Dante geredet hast, dann brauchst du mich ja nicht mehr auszufragen.“

„Nein, ich habe nicht mit ihm geredet. Er ist äußerst wortkarg gewesen, als ich ihn kurz gesehen habe.

Aber das, was ich da heute Morgen in seinem Folterkeller vorgefunden habe, lässt mich stark vermuten, dass Dante letzte Nacht extrem schlechte Laune gehabt hat. Ich habe ja eigentlich gedacht, ich hätte da unten schon das volle Ausmaß gesehen, was man einem Menschen an Grausamkeiten antun kann, aber bei dem Anblick habe ich doch erst mal geschluckt.

Und dann bin ich statt einem großen ein Dutzend kleine Säcke holen gegangen.“

Auf diese Neuigkeit hin musste Selina sich erst einmal hinsetzen.

„Naja, er hat sich schon geärgert ... aber so sehr?“

Vielleicht hatte es sich doch nicht ausgezahlt, dass sie nicht auf ihn gehört hatte. Bis auf böses Blut war dabei ja offensichtlich nichts herausgekommen.

„Und wie steht‘s mit dir? Hast du gut geschlafen letzte Nacht?“, fragte Emilio leicht gehässig.

„Nein, nicht so besonders“, räumte Selina ein.

„Und dabei ist Dante noch nicht mal neben dir gelegen“, ätzte er weiter.

„Was ist nur los mit euch Kerlen?“, beschwerte Selina sich. „Warum glauben hier offenbar alle, ich wäre komplett blind und blauäugig?! Haltet ihr mich wirklich für so naiv? Meint ihr wirklich, ich wüsste nicht genau, mit wem ich mich eingelassen habe? Woher es wohl kommt, dass alle solchen Respekt vor ihm haben?

Mir ist sehr wohl bewusst, wie Dante ein 'Problem' wie das gestrige zu lösen pflegt. Und ja, ich muss zugeben, der Anblick ist schlimmer gewesen, als ich es mir vorgestellt hätte.

Aber das ist nicht der Grund dafür, dass ich schlecht einschlafen habe können.

Es gefällt mir nur einfach nicht, was er da treibt. Und ich wäre gerne in der Lage, ihn davon abzuhalten.

Aber ich habe versagt. Ziemlich.

Darüber habe ich beim Einschlafen nachgegrübelt.“

Sie verzog herablassend das Gesicht.

„Ist das angekommen, dass ich mir *nicht* deshalb den Kopf zerbrochen habe, weil fürchte, mein Mann könnte in einen nächtlichen Blutrausch verfallen und mich im Schlaf abstechen.“

Erneut schüttelte Emilio den Kopf.

„Weißt du was, ich glaube, Dante hat sich geirrt.

Du bist nicht normal.“

Selina grinste schief.

„Sonst würde ich es aber auch kaum aushalten in diesem Irrenhaus, oder?“

Nachdem Emilio ausnahmsweise mal auch nichts darüber wusste, wo Dante abgeblieben war, setzte Selina ihre Runde durch das Haus fort, um weiter nach ihm zu suchen.

In der Bibliothek traf sie auf Maria, das Hausmädchen, das sich auch um ihren persönlichen Bereich kümmert. Sie putzte gerade die Fenster.

„Brauchen Sie etwas, Signora? Kann ich etwas für Sie tun?“, fragte Maria sogleich pflichtbewusst.

Es war Selina ein wenig unangenehm, dass Maria sie immer gar so förmlich ansprach. Aber da sie wusste, dass es Maria noch viel unangenehmer wäre, sie mit Vornamen anzusprechen, hatte sie darauf verzichtet, es ihr anzutragen.

„Nein, lass dich von mir nicht stören. Ich bin auf der Suche nach Dante, aber er scheint nicht da zu sein.“

„Ich habe ihn leider auch nicht gesehen.“

„Er wird schon wieder auftauchen“, meinte Selina und blickte durch das Fenster auf die Einfahrt hinaus.

Nanu? Lief da etwa ein Kind auf der Wiese vor dem Haus herum?

„Maria, weißt du, wer das ist?"

„Ich bitte um Verzeihung, Signora", entschuldigte sie sich hastig. „Das ist mein Sohn. Ich habe ihn heute mitbringen müssen, weil ich niemanden habe, der auf ihn schauen kann. Es tut mir leid, ich hätte vorher fragen sollen …"

„Nein, nein, ist schon okay", unterbrach Selina sie sacht. „Natürlich kannst du ihn mitnehmen. Kein Problem.

Pass nur auf, dass er hier am Rasen bleibt und nicht zum Schießstand oder in den Wald geht. Vergangene Nacht hat jemand versucht, sich einzuschleichen. Jetzt sind sicher alle ein wenig nervös."

Maria schlug sich entsetzt die Hand vor den Mund.

„Ich habe ja keine Ahnung gehabt, Signora. Wir wollen Ihnen auf keinen Fall Umstände bereiten. Ich kann ihn sofort hereinholen, er soll hier warten …"

Selina nahm Marias Hände beschwichtigend in ihre. Dabei fiel ihr auf, dass sie kalt und klamm waren.

Was war denn heute nur los mit ihr?

Auch wenn sie generell ein wenig der nervöse Typ und stets darauf bedacht war, nur ja nichts falsch zu machen, so schlimm war es normalerweise nicht. Sie wirkte ähnlich verstört wie damals bei ihrer ersten Begegnung, als Dante sie genötigt hatte, ihr Gewand im Aufwaschwasser zu tränken.

„Maria, ist schon gut. Lass ihn draußen. Das Wetter ist herrlich und er beschäftigt sich so schön. Hier drinnen wird ihm doch nur langweilig.

Wie heißt dein Sohn eigentlich?"

„Marco."

„Und wie alt ist er?"

„Er ist letzten Monat vier geworden."

Selina lächelte sie warmherzig an. Sie hatte zwar gewusst, dass Maria Familie hatte, aber nichts Genaues. Maria war nicht so der redselige Typ. Zumindest nicht bei der Arbeit.

„Ich werde Emilio informieren, dass wir heute einen kleinen Gast haben, damit er allen Bescheid geben kann, dass sie entsprechend aufpassen sein sollen.“

Maria wollte etwas erwidern, aber da lenkte das Geräusch eines die Einfahrt hereinkommenden Autos sie ab.

Damit hatte sie Dante also auch gefunden.

Selina wollte sich schon auf den Weg zur Garage machen, um ihn abzupassen, als sie sah, dass er auf einmal mitten am Weg stehenblieb und ausstieg.

„Marco!“, hauchte Maria entsetzt, als sie sah, wie Dante ausstieg und zu ihrem Sohn ging.

Sie schien auf einmal richtiggehend Angst um den kleinen Marco zu haben.

Selina nahm neuerlich ihre Hand und drückte sie aufmunternd.

„Ist schon gut, Maria. Dante hat bestimmt nichts dagegen, dass er hier ist. Ich werde ihm sagen, dass wir beide das abgesprochen haben.“

Maria nickte abwesend, aber ihre Körpersprache wirkte, als wäre sie am liebsten direkt aus dem Fenster gesprungen, um schnellstmöglich zu ihrem Kind zu gelangen.

→

„Hallo. Wer bist du denn?“

„Ich heiße Marco. Und du?“

„Ich bin Dante.“

„Meine Mama arbeitet für einen Signore Dante. Bist du das?“

„Ja, das bin ich.“

„Dann gehört das alles hier dir?“

„Ja, das ist mein Anwesen.“

„Da suchst du sicher sehr lang nach deinen Sachen.“

„Wie meinst du das?“

Er hielt einen Stoffbären hoch.

„Das ist Bärli. Wenn ich schlafen gehe, muss er auch ins Bett gehen. Aber genauso wie ich will er nicht ins Bett gehen, und deshalb kommt er nicht von allein, wenn Mama sagt Schlafenszeit. Und dann muss Mama ihn oft

ganz lang suchen, bis sie ihn findet, weil er irgendwo in der Wohnung rumsitzt und ganz was anderes macht. Aber dein Haus hat viel mehr Zimmer als unsere Wohnung. Da musst du bestimmt gaaanz lang suchen, bis du deine Tiere findest.“

„Ich habe keine Tiere mehr, die mit mir im Bett *schlafen“*, erklärte Dante erheitert. *„Und meine Frau muss ich nicht suchen, die kommt von allein ins Bett.“*

„Das ist bei meinen Eltern auch so.“

Einen Moment sah Marco Dante forschend an.

„Du bist doch eh nett.“

„Warum sollte ich das nicht sein? Du bist schließlich auch nett.“

Aber Dante konnte sich schon vorstellen, woher der Wind wehte.

„Mama hat gesagt, dass du zu den Leuten kommst, die böse gewesen sind.“

„Das stimmt. Aber nur zu Erwachsenen. Ich hoffe, deine Mama hat dir nicht erzählt, dass ich auch zu dir kommen würde, wenn du nicht brav bist.“

Er hasste diese Geschichte. Nach allem, was er selber erlebt hatte, würde er sich niemals an einem Kind vergreifen.

Trotzdem sah Marco ihn jetzt besorgt an.

Dante ließ sich in die Hocke nieder, damit er auf Augenhöhe mit ihm reden konnte.

„Du musst keine Angst vor mir haben“, versicherte er ihm.

„Und mein Papa?“

„Wieso dein Papa? Hat der etwas Böses gemacht?“

„Ich bin gestern aufgewacht. Ich hab gehört, wie Mama und Papa gestritten haben. Und dann hab ich gehört, wie die Mama geweint hat. Ich wollte sie trösten gehen, aber ich hab mich nicht getraut. Mama und Papa mögen das nicht, wenn ich nicht im Bett bleibe. Und nachdem der Papa sich so wütend angehört hat, hab ich Angst gehabt, dass er sehr böse auf mich wird.“

Dantes Stirn legte sich in Falten.

„Bist du deshalb heute hier?“

„Gestern haben sie mir versprochen, dass heute der Papa mit mir auf den Spielplatz geht. Weil er ja momentan nicht Arbeiten geht. Aber dann hat die Mama in der Früh gesagt, ich muss mitkommen! Das war voll gemein! Ich hab ich mich sooo auf den Spielplatz gefreut!"

Dante blickte suchend hoch zum Haus. Hinter dem Fenster zur Bibliothek entdeckte er Maria – und Selina.

Er reichte Marco die Hand und stand auf.

„Komm. Lass uns reingehen."

→

Selina hatte Maria dazu überredet, sich doch ein wenig mit ihr hinzusetzen, aber als Dante die Bibliothek betrat, fuhr sie augenblicklich aufgeschreckt aus ihrem Sessel hoch.

„Wo ist Marco?", fragte sie sogleich besorgt, als sie erkannte, dass Dante allein gekommen war.

„Bei Roberta in der Küche. Sie macht ihm eine Jause. Ich habe ihr gesagt, sie soll ihn nicht mit Süßigkeiten vollstopfen."

„Maria hat das mit mir besprochen, ich habe ihr gesagt, dass es kein Problem ist, wenn sie Marco mitbringt", warf Selina wie versprochen ein.

„Doch, es ist ein Problem", meinte Dante düster.

Entgeistert sah Selina ihn an.

„Wie bitte?

Was ist jetzt mit Familie und so?

Emilio hat mich ja schon vorgewarnt, dass du schlecht gelaunt bist, aber das kannst du doch jetzt nicht an Maria auslassen."

Dantes Miene verfinsterte sich weiter.

„Du solltest es besser wissen, als mir so etwas zu unterstellen", zürnte er verhalten in Selinas Richtung, dann sah er kurz beim Fenster raus, um wieder runter zu kommen.

„Warum hast du ihn mitgebracht?", wandte Dante sich etwas ruhiger nun an Maria.

„Sie hat heute niemanden, der auf ihn schauen kann", mischte Selina sich ein, denn Maria musste nach Dantes missmutigem Auftritt erst mal ihre Schockstarre überwinden.

„Und warum hat sie niemand? Hat sie es dir erzählt?"

„Ich glaube nicht, dass sie uns dafür Rechenschaft schuldig ist", zischte Selina zurück, verärgert darüber, dass Dante sich hier gerade wie der sprichwörtliche Elefant im Porzellanladen aufführte.

„Doch, ich denke schon, dass sie es uns erzählen sollte."

„Dante!", wies Selina ihn aufgebracht zurecht, während die arme Maria bloß kreidebleich neben ihr stand und kein Wort herausbrachte. „Du führst hier kein Verhör, verdammt nochmal! Lass sie in Ruhe! Das geht uns doch überhaupt nichts an!"

„Und ob es mich etwas angeht. Schließlich ist sie Familie, wie du selbst festgestellt hast. Aber ich schätze mal, es ist gar nicht notwendig, dass sie etwas sagt", meinte er kryptisch und trat näher an Maria heran.

„Hebe deine Arme", forderte er unvermittelt.

Maria war wohl ebenso überrascht wie Selina von diesem Ansinnen, aber natürlich wagte sie wie üblich nicht, Dantes Anweisungen in Frage zu stellen.

„Ganz nach oben ausstrecken."

Etwas ungelenk gehorchte Maria, dennoch brummte Dante unwirsch.

„Dreh dich um und zieh deine Bluse aus."

„Dante! Sag mal, spinnst du? Das geht jetzt wohl echt zu weit!"

„Bist du blind?", fuhr Dante sie nun seinerseits ungehalten an. „Sie hat offensichtlich Schmerzen, wenn sie die Arme hebt. Und jetzt zähl mal eins und eins zusammen, Sherlock!"

In der darauf folgenden kurzen Stille drehte Maria sich hastig um und begann eilig, ihre Bluse aufzuknöpfen. Dass ihr das natürlich mehr als unangenehm war, wog ganz offensichtlich nicht so schwer, wie ihre Furcht davor, Dantes Befehl zu ignorieren.

Als der letzte Knopf offen war, langte Dante nach dem Kragen von Marias Bluse. Behutsam zog er den Stoff nach unten.

Als Selina die blauen Flecken auf Marias Rücken erblickte, sprang ihr Blick entschuldigend zu Dante, aber
auch er sagte nichts. Über das, was zwischen ihnen gerade schief lief, würden sie später sprechen.

Dante schob die Bluse zurück, damit Maria sie wieder
zumachen konnte.

„War das dein Mann?", fragte Dante schwer um
Sanftmut bemüht, aber seine Verärgerung klang dennoch
in seiner Stimme durch.

„Es ist gerade eine schwierige Zeit für ihn", erklärte
Maria kleinlaut. „Er hat seinen Job verloren, das setzt
ihm ziemlich zu. Gestern ist er spät heimgekommen. Er
war ziemlich betrunken. Ich habe ihm gesagt, er soll
mich schlafen lassen, weil ich ja früh aufstehen muss. Da
ist er ausgeflippt."

„Weil er es nicht verkraftet, dass du jetzt die Familie
ernährst?", mutmaßte Dante, woraufhin Maria nickte.

„Ich kläre das. Bis dahin bleibst du mit Marco erst
einmal hier."

Entsetzt schnellte Marias Blick zu Dante hoch.

„Nein, Signore, bitte, das ist wirklich nicht notwendig."

„Und ob es das ist es", beharrte Dante. „Du musst
dich nicht davor fürchten, dass es für dich danach noch
schlimmer wird. Ich werde dafür Sorge tragen, dass das
gewiss nicht passiert."

Eine Aussage, die Maria sichtlich noch mehr verunsicherte.

„Ich werde Dante begleiten", brachte Selina vor,
nachdem Dante scheinbar nicht begriff, dass Maria nicht
nur vor, sondern auch um ihren Mann Angst hatte.

Immerhin widersprach er ihr in diesem Punkt nicht.

Dante sah auf die Uhr.

„Ich habe noch etwas zu erledigen. Und wahrscheinlich liegt der Trunkenbold ohnehin noch im Halbkoma
von der gestrigen Sauftour. Wir fahren nach dem Mittagessen hin."

33

Selina sah Dante erst wieder, als sie zu Marias Mann aufbrachen.

Wortlos stiegen sie beide ins Auto, und Dante fuhr los.

Wenn es nach Dante gegangen wäre, hätte dieser Zustand auch bis zu ihrer Ankunft angehalten, aber Selina hielt es gerade mal solange aus, wie sie brauchten, um die lange Zufahrt vom Haus zur öffentlichen Straße hinter sich zu lassen.

„Sollten wir nicht darüber reden?"

„Müssten wir für so ein Gespräch nicht in die Küche gehen?", unkte Dante.

„Nur wenn wir in einer Sitcom wären, aber das hier ist keine."

„Na schön. Wenn du reden willst, dann tu dir keinen Zwang an."

„Du machst es mir nicht gerade leicht."

„Warum sollte ich auch?"

„Lässt du jetzt wieder den Sadisten raushängen?"

„Stört dich das neuerdings etwa?"

„Also wenn du verstimmt bist, weil du glaubst, das was ich gestern gesehen habe, hätte meine Meinung von dir gravierend geändert, dann bist du umsonst schlecht drauf."

Dante stieß einen ungläubigen Laut aus.

„Du bist viel zu gut im Lügen, um nicht zu wissen, dass die Behauptung niemals den offensichtlichen Fakten widersprechen darf.“

„Ja und? Wo ist der Widerspruch?“

Aus voller Fahrt trat Dante auf einmal auf die Bremse. Der Wagen war noch nicht mal am Fahrbahnrand zum Stehen gekommen, als Dante auch schon seinen Dolch gezogen hatte und ihn Selina an den Hals hielt.

„Willst du mich verarschen? Ich habe doch deinen Gesichtsausdruck gesehen.“

„Und, was siehst du jetzt?“

Den Kopf etwas zur Seite geneigt musterte Dante sie eindringlich.

„Schaut das für dich danach aus, als ob ich Angst vor dir hätte?“, fragte Selina provokant, die noch keine Miene verzogen hatte angesichts der plakativen Bedrohung.

„Nein“, gestand Dante ihr widerwillig zu, doch nicht ohne den misstrauischen Nachsatz: „Aber gestern hat das noch ganz anders ausgeschaut.“

„Mein Gott, Dante, da hat sich mir gerade der Magen umgedreht!

Und bevor du mir jetzt kommst mit: ‚Ich habe es dir ja gesagt‘ – ich habe nicht gekotzt. Obwohl ich allen Grund dazu gehabt hätte. Das solltest du gefälligst anerkennen!“

„Anerkennung hättest du von mir dafür haben können, mich einfach in Ruhe zu lassen.“

„Das ist aber nicht das, was wir vereinbart haben!

Ich weiß, wie du bist, Dante, und das nicht erst seit gestern.

Und du weißt, dass ich es nicht gutheißen kann, wenn du solche Aktionen abziehst.

Du hast mir versprochen, dass das mit unserer Hochzeit vorbei ist. Dass du raus bist, und in Zukunft keine Leute mehr abschlachten wirst.“

„Ja und, was erwartest du von mir? Soll ich nächstes Mal bloß herumsitzen und zusehen, wie sich Killer in unser Haus einschleichen, um uns alle umzulegen?“

„Es gibt mehr als eine Variante, um damit umzuge-
hen. Wir hätten bestimmt eine gefunden – wenn du mich
nicht ausgeschlossen hättest."

Bei der Art, wie Dante sie nun ansah, fiel es Selina wie
Schuppen von den Augen.

„Aber das wolltest du schlicht nicht, nicht wahr? Du
warst so heiß darauf, diesen Typen in deinem Folterkeller
genüsslich bearbeiten zu können, da wolltest du auf keinen Fall von mir hören, dass das gar nicht notwendig
ist."

Dante nahm den Dolch von ihrem Hals, doch anstatt
ihn wegzustecken, sah er ihn nachdenklich an.

„Ich habe echt geglaubt, ich könnte es schaffen. Immerhin habe ich jetzt ein halbes Jahr ohne Probleme
durchgehalten. Das, was du mir gibst, schafft es tatsächlich, mein Verlangen kontinuierlich soweit zu befriedi-
gen, dass es sich nicht anstaut und auswächst. Was wirklich wunderbar ist. Ich muss mich nicht mehr so wie früher ständig in eiserner Selbstbeherrschung üben, um
nicht jedem, der mir blöd kommt, gleich eine in die
Fresse zu hauen.

Aber wenn dann so einer daherkommt, wie der gestern, der meine Familie bedroht. Die, die mir am wichtigsten sind ...“
Er schüttelte leicht den Kopf.

„Gegen das, was dabei in mir vorgeht, bist selbst du
machtlos. Dieser Blutdurst lässt sich nicht mehr auf nie-
derschwelligem Niveau ableiten."
Dann sah er Selina völlig offen an.

„Ich weiß, dass dir das nicht gefällt. Aber das ist nun
mal ein Teil von mir. Und ein sehr tief verwurzelter noch
dazu.

Es geht hier auch überhaupt nicht um die Frage, wer
von uns beiden sich durchsetzt. Ich habe es wirklich red-
lich versucht, aber ich kann nun mal nicht aufhören, so
zu sein, wie ich bin. Und wie hässlich das ist, brauchst du
mir gar nicht erst zu sagen, das weiß ich selbst. Ich kann
bloß hoffen, dass du es schaffst, das zu akzeptieren und
damit zu leben."

Bei seinen Worten wurde Selina das Herz ein wenig schwer.

„Ich würde gar nicht wollen, dass du anders bist. Du bist ein wunderbarer Mensch, Dante."

Er lächelte schief.

„Wenn ich nicht gerade jemanden zerstückle."

„Ja, das mal ausgenommen. Aber wenn du es wirklich bloß noch tust, um deine Familie zu schützen, kann ich mich wohl selbst damit arrangieren. Denn ich sehe ja, wie sehr wir dir alle am Herzen liegen. Auch wenn du es manchmal auf seltsame Art zeigst."

„Du meinst das mit Maria heute Morgen."

„Ich muss mich wirklich bei dir dafür entschuldigen, dass ich deine Motive in Zweifel gezogen habe.

Aber ich muss dir schon auch sagen, dass du ruhig etwas einfühlsamer mit Maria sein könntest. Fällt dir das denn gar nicht auf, dass die Ärmste jedes Mal wie Espenlaub zittert, sobald du den Raum betrittst?"

„Das liegt aber nicht an mir", hielt Dante fest.

„Ach nein? Woran denn dann?"

Er verzog unwirsch das Gesicht.

„Maria ist zwölf Jahre jünger als ich. Sie ist eine entfernte Cousine von mir. Ihre Familie hat nie etwas mit dem illegalen Kerngeschäft zu tun gehabt. Aber sie sind ausgesprochen loyal – und sehr konservativ. Ich weiß es nicht mit Sicherheit, aber nachdem sie bereits bei ihrer ersten Begegnung mit mir mit den Nerven völlig am Ende gewesen ist, nehme ich mal stark an, dass sie als Kind auch mit der beliebten Gruselgeschichte vom Vollstrecker erzogen worden ist, der kommt und ohne Gnade jeden richtet, der sich daneben benimmt."

Selina war schockiert.

„Das erzählt ihr euren Kindern? Immer noch?"

„Scheinbar ja, denn Marco hat mich gefragt, ob ich derjenige bin, der die bösen Leute holt."

„Das tut mir leid", meinte Selina mitfühlend.

Er hatte ihr schon damals in seiner Berghütte versichert, dass er niemals einem Kind etwas zuleide tun würde. Und das glaubte sie ihm aufs Wort.

„Das bringt der Job nun mal mit sich“, meinte Dante desillusioniert, während er die Fahrt wiederaufnahm. „Ich denke mir, es ist besser, sie fürchten mich, als sie tun später etwas Dummes, weswegen ich sie dann tatsächlich aufsuchen muss.“

„So wie Marias Mann?“, fragte Selina ein klein wenig besorgt, aber Dante schüttelte den Kopf.

„Nein. Solche Kleinigkeiten gehören entgegen dem, was so erzählt wird, nicht zu meinen Pflichten. Wir fahren hin, weil Maria Familie ist und gerade dringend Hilfe braucht. Auch wenn sie es nicht zugeben würde. Also entspann dich, der gute Marco wird unseren Besuch unbeschadet überstehen.“

„Er heißt auch Marco?“, wunderte Selina sich stirnrunzelnd. „Warum bloß nennen Leute ihre Kinder so, wie sie selbst heißen? Ist das nicht verwirrend?“

„Keine Ahnung. Soll ich ihn dazu auch befragen?“

„Lieber nicht. Konzentrieren wir uns besser auf das Wesentliche.“

Dante klopfte energisch an die Tür einer Wohnung im dritten Stock eines Mehrparteienhauses.

„Was, wenn er noch immer verkatert im Bett liegt?“, wollte Selina wissen.

„Ich habe mir von Maria den Schlüssel geben lassen.“

Damit war auch sichergestellt, dass Maria nicht auf die Idee kam, eigenmächtig heimzufahren, ehe er sein Okay dazu gegeben hatte.

Er klopfte noch einmal.

„Ich komm ja schon!“, war die unwirsche Antwort von drinnen, kurz darauf wurde die Tür geöffnet.

„*Dante? Was führt dich denn her?*“, fragte Marco mit sicherlich echter Überraschung, aber nur vorgeblicher Ahnungslosigkeit.

„Willst du uns nicht hineinbitten? Oder ist es dir etwa lieber, wir klären das am Gang vor den Nachbarn.“

„*Nein, bitte, kommt rein.*“

„Und sprich Englisch", meinte Dante im Vorbeigehen, „Meine Frau hat's nicht so mit dem Italienischen."

„Sicher", bestätigte Marco sofort und führte sie ins Wohnzimmer. „Also, was kann ich für dich tun?"

Missbilligend sah Dante ihn an. Der Taugenichts sah aus, als wäre er tatsächlich gerade eben erst aus dem Bett gekrochen, dabei war es schon nach zwei am Nachmittag. Und er hatte immer noch eine Alkoholfahne.

„Nein. Nicht für mich. Du wirst etwas für Maria tun. Und zwar wirst du aufhören, dich wie der letzte Arsch zu benehmen."

Marco hob beschwichtigend die Hände.

„Ich habe keine Ahnung, was Maria dir erzählt hat, aber ..."

„Du solltest deine Frau wohl gut genug kennen, um zu wissen, dass sie natürlich nichts erzählt hat", fuhr Dante ihm harsch dazwischen. „Und wage ja nicht, es abzustreiten. Wir haben gesehen, wie du deine Frau zugerichtet hast."

Nun schluckte Marco sichtlich.

„Das ... also ... ich war gestern ziemlich betrunken ... ich kann mich ehrlich gesagt gar nicht mehr so genau erinnern ..., wenn ich mich daneben benommen habe tut mir das furchtbar leid ..."

„Lass das Gestammel und versuch hier nicht, es so hinzustellen, als wäre dir bloß ein kleines, bedauerliches Missgeschick passiert. Wir reden hier nicht davon, dass du ihr im Schlaf versehentlich den Ellbogen in den Bauch gehaut hast, sondern davon, dass du deine Frau grün und blau geschlagen hast! Deine Frau! Die du am Tag eurer Vermählung geschworen hast, zu lieben und zu ehren, bis dass der Tod euch scheidet.

Und wofür?

Bloß weil du ein jämmerlicher Versager bist, der seine Wut über das eigene Scheitern an jemandem auslässt, der sich in keinster Weise dagegen wehren kann. Und du weißt verdammt gut, dass Maria dich auch niemals verlassen würde. Denn im Gegensatz zu dir nimmt sie ihr Gelübde ernst.

Aber das wird sich ab heute ändern. In Zukunft wirst du deiner Frau den Respekt entgegenbringen, den sie verdient. Du wirst zusehen, dass du wieder eine anständige Arbeit findest. Und bis dahin wirst du deiner Frau gefälligst dankbar sein, dass sie dafür sorgt, dass ihr nicht auf der Straße landet.

Und wenn du es noch einmal wagst, die Hand gegen sie zu erheben, dann komme ich wieder lasse dich am eigenen Leib spüren, wie Scheiße es ist, von jemandem verprügelt zu werden, gegen den man nicht den Hauch einer Chance hat.“

„Es ist doch überhaupt nicht meine Absicht gewesen“, beteuerte Marco. „Wenn ich nicht betrunken gewesen wäre …“

„Komm mir nicht auf die Art! Du wolltest deinen Frust ablassen. Der Alkohol hat dich doch bloß davon abgehalten, deine Handlungen zu überdenken. Wenn du es nicht unter Kontrolle hast, wenn du besoffen bis, dann wirst du dich eben nicht mehr betrinken, ganz einfach. Ich werde das sicher nicht als Entschuldigung durchgehen lassen. Es tut Maria nicht weniger weh, wenn du sie im Vollrausch verprügelst.

Und die oberflächliche Beteuerung, dass es dir doch eh leid tut, kannst du dir sonst wo hinschieben. Das ist wertlos.

Vielleicht sollten wir dir mal eine kleine Lektion darin erteilen, deine Frau und deinen Sohn nicht für so selbstverständlich zu halten. Maria und der kleine Marco kommen erst mal eine Woche bei uns unter. Dann werde ich wieder bei dir vorbeischauen. Und wenn das hier dann wie ein gammliges Rattenloch ausschaut und du wie der letzte Penner, dann brauchst du gar nicht darauf hoffen, dass die beiden zu dir zurückkommen. Wenn du schon arbeitslos bist, kannst du dich wenigstens daheim nützlich machen. Ich will, dass hier alles tip-top ist, wenn ich wiederkomme.

Verstanden?“

„Ja. Klar.“

„Gut. Dann sehen wir uns in ein paar Tagen wieder.“

Gefolgt von Selina machte Dante sich auf, zu gehen. Aber als er nach der Türschnalle griff, wandte er sich nochmal an Marco.

„Eins noch. Dein Sohn hat deinen Exzess ebenfalls mitbekommen."

„Was? Aber der hat doch geschlafen."

„Na was glaubst du, wie lange er schläft, wenn du so randalierst? Du kannst von Glück reden, dass er im Bett geblieben ist. Denn er ist sehr besorgt gewesen um seine Mutter.

Sollte mir zu Ohren kommen, dass du dem Kleinen auch nur einen Klaps gegeben hast, dann mach ich dich fertig. Aber so richtig gründlich. Ich hoffe wir verstehen uns."

„S-Sicher", stammelte Marco.

34

Dante setzte Selina bloß schnell zu Hause ab, dann war er auch schon wieder unterwegs.

Eigentlich hatte Selina ja darauf gehofft, dass sie den restlichen Nachmittag zusammen verbringen würden. Zwar hatten sie sich vorhin im Auto ausgesprochen, doch von alles eitel Sonnenschein konnte noch immer keine Rede sein.

Vielleicht war es aber auch ganz gut, dass Dante ein wenig für sich war. Wahrscheinlich würde es ihm leichter fallen, wieder zum Normalzustand zurückzufinden, wenn sie nicht daneben stand und darauf wartete, dass seine schlechte Laune endlich verging.

Und was würde sie in der Zwischenzeit tun?

Fünf Minuten später war Selina umgezogen und auf dem Weg ins hauseigene Fitnessstudio. Nach dem Trubel von letzter Nacht war es wohl besser, wenn sie vorerst nicht draußen herumlief. Außerdem war es jetzt am Nachmittag sowieso zu heiß, um Freiluftsport zu betreiben. Da war ein klimatisierter Innenraum definitiv die bessere Wahl.

„Sieht so aus, als wärst du fleißig gewesen, während ich weg war."

Selina sprang vom Laufband und schaltete sowohl Band als auch Fernseher aus.

„Ich wollte gerade Schluss machen. Ich bin eh schon hier, seit du mich abgesetzt hast."

Dankbar nahm sie die Trinkflasche mit dem isotonischen Getränk entgegen, die Dante ihr reichte.

Ah, tat das gut. Und schön kühl war es auch.

Sie leerte die ganze Flasche in einem Zug und gab sie Dante zurück, dann griff sie nach ihrem Handtuch und wischte sich den Schweiß von Gesicht und Nacken.

„Wie sieht es bei dir aus? Machen wir etwas zusammen, oder musst du nochmal weg?"

„Ja."

„Oh, wir gehen zusammen? Wohin? Ist es Arbeit oder führst du mich etwa aus?", freute Selina sich.

Aber irgendwie ...

„Alles in Ordnung?", erkundigte sich Dante.

„Ich weiß nicht, mir ist auf einmal so schwindlig. Vielleicht hätte ich das kalte Getränk nicht gar so schnell hinunterstürzen sollen", mutmaßte Selina, denn dass sie es beim Training übertrieben hatte, konnte sie sich eigentlich nicht vorstellen. Die heutige Einheit hatte ihrem üblichen Pensum entsprochen. „Oder aber, ich brüte gerade was aus."

Auf einmal wurden ihr die Knie weich. Sie bekam gerade noch mit, dass Dante ihren Sturz zu Boden erfolgreich verhindern konnte, dann war Sense.

⸺⊸

Selina fühlte sich recht benommen, als sie wieder zu sich kam. Ihr Kopf dröhnte irgendwie, doch als sie ihre Hand darauf legen wollte, musste sie feststellen, dass es nicht ging.

Verflucht, warum zum Teufel war sie gefesselt und ihre Augen verbunden?!

Auf was für einem Trip war Dante jetzt schon wieder? Immerhin war sie gerade eben bewusstlos zusammengeklappt.

Da wurde die Augenbinde entfernt.

Oder aber auch nicht ...

Das war eindeutig nicht der Trainingsraum, in dem sie kollabiert war. Das war nicht mal in ihrem Haus!

Was nur den Schluss zuließ, dass sie wohl etwas länger weggetreten gewesen sein musste. Und das wiederum bedeutete, dass sie nicht einfach so ohnmächtig geworden war.

Eine äußerst beunruhigende Erkenntnis, denn Dante wusste genau, dass die Einnahme von Drogen eine rote Linie für sie darstellte, und die würde er auch nicht einfach so zum Spaß überschreiten. Das hier war also nicht bloß eines seiner üblichen Spielchen, die er in ihrem Einvernehmen mit ihr trieb.

Rechnete man außerdem noch dazu, dass sie bäuchlings in einer alten, leeren Badewanne lag, mit Armen und Beinen zu einem Hog-Tie am Rücken zusammengebunden und einer Kette um den Hals, die irgendwie am Boden der Wanne fixiert war, dann war das ein begründeter Anlass, sich Sorgen zu machen.

„Verflucht, Dante, was soll das?!“, beschwerte Selina sich lautstark.

Sie konnte ihn zwar nicht sehen, aber sie hatte nicht den geringsten Zweifel, dass er es war, der ihr gerade eben die Augenbinde abgenommen hatte.

„Die Frage wollte ich dir auch stellen.“

„Wenn du mich etwas fragen willst, dann frag einfach! Dazu musst du nicht erst so etwas veranstalten. Und überhaupt, was soll das hier eigentlich werden?“

„Weißt du, was eine Hexenprüfung ist?“

Selina schwante Übles.

„Wenn im Mittelalter eine Frau der Hexerei bezichtigt worden ist, war eine übliche Methode, um über Schuld oder Unschuld zu entscheiden, sie ins Wasser zu werfen“, erklärte Dante, nachdem Selina sich nicht geäußert hatte. „Wenn sie aufschwimmt, ist sie eine Hexe, die auf dem Scheiterhaufen verbrannt wird. Bleibt sie unter Wasser, dann ist sie unschuldig und wird begnadigt.“

„Toll, nur ist sie dann leider trotzdem tot.“

„Aber ihre Seele kann dann in den Himmel aufsteigen.“

„An diesen Unsinn glaube ich nicht. Und du nebenbei bemerkt in Wahrheit auch nicht. Und darüber, dass es sowieso keine Hexen gibt, brauchen wir uns hoffentlich gar nicht erst unterhalten."

„Nein. Aber was es sehr wohl gibt, sind Verräter. Ich denke, das Konzept lässt sich eins zu eins darauf übertragen."

„Was? Spinnst du? Ich habe keinen blassen Schimmer, wovon du da eigentlich redest!"

Die einzige Antwort darauf war das zischende Geräusch von laufendem Wasser, das sich im Nu am Boden der Badewanne ausbreitete.

„Dante! Nein! Was tust du da? Du hast mir nicht mal gesagt, was du mir überhaupt vorwirfst! Was auch immer es ist, ich bin sicher, ich kann es erklären!"

„Ja, das kannst du gewiss. Das ist schließlich deine große Stärke. Und wenn dir nicht wieder so ein blöder Schnitzer unterläuft wie letztes Mal, wovon ich nicht ausgehe, dann wäre ich nach deiner Erklärung auch nicht schlauer als vorher.

Nein, diesmal werde ich auf Nummer sicher gehen."

Auf einmal senkte sich eine digitale Sportuhr vor ihre Augen. Die Anzeige stand auf 0:00:00.

„Wenn du schon nicht an den Himmel glaubst, dann ist es dir vielleicht wenigstens ein kleiner Trost, falls du es schaffst, deinen bisherigen Rekord zu brechen. Wobei ich die Chance für äußerst gering halte. Immerhin sind das gerade nicht die besten Bedingungen."

Während Dante geredet hatte, war das Wasser bereits bedrohlich hoch gestiegen, denn mit der Kette konnte sie den Kopf kaum heben.

„Dante! Bitte! Tu das nicht!", flehte Selina in einem allerletzten Versuch, ehe sie tief Luft holte und ihr Gesicht vom Wasser umschlossen wurde.

Die Uhr glitt sanft zu Boden, während ihre Ziffern sich rasend schnell bewegten.

Dreiundzwanzig Sekunden lang dröhnte noch das Rauschen des in die Wanne schießenden Wassers in ihren Ohren. Dann wurde es ruhig und sie hörte dumpf, wie

Dante sich mit schweren Schritten entfernte, bis es schließlich völlig still war.

Nur. Keine. Panik.

Das Vordringlichste war, ihren Puls unter Kontrolle zu behalten. Denn wenn der anstieg, wären ihre Luftreserven in null Komma nichts aufgebraucht.

Und es gab auch keinen Grund, nervös zu werden. Sie konnte und wollte nicht glauben, dass Dante sie einfach so abservieren würde. Sie war doch nicht irgendjemand, sie war seine Frau und er liebte sie, daran hegte sie keinen Zweifel. Es müsste schon wirklich erdrückende, hieb- und stichfeste Beweise gegen sie geben, damit Dante so etwas auch nur in Erwägung ziehen könnte.

Aber ihr Gewissen war rein. Es konnte nichts in der Art gegen sie geben.

Wahrscheinlich war das hier genau das, als was Dante es bezeichnet hatte: eine Prüfung. Wäre ja schließlich nicht das erste Mal, dass er sie in eine scheinbar aussichtslose Lage brachte, nur um herauszufinden, wie sie reagieren würde.

Dass sie gehört hatte, wie er gegangen war, bedeutete gar nichts. Er hatte sie bestimmt nicht allein gelassen. Viel wahrscheinlicher war, dass er genau in diesem Moment direkt hinter ihr stand und bloß darauf wartete, ob sie in Panik ausbrechen würde.

In ihrem Geist beschwor Selina das Bild herauf, wie Dante neben der Wanne stand und über sie wachte. So wie er es auch zuverlässig getan hatte, als sie gemeinsam trainiert hatten, ihre Fähigkeit die Luft anzuhalten deutlich über die durchschnittlichen Grenzen hinaus zu erweitern.

Der feste Glaube daran, dass er da war, würde ihr die Kraft geben, das zu vollbringen, was er in Zweifel gezogen hatte: ihren eigenen Rekord zu brechen. Ja, es würde schwierig werden, aber wenn sie es einmal geschafft hatte, konnte sie es auch wieder schaffen.

Zwei Minuten.

Zwei Minuten dreißig.

Normalerweise war nach drei Minuten Schluss, weil das Gehirn nicht länger mit den Sauerstoffreserven aus dem Blut versorgt werden konnte. Aber beim Apnoetauchen konnte man diese Grenze verschieben.

Drei Minuten.

Ihre persönliche Bestzeit lag bei drei Minuten und achtzehn Sekunden. Sie war heute offenbar gut in Form, denn ihre Reserven war noch nicht akut am Ende. Sie würde es schaffen.

... siebzehn, achtzehn ... geschafft!

Aber es geschah nichts.

Vielleicht, weil er sehen wolle, wie weit sie kam?

Drei Minuten vierzig.

Selina begann, sich in ihren Fesseln zu winden. Schön langsam wurde es aber wirklich höchste Zeit, dass Dante sie wieder rausholte!

Noch immer nichts.

Allmählich geriet Selinas Glauben ins Wanken. Sie hatte ihren Rekord um Längen geschlagen und sie zeigte deutlich an, dass ihr die Luft ausging. Worauf könnte er da noch warten wollen?

Als die Anzeige der Stoppuhr vier Minuten überschritt, war Selina nahe dran, ihre Hoffnungen zu begraben. Sie hatte keine Ahnung, wie sie es geschafft hatte, so lange durchzuhalten, es war ein kleines Wunder und definitiv nichts, was Dante voraussetzen hätte können.

Was, wenn er sie wirklich allein gelassen hatte?

Die Antwort war einfach, dann würde sie innerhalb der nächsten paar Sekunden bewusstlos werden, reflexartig zu atmen beginnen und ihre Lungen dabei mit Wasser füllen. Immerhin würde sie den letzten Teil dann nicht mehr mitbekommen.

Zumindest, wenn sie es schaffte, bis zur Bewusstlosigkeit durchzuhalten. Denn der Drang nach Luft zu schnappen steigerte sich gerade rapide ins Unermessliche. Aber Angesichts der Heftigkeit, mit der ihr Körper inzwischen gegen die Fesseln ankämpfte, konnte es nicht mehr lange dauern, bis die erlösende Finsternis sie umfangen würde.

Dante ... lass mich jetzt nicht hängen ...

Das Schicksal war nicht so gnädig mit ihr, wie Selina gehofft hatte, denn sie bekam noch mit, wie sich ihr

Mund öffnete und statt erlösender Luft ein Schwall tödli-
ches Wasser in ihre Lunge eindrang.

35

Dante stand reglos neben der Badewanne und beobachtete Selina aufmerksam. Sie war wirklich bis zuletzt bemerkenswert ruhig geblieben. Selbst als es begonnen hatte, eng zu werden, war sie nicht in Panik ausgebrochen, sondern hatte lediglich im üblichen Maß angezeigt, dass es höchste Zeit war, dass er sie wieder auftauchen ließ. Darüber, dass sie nun im Todeskampf zu randalieren begann, konnte er hinwegsehen, denn das entzog sich ihrer Kontrolle.

Und dann war es auf einmal vorbei, als Selinas Körper erschlaffte.

In Windeseile fuhr Dante mit beiden Händen ins Wasser und riss den Panikverschluss auf, der die Kette in ihrem Nacken zusammenhielt, damit er Selina aus dem Wasser ziehen konnte. Neben der Badewanne stand ein etwas mehr als hüfthoher Turm aus Paletten bereit, auf dem legte er sie ab. Ein schneller Schnitt mit seinem Dolch durchtrennte den Kabelbinder, der ihre Arme und Beine zusammenhielt, damit er sie auf den Rücken legen konnte.

Die Kontrolle von Puls und Atmung schenkte Dante sich, stattdessen begann er sofort mit Mund-zu-Mund-Beatmung.

Nachdem er sie dreimal beatmet hatte, begann Selina auch schon zu husten. Er drehte sie in die Seitenlage, damit sie das Wasser besser loswerden konnte. Sowie das Husten nachließ, zog er ihr eine Sauerstoffmaske über.

Ein paar Atemzüge später öffnete sie blinzelnd die Augen. Sie brauchte einen Moment, um sich zu orientieren, ehe sie sein Gesicht fand. Ihr Ellenbogen bewegte sich, aber sie konnte den Arm nicht nach vorne nehmen, weil er immer noch hinter ihrem Rücken gefesselt war.

„Warum?", flüsterte sie atemlos mit belegter Stimme. „Ich habe gedacht, es wäre aus mit mir."

„Tatsächlich? Dafür warst du aber sehr gefasst."

„Weil ich überzeugt gewesen bin, dass du nicht wirklich gegangen bist. Ich habe dir vertraut."

Ihr Blick spiegelte deutlich wider, wie fassungslos und verletzt sie war.

„Ja. Es sieht in der Tat danach aus."

„Was bringt dich dazu, überhaupt daran zu zweifeln?"

„Es heißt, du hättest Geheimnisse vor mir. Ist das wahr?"

Selina wirkte schockiert, aber wer konnte schon sagen, ob das daher rührte, dass es abstrus war, oder daher, dass sie sich ertappt fühlte.

„Nein, natürlich nicht!"

„Natürlich nicht. Was hättest du auch anderes darauf antworten sollen?"

Er brachte sein Gesicht dicht vor ihres und sah sie eindringlich an.

„Wenn es irgendetwas gibt, das du mir bisher verheimlicht hast, dann wäre jetzt der Zeitpunkt dafür, es mir zu erzählen. Das ist ein einmaliges Angebot. Was auch immer es ist, wenn du es mir jetzt freiwillig offenbarst, dann verspreche ich dir, gnädig mit dir zu sein."

„Ein Glück, dass ich mir nicht ausmalen muss, was du darunter wohl so verstehst, denn es gibt nichts, was ich zu beichten hätte."

„Es bedeutet unmittelbar, dass du das von gerade eben nicht nochmal erleben wirst müssen. Ich werde dir jetzt nämlich ein paar Fragen stellen. Und sollte ich auch nur den kleinsten Hauch einer Lüge feststellen, dann schmeiß ich dich sofort wieder in die Badewanne und wir wiederholen das lustige Spielchen einfach. Ich lass dich ertrinken, belebe dich wieder, und wir fangen von vorne an. Wieder und wieder und wieder."

Die Erinnerung daran noch lebhaft vor Augen, erschauderte Selina bei seinen Worten.

Dante drehte den Hahn an der Sauerstoffflasche wieder zu und nahm Selina die Maske ab. Die brauchte sie nicht länger, und er wollte ihr Gesicht ungehindert sehen können.

„Also? Möchtest du mir noch etwas sagen, bevor wir anfangen?"

„Es gibt wohl so einiges in meinem Leben, das du noch nicht weißt. Aber ich nehme mal nicht an, dass du jetzt meine kompletten Memoiren hören möchtest.

Du willst, dass ich meine Sünden beichte? Die kennst du schon: Ich liebe dich. So unpassend und unerhört es auch ist.

Vergiss das bitte nicht, denn es ist die reine Wahrheit."

Wie gerne würde er ihr das glauben. Und momentan sah es sogar danach aus, als könnte er das ruhig.

Aber es war noch viel zu früh, um das zu entscheiden.

„Du hast vorhin gefragt, warum das alles. Nun, unser ungebetener Gast hat ein paar äußerst interessante Dinge zu erzählen gehabt. Zum Beispiel, dass du diejenige gewesen sein sollst, die ausgeplaudert hat, wo wir zu finden sind und welche Sicherheitsvorkehrungen wir haben."

„Wie bitte?! Wer denkt sich denn so etwas aus? Du hast mir doch heute Nachmittag erzählt, dass er ein von Garcia angeheuerter Killer gewesen ist, der uns beide umlegen sollte. Damit hätte ich mich doch selber zur Zielscheibe gemacht!"

Als Antwort zog Dante das Mobiltelefon hervor, das sie dem verhinderten Attentäter abgenommen hatten, und startete die Wiedergabe. Selinas Stimme schallte blechern aus dem Lautsprecher des Geräts.

„Was? Das ist nicht von mir!", protestierte Selina bereits nach den ersten beiden Sätzen.

„Klingt aber sehr nach dir."

„Aber ich habe das nicht von mir gegeben!"

„Wie erklärst du mir das dann?"

„Keine Ahnung! Da wird wohl jemand in die technische Trickkiste gegriffen haben. Inzwischen muss man das ja nicht einmal mehr aufwändig zusammenschneiden, da reicht eine Stimmprobe und der Computer erzählt dir alles, was du ihm vorgibst."

„Der Gedanke ist mir freilich auch schon gekommen. Aber leider ist Pino nicht in der Lage gewesen, die Aufnahme zweifelsfrei als Fälschung zu identifizieren. Sollte es eine sein, dann ist sie jedenfalls äußerst gut gemacht.

Aber schön, sagen wir, es stammt nicht von dir. Von wem dann? Du verfügst über das notwendige Wissen."

„Damit bin ich aber nicht alleine."

„Unser Möchtegern-Killer hat auch preisgegeben, dass die Aufzeichnung laut Miguel vom FBI stammt. Da wird der Kreis der möglichen Verdächtigen schon drastisch kleiner. Und das FBI gehört auch zu denen, die in der Lage wären, eine so gute gefälschte Aufnahme herzustellen."

„Und wer sagt, dass das stimmt, bloß weil Garcia das einem Handlanger aufgetischt hat? Außerdem, wenn ich immer noch fürs FBI arbeiten würde, dann hätten sie die Aufnahme ja gar nicht erst fingieren müssen."

„Es würde aber Sinn machen. Wenn sich ein gut versteckter Beweis dafür finden lässt, dass es computergeneriert ist, kannst du mit Engelsmiene behaupten, du hättest damit nichts zu tun."

„Wäre es dann nicht wiederum dumm, den Beweis so gut zu verstecken, dass Pino ihn nicht finden kann?"

„Wenn Miguel die Aufnahme für echt halten sollte, darf es nicht zu offensichtlich sein, sonst hätte er es womöglich auch herausgefunden.

Und wo wir schon dabei sind, der Kreis derer, die realistisch gesehen mit Miguel geredet haben könnten, ist auch nicht gerade groß."

„Was ist mit Massimo? Oder Stefano? Vor allem dein Onkel scheint mir eine Menge Gründe zu haben, dich loswerden zu wollen. Er hätte bestimmt die Möglichkeit, so etwas herstellen zu lassen. Und eine Stimmprobe von mir hätte er sich durchaus auch beschaffen können."

Das konnte Dante nicht abstreiten. Nur …

„Stefano mag ja so ziemlich das Letzte sein, aber sich gegen die eigene Familie zu wenden, wäre sogar für ihn ein starkes Stück.“

Selina sah ihn mit Wehmut an.

„Ich hätte auch nie gedacht, dass Ted im Stande wäre, alles zu verraten, woran er mal geglaubt hat, und sich sogar gegen mich zu wenden. Aber er hat es getan. Und mit Verlaub, Ted war trotz allem immer noch ein wesentlich besserer Mensch als dein Onkel.“

Auch in diesem Punkt musste er Selina Recht geben. Und es gab noch etwas, das ihre These unterstützte. Die Infos von der Aufnahme waren unvollständig. Weshalb der Meuchelmörder auch nicht besonders weit gekommen war. Selina verfügte über die fehlende Information, sein Onkel jedoch nicht. Sein Wissensstand entsprach wohl so ziemlich dem, was hier preisgegeben worden war. Wobei das natürlich ebenfalls berechnendes Kalkül sein könnte.

Nachdenklich nahm Dante seinen Dolch zur Hand und ließ ihn in seiner Hand tanzen, während er Selina neuerlich eindringlich musterte.

„Es gibt da noch etwas, das mich beschäftigt hat.“

„Und zwar?“

Ihr Tonfall wirkte mehr genervt als beunruhigt.

„Ob du nicht vielleicht absichtlich danebengeschossen hast.“

Selina stöhnte unwirsch.

„Nein, habe ich nicht! Aber ich kann es leider nicht beweisen.

Du hast es doch selber gesagt: Auf einen Menschen zu schießen ist eben etwas anderes. Ich habe wohl insgeheim Hemmungen gehabt. Außerdem ist der Wind gegangen. Das hat das Zielen nicht gerade einfacher gemacht.“

Nichts. Kein Anzeichen davon, dass sie ihm etwas vormachte.

„Und warum wolltest du so unbedingt bei der Befragung dabei sein? Wolltest du sichergehen, dass er nicht genau das ausplaudert, was er mir erzählt hat?“

„Als ob er sich von mir einschüchtern hätte lassen, wenn du derjenige bist, der das Messer in der Hand hat", meinte Selina abfällig.

„Wenn es nach dir gegangen wäre, hätte ich meine Messer auch schön in der Lade lassen sollen."

„Himmel, ist das jetzt dein Ernst?! Du verdächtigst mich, weil ich nicht wollte, dass du jemanden filetierst? Und nein, ich tue nicht schon seit Monaten bloß so, als würde mich das stören, nur damit es jetzt nicht auffällt!"

Sein Dolch rotierte weiterhin in seiner Hand, aber Selina schien davon gar keine Notiz zu nehmen. Jedenfalls wirkte sie nicht im Geringsten beunruhigt davon. Ihren Frust darüber, dass er sich so zierte, das zu glauben, was sie für wahr hielt, war alles, was er wahrnehmen konnte.

Und nun?

Er hatte auf der einen Seite eine Aufnahme von zweifelhaftem Ursprung und die Aussage eines Mannes, der sie beide hatte töten wollen. Auf der anderen Seite war da seine Frau, die äußerst glaubhaft beteuerte, nichts damit zu tun zu haben.

Sein Kalkül, als er sie in dieser Badewanne versenkt hatte, war gewesen, dass sie im Fall, dass sie schuldig war, wohl kaum so unerschütterlich daran geglaubt hätte, dass er bloß bluffte. Von ihren Trainingseinheiten wusste er, dass Selinas Ausdauer beim Tauchen stark von ihrer Verfassung abhing. Zwar war sie auch unter Stress noch immer weit überdurchschnittlich, aber der Unterschied zu ihren Spitzenleistungen unter besten Bedingungen war signifikant.

Das heute war jedoch ihre Bestzeit gewesen.

Auch wenn er ein wenig geschummelt hatte, um den Druck auf Selina zu erhöhen. Einerseits hatte er ihr zuvor auch schon Sauerstoff verabreicht, um ihr eine bestmögliche Ausgangssituation zu verschaffen. Und vor allem brauchte die Uhr, die er ihr gegeben hatte, für eine Minute bloß fünfzig Sekunden. Vier Minuten sahen eben wesentlich dramatischer aus, als drei Minuten zwanzig.

Sie hatte ihren Rekord damit aber trotzdem geschlagen. Womit sie seinen Test ganz klar bestanden hatte.

Und auch sonst wäre ihm absolut nichts aufgefallen, womit sie sich verdächtig gemacht hatte.

Dante stoppte den Dolch in seiner Hand.

Selina war fantastisch im Tarnen und Täuschen, aber dass sie so gut war, ihn selbst unter diesen Bedingungen erfolgreich hinters Licht zu führen, war doch eher unwahrscheinlich. Und auch sonst sprach weitaus mehr für als gegen sie.

Er führte den Dolch hinter ihren Rücken und durchtrennte den Kabelbinder, der ihre Handgelenke zusammenhielt. Mit dem um ihre Knöchel verfuhr er ebenso.

Den Blick fest auf ihn gerichtet, brachte Selina ihre Arme nach vorne. Ihre Bewegungen waren bedächtig, abwartend. Als würde sie dem Frieden noch nicht wirklich trauen.

Langsam, um sie nicht zu erschrecken, nahm er ihre Hände in sein.

„Es tut mir leid, dass ich das getan habe. Aber ich hoffe, du begreifst, warum ich es für notwendig erachtet habe.“

Bei seiner Entschuldigung wich sie seinem Blick aus, doch immerhin nickte sie verhalten.

„Ich verstehe schon, was dich dazu bewogen hat.“

Es wirkte, als würde sie mit etwas ringen, aber dann sah sie ihn plötzlich ganz direkt an.

„Das tue ich wirklich. Aber du musst auch etwas verstehen:

TU. DAS. NIE. WIEDER.“

Dante musste feststellen, dass es ihm erstaunlich schwer fiel, diesem Blick standzuhalten, der einerseits ihre Stärke bezeugte und gleichzeitig aber auch ihre Verletzlichkeit überdeutlich offenbarte. Er empfand sonst nie Reue gegenüber denen, die er in die Mangel nahm. Der einzige, der das bisher bei ihm auszulösen vermocht hatte, war Massimo gewesen. Und selbst bei ihm bloß dann, wenn er es mal wirklich weit übertrieben hatte.

Äußerst bedächtig, um sie nicht zu bedrängen, schickte er sich an, Selina auf seine Arme zu heben.

Im ersten Moment zögerte sie, aber dann legte sie ihre Arme doch um seinen Nacken.

Vermutlich fester als er sollte, drückte er sie an sich, um das flaue Gefühl zu verscheuchen, dass ihn gerade überkam.

Erst Stunden zuvor hatte er Marco einen Vortrag darüber gehalten, dass es keine Rechtfertigung dafür gab, dass er seiner Frau gegenüber gewalttätig geworden war. Und dann zog er los und tat selber etwas, das zutiefst verwerflich war.

Ob es die Sache besser oder schlechter machte, dass er nicht unbeherrscht, sondern aus eiskaltem Kalkül gehandelt hatte, vermochte Dante dabei nicht für sich zu entscheiden. Und er war sich auch nicht sicher, ob die Begründung, dass er es zum Wohl seiner Familie getan hatte, seine Taten wirklich rechtfertigte.

Allerdings wusste er ebenso wenig, was er sonst hätte tun sollen – einen anderen Weg, solche Probleme zu lösen, hatte er nie gelernt.

Eines aber wusste er mit Sicherheit:

„Ich liebe dich", flüsterte er Selina zu, mehr als dankbar, sie so in seinen Armen halten zu können. „Ich hoffe, du glaubst mir das. Auch wenn meine Verpflichtungen mich zeitweise dazu nötigen, darauf keine Rücksicht zu nehmen."

„Glaubst du mir, dass ich dich liebe?", spielte Selina die Frage an ihn zurück.

„Natürlich tue ich das", versicherte Dante ihr ohne zu zögern.

„Das ist aber ein Faktum, das du nicht ausklammern darfst, wenn du wirklich objektiv sein und zu einem vollständigen Gesamtbild kommen willst. Dass Garcia ziemlich sicher auf Rache aus ist, würdest du doch auch nicht als irrelevant zurückweisen, bloß weil es emotional begründet ist."

Tja, was sollte er darauf sagen? Das war durchaus ein stichhaltiges Argument.

„Es fällt mir aufgrund der Erfahrungen, die ich gemacht habe, wohl schwer, den konstruktiven Auswirkungen von Gefühlen das gleiche Gewicht beizumessen wie den destruktiven. Was mir bisher ehrlich gesagt nicht so bewusst gewesen ist", räumte er ein. „Wärst du zufrieden damit, dass ich in diesem Punkt Besserung gelobe?"

Es war das Beste, was er ihr anbieten konnte. Denn das Versprechen, das sie sich wünschte, konnte er seriöser Weise nicht geben. Ihr nicht und auch sonst niemandem. Das brachte seine Aufgabe als Ordnungshüter in der Familie nun mal leider mit sich.

Und so, wie Selina ihn nun ansah, war ihr das offenbar ebenfalls klar.

„Ich liebe dich. Vergiss das nur einfach nicht."

„Das werde ich nicht. Versprochen."

36

SAMSTAG, 26. AUGUST 2017

Drei Tage nachdem Don Valerio sanft entschlafen war, fand die Beerdigung statt. Die Trauergemeinde war riesig, alle nahen und entfernten Verwandten waren gekommen, manche sogar extra aus Italien, um dem langjährigen Familienoberhaupt die letzte Ehre zu erweisen.

Dante war sich nicht sicher, ob sein Großvater vor seinem Ableben überhaupt noch mit Massimo gesprochen hatte. Jedenfalls ging sein Cousin ihm nach wie vor aus dem Weg. Was in der Menge der Menschen auch nicht besonders schwierig war.

Als die Beisetzung am Friedhof abgeschlossen war und die Leute sich zu Stefanos Villa aufmachten, wo der Leichenschmaus stattfinden würde, blieb Dante mit Selina noch am Grab zurück, bis sich schließlich alle anderen verzogen hatten und sie unter sich waren.

Die Schwere bemerkend, die auf seinem Herzen lag, legte Selina ihm mitfühlend die Hand auf die Schulter.

„Habt ihr vor meinem Auftauchen ein enges Verhältnis gehabt?"

„Nein. Eigentlich nicht. Ich habe ihn nie wirklich als meinen Opa begriffen. Er ist immer sehr unnahbar gewesen. Der große Boss, vor dem alle in Ehrfurcht erzittert sind."

Fragend, was es dann war, das ihn bedrückte, sah Selina ihn an.

„Ich muss dir etwas sagen", begann er, nachdem es sich nun nicht mehr länger aufschieben ließ. „Nachdem schon die ganze Familie versammelt ist, werden sie heute Abend bei Stefano auch gleich verkünden, wer Don Valerios Nachfolger wird."

„Wow, Testamentsverlesung gleich auf der Beerdigung. Hier wird nicht darum herumgeredet, worauf es wirklich ankommt."

Dante zuckte mit den Schultern. Er hatte das große Tamtam um die Toten sowieso nie verstanden. Warum zu sterben solch eine Leistung war, dass selbst der widerlichste Abschaum sich damit einen Respekt verdienen konnte, den er zu Lebzeiten nie erlangt hätte?

„Wir sind eben keine Aktionärsversammlung, die über die Bestellung des neuen Vorstandes per Rundschreiben informiert. Es wird erwartet, dass alle dem neuen Don persönlich ihre Treue schwören."

„Klingt nach ziemlich vielen Händen, die da ausgiebig geschüttelt werden müssen."

„Ja, das dauert sicher eine Weile."

„Du weißt schon, wer es wird, nicht wahr? Deshalb die Trauermiene. Wird Stefano der neue Don?"

„Nein", seufzte Dante und zog den Ring von Don Valerio aus seiner Tasche.

Selinas Augen weiteten sich, sie wirkte einigermaßen fassungslos.

„Du wirst es?"

„Ich weiß, das ist nicht das, was ich dir versprochen habe ..."

Empört trat Selina einen Schritt zurück und fuhr ihn an:

„Nicht das, was du mir versprochen hast? Soll das ein Witz sein? So einen Spruch kannst du bringen, wenn du für den Urlaub ein Fünf-Sterne-Hotel versprichst und dann in einer versifften Zwei-Sterne-Bruchbude landest. Aber nicht, wenn du im Alleingang eine Entscheidung triffst, die unser ganzes Leben verändert! Du wolltest aussteigen! Das alles hinter dir lassen! Ein Leben führen, bei dem ich nicht fünf Mal am Tag Gründe dafür finden würde, warum du eigentlich die nächsten zehn Jahre oder noch länger hinter Gittern verbringen solltest!

Und jetzt willst du stattdessen der Anführer dieser Organisation werden?!"

Dante schüttelte betrübt den Kopf. Er hatte mit einer Reaktion wie dieser gerechnet.

„Glaub mir, ich habe mir das nicht ausgesucht."

„Natürlich nicht", ätzte Selina bloß sarkastisch. „Wie lang weißt du es schon?"

„Es war der Auslöser dafür, deinem Wunsch nachzugeben, dass wir bei Garcia einbrechen."

„So lange schon? Und das sagst du mir erst jetzt?!"

„Weil ich den Job gar nicht haben wollte! Aber was soll ich machen? Massimo kann es nicht, und Stefano scheint sich gerade als Verräter zu entpuppen!"

Er hatte diese Woche eingehend damit verbracht zu ermitteln, ob Stefano etwas mit dem Auftragskiller zu tun haben könnte. Und die Beweislast gegen seinen Onkel wurde zunehmend erdrückender.

„Es gibt sonst niemanden, der es machen kann! Du magst hier bloß ein Verbrechersyndikat sehen, aber ich sehe hier viele Leute, die mir am Herzen liegen, die ich nicht einfach im Stich lassen kann. Und es sind bei weitem nicht alle von ihnen kriminell."

Selina rieb sich mit der Hand über die Nasenwurzel und fluchte leise.

„Ja, das stimmt, du sorgst dich um deine Leute", räumte sie ein. „Ich muss gestehen, dass dein Engagement für Maria mich überrascht und beeindruckt hat. Das hätte ich dir offen gesagt gar nicht zugetraut."

„Ein Sadist als Rächer der Unterdrückten", witzelte Dante.

Einerseits wunderte es ihn nicht, dass Selina überrascht war, andererseits tat es aber irgendwie auch weh. Er hätte gehofft, dass sie ihn inzwischen besser kennen würde.

Aber dann legte sie ihm plötzlich die Hände an die Wangen, als würde sie seinen Schmerz spüren, obwohl er sich bemüht hatte, ihn nicht durchsickern zu lassen.

„Ich weiß, dass du mehr als das bist, Dante. Du hast das Herz am rechten Fleck.“

„Da wäre ich mir mal nicht so sicher“, erwiderte er düster.

„Ich schon. Du bist ein guter Mensch, Dante. Du tust bloß alles dafür, dass es keiner bemerkt. Das wird mir inzwischen immer mehr klar.“

Aber Dante schüttelte abweisend den Kopf.

„Gute Menschen schauen nicht ungerührt zu, wie ihre Liebsten mit dem Ertrinken kämpfen.“

Das war noch nicht mal eine Woche her. Er fühlte sich noch immer verachtenswert deswegen, während Selina erstaunlicherweise bereits damit abgeschlossen zu haben schien.

„Du hast getan, was du für notwendig gehalten hast – auch wenn diese Idee nicht gerade eine deiner Glanzleistungen gewesen ist“, sprach sie ihn neuerlich von seiner Schuld frei.

Es folgte ein Moment des betretenen Schweigens, als Selina nach Worten rang.

„Du hältst das auch für notwendig, nicht wahr?“

„Ja. Noch eine Entscheidung, mit der ich nicht glänzen werde?“

Aber zu seiner Überraschung schüttelte Selina den Kopf.

„Darüber, dass es mir nicht gefällt, brauchen wir glaube ich nicht weiter zu reden. Ich wollte nie eine Mafia-Braut sein, und erst recht wollte ich nicht Misses Big Boss sein.

Aber ich sehe auch, dass du Recht hast: Es gibt keine Alternative, die besser wäre. Wenn ich mir nur vorstelle, dass Stefano hier das Sagen hätte ... da gebe ich dir lieber meinen Segen dafür, dass du den Laden übernimmst.“

Verblüfft sah Dante sie an.

„Ist das dein Ernst?“

Damit hatte er nun nicht gerechnet. Er war darauf gefasst gewesen, dass sie drohen würde, ihn zu verlassen, wenn er es sich nicht anders überlegte. Oder dass es zumindest einen handfesten Streit geben würde. Aber sicher nicht darauf, dass sie es so pragmatisch hinnehmen würde.

Selina seufzte schwer.

„Wie gesagt: Glücklich bin ich nicht damit. Aber was soll ich tun? Ich bin Realist genug, um zu wissen, dass ich nur verlieren kann, wenn ich es auf ‚ich oder deine Familie‘ ankommen lasse. Und ich will dich nicht verlieren.“

Gerührt zog Dante sie in seine Arme.

„Ich will dich auch nicht verlieren.“

„Aber ...“, unterbrach Selina nach einer Weile den innigen Moment, und trat einen Schritt zurück. „Nur damit das klar ist, ich werde nicht bloß dein schmückendes Beiwerk sein. Wenn du meine Unterstützung willst, dann will ich Mitsprachrecht. Als Partnerin auf Augenhöhe.“

Dante überlegte einen Moment, ob er dieses Zugeständnis machen konnte. Das war nicht gerade wenig, was sie hier verlangte. Aber dann musste er an seine Mutter denken. Was es mit ihr gemacht hatte, dass sie nie das bekommen hatte, was Selina nun ebenfalls einforderte: den Respekt und Einfluss, der ihr aufgrund ihrer Fähigkeiten zustand. Es hatte seine Mutter und ihre Familie entzweit. Er würde nicht zulassen, dass ihm das mit Selina ebenfalls passierte.

„In Ordnung. Solange du dir im Klaren darüber bist, dass es nicht drinnen ist, dass wir zu einer Wohltätigkeitsorganisation werden.“

„Bis dahin ist die Brücke breit. Ich bin mir sicher, dass wir uns einig werden können. Bei dem Bordell hat es ja auch funktioniert. Und die Halbjahresbilanz hat gar nicht mal schlecht ausgeschaut.“

Das stimmte, Selina hatte hierbei bereits bewiesen, dass sie zu bemerkenswertem Pragmatismus fähig war und keineswegs im Wolkenkuckucksheim lebte.

Glücklich und erleichtert nahm Dante ihre Hand und deutete auf den Weg zum Auto.

„Dann lass uns zu Stefano fahren, damit wir es offiziell machen können. Je eher ich die Speichelleckerei hinter mich bringen kann, desto besser.“

37

Die Tage nach Don Valerios Beisetzung waren für Dante äußerst geschäftig gewesen. Und die Tatsache, dass er offiziell als tot galt und sich mit seiner falschen Identität, unter der er nun lebte, eigentlich eher bedeckt halten sollte, machten die ganzen Formalitäten rund um das Erbe nicht gerade einfacher. Aber trotz aller Termine und Verpflichtungen hatte er vor allem sein vordringlichstes Ziel weiterverfolgt: Die Aufklärung, wer sich hier mit Miguel gegen ihn verbündet hatte. Und er war fündig geworden.

Spät am Abend fuhr Dante bei Stefanos Villa vor.

„Ist er da?", fragte er den diensthabenden Mann am Eingang.

„Äh, ja, ..."

Dante gab ihm gar nicht erst die Gelegenheit, zu erklären, dass er gerade nicht willkommen war:

„Gut. Ich finde den Weg schon alleine", meinte er bloß im Vorbeigehen, schließlich hatte er ja selber etliche Jahre hier gewohnt – leider.

Während der Wachposten noch langsam schaute, vermutlich beschäftigt mit der Überlegung, ob er sich das wirklich antun wollte, Dante – dem neuen Don! – auf die Zehen zu treten, marschierte Dante bereits zielstrebig über die große Freitreppe hinauf in den ersten Stock Richtung Stefanos Herrenzimmer, wo er ihn um diese Uhrzeit vermutete.

Im Gang lief er Carlo in die Arme. Sein Onkel war wohl nervös, wenn er auch im Haus Wachen patrouillieren ließ. Und anders als die Flasche am Eingang war Carlo keiner, der langsam schaute.

„Nanu, was verschafft uns die Ehre deines Besuches? Und das auch noch um diese Stunde. Muss wohl wichtig sein."

„Ist es. Also mach Platz."

Aber Carlo stellte sich ihm in den Weg.

„Sorry, Dante, aber der Boss will nicht gestört werden. Lass dir einen Termin geben und komm zu einer vernünftigen Uhrzeit wieder."

„Wenn ich jemanden aufsuche, brauche ich keinen Termin. Und das nicht erst seit Don Valerios Ableben", erklärte er vielsagend.

Als Carlo sich daraufhin augenblicklich kampfbereit machte, konnte Dante sich eines leichten Schmunzelns nicht erwehren. Er hatte nie die Gelegenheit gehabt, es offen mit Carlo auszutragen.

„Ganz Stefanos treuer Handlanger, der du immer schon gewesen bist. Willst deinen Boss wohl schon in der Hölle erwarten, um ihm weiterhin beizustehen? Aber glaubst du wirklich, wenn du schon gegen mich abbeißt, dass du es dann mit den Dämonen dort aufnehmen kannst?"

„Der Einzige, der heute zur Hölle fahren wird, bist du, wenn du nicht sofort Leine ziehst."

„Ach Carlo, in welchem Jahrzehnt lebst du bloß? Die Zeiten, als du mich mit einer Hand festhalten hast können, sind lange vorbei."

Man musste Carlo lassen, dass er flink war, denn er startete seinen Angriff gleichzeitig mit Dante.

Man musste aber auch sagen, dass er ein Idiot war, auf armeslänge Entfernung nach seiner Schusswaffe zu greifen.

Dante verschwendete vorerst mal keine Zeit damit, seinen Doch zu ziehen. Wie ein wütendes Nashorn

preschte er vor und platzierte einen Aufwärtshaken seiner Faust in Carlos Bauch, während er seinen anderen
Arm so auf den von Carlo knallte, dass dieser die Pistole
nicht auf ihn richten konnte. Beide Treffer saßen, und
sein Widersacher taumelte ein Stück nach hinten. Den
Platz, den er sich damit verschafft hatte, nutzte Dante,
um sofort einen ordentlichen Tritt nachzulegen.

Während Carlo noch damit beschäftigt war, diesen
Treffer zu verdauen, zog Dante durch die nach unten offene Hosentasche seinen Dolch aus dem Oberschenkelholster, das er zu benutzen pflegte, wenn er so wie heute
ohne Sakko unterwegs war.

„Na los, hol dein Klappmesser schon raus", trieb er
Carlo an. *„Oder willst du etwa kampflos ins Gras beißen?"*

Mit einem wütenden Kampfschrei bäumte Carlo sich
auf und ging auf Dante los, die besagte Waffe dabei fließend und unauffällig aus seiner Tasche ziehend.

Aber es hatte schon seinen Grund, dass Carlo Dante
lieber erschießen hätte wollen, anstatt es auf diesen
Kampf mit den Klingen ankommen zu lassen. So flink er
auch mit seinem Messerchen war, gegen Dante und seinen Dolch kam er damit nicht an. Die Schnitte auf Carlos
Armen wurden mehr und mehr, während er vergeblich
versuchte, Dantes Deckung zu durchbrechen.

*„Gegen jemanden in deiner Größe bist du wohl nicht
so stark wie gegen ein Kind. Soll ich dir mal zeigen, wie
das richtig geht?"*

Als ihre Klingen neuerlich kollidierten, hebelte Dante
in einer schnellen Bewegung Carlos Messer aus, wodurch
er es schaffte, zu dessen Handgelenk durchzubrechen.
Ein kräftiger Zug über die Unterseite durchtrennte Sehnen, Bänder und Blutgefäße und machte Carlos Hand damit unbrauchbar. Das Klappmesser fiel mit einem dumpfen Geräusch auf den Teppichboden.

Damit war der Rest ein Kinderspiel. Mit äußerster Genugtuung stieß Dante seinem Widersacher den Dolch tief
in den Unterbauch.

*„Du hast Glück, dass ich heute nicht die Möglichkeit
habe, mich lange mit dir aufzuhalten"*, meinte er, und

zog die Klinge mit einer reißenden Bewegung nach oben wieder heraus.

Carlo sackte zusammen und Blut und Eingeweide ergossen sich auf den roten Läufer im Flur.

Nur mühsam schaffte er es, nochmal zu Dante hochzusehen.

„Na los. Bring es zu Ende", forderte er von Dante, aber der schüttelte den Kopf.

„Du erwartest Gnade von mir?", höhnte er. *„Tut mir leid, aber das hat mir irgendwie keiner von euch beigebracht."*

Er trat Carlo nach hinten, packte ihn am Kopf und hielt ihn gegen den Boden gedrückt, damit er nicht ausweichen konnte. Dann setzte er die Spitze seines Dolches auf Carlos Wange.

„Und ich werde ..."

Der Dolch drang senkrecht in die Haut ein.

„... jede ..."

Er durchbrach die dünne Muskelschicht.

„... Sekunde davon ..."

Und eine Lage Schleimhaut.

„... genießen."

Begleitet von einem gellenden Schreit zog Dante den Dolch zum Mund hin durch.

Voller Genugtuung betrachtete er den im Sterben Liegenden. Der Anblick des überall hervorquellenden Blutes mischte sich mit den Erinnerungen daran, wie Carlo seinem Onkel bei dessen drakonischen Erziehungsmaßnahmen mit vollem Eifer behilflich gewesen war.

Aber er empfand nicht dieselbe unbändige Wut darüber wie sonst. Der dickflüssige, rote Lebenssaft zog sich über die Bilder in seinem Kopf, wo er lindernd und dämpfend wirkte und alles in ein stilles, beruhigendes Rot tauchte.

Mehr, er wollte mehr davon.

Mehr von dem Frieden, den es ihm schenkte.

Als Dante fertig war, war nicht bloß Carlos Gesicht bis zur Unkenntlichkeit entstellt. Sein Blutrausch war diesmal so intensiv gewesen, dass er nicht mal aufgehört hatte, als Carlos letzter Atemzug bereits entwichen war. So groß war sein Hass auf diesen Mann gewesen, und damit viel größer, als er es sich bis dato eingestanden hatte.

Na was würde das dann erst für ein Fest werden, wenn er gleich seinem Onkel gegenübertrat.

Dante schnitt ein Stück der Rückenpartie von Carlos Hemd heraus, um damit das Blut vom Dolch und seinen Händen zu wischen. Der Teppich war ruiniert, aber sein Hemd war dank der hochgekrempelten Ärmel trotz seines Wütens ziemlich sauber geblieben.

Achtlos ließ er den blutbeschmierten Fetzen auf die Leiche fallen, damit er später mit ihr und dem Teppich entsorgt werden würde.

Die Blutlache umrundend, setzte Dante seinen Weg zu Stefano fort. Trotz der unüberhörbaren Geräuschkulisse des vorangegangenen Kampfes waren die Flure menschenleer. Offenbar verspürte keiner den Wunsch, Carlos Beispiel zu folgen und Dante im Weg zu stehen.

Schließlich kam er an die Tür, hinter der er Stefano vermutete. Er klopfte zwar an, trat aber ohne eine Antwort abzuwarten sofort ein.

Stefano saß im Hausmantel mit einer dicken Zigarre und einem Glas Rotwein in seinem Ohrensessel vor dem Fernseher und hatte die Beine auf einen Hocker davor hochgelegt. Das Geschrei war hier hinten und mit dem Fernseher wohl bloß sehr gedämpft zu vernehmen gewesen.

„Verflucht, was ist denn da draußen los?", verlangte Stefano dennoch unwirsch zu erfahren, ehe er bemerkte, dass es nicht Carlo, sondern Dante war, der da gerade hereinkam.

Betont ohne Eile schaltete Stefano den Fernseher aus und legte Zigarre und Glas auf dem kleinen Beistelltischchen neben seinem Sessel ab. Aber die Tatsache, dass er sich die Mühe machte aufzustehen, verriet Dante unzweifelhaft, dass er keineswegs so gelassen war, wie er vorgab.

„Ich habe Carlo gesagt, dass ich ungestört sein möchte. Was fällt dir ein, hier einfach so hereinzuplatzen?"

„Tu doch nicht so. Du weißt ganz genau, warum ich hier bin", erklärte Dante unterkühlt, während er langsam näher kam.

„Ich habe keine Ahnung, wovon du redest."

„Ach komm, sparen wir uns das doch und reden lieber Klartext. Soll ich anfangen? Ich habe dich immer schon für das Allerletzte gehalten. Ich habe dich gehasst, von dem Tag an, an dem ich hier eingezogen bin. Du redest immer großartig von Familie, hast aber offensichtlich gar keinen Schimmer, was das eigentlich bedeutet. Sonst würdest du niemals auf solch hirnverbrannte Ideen kommen. Hast du wirklich ernsthaft geglaubt, du würdest damit durchkommen? Dich mit Garcia zusammenzutun? Mir einen Killer auf den Hals zu hetzen? Und es dann auch noch meiner Frau anhängen zu wollen?

Ich hätte es nie für möglich gehalten, aber meine Meinung von dir ist trotz allem wohl immer noch viel zu hoch gewesen. Ich habe geglaubt, du wärst bloß Abschaum. Dabei entpuppst du dich jetzt als Verräter!"

„Du wagst es, mich einen Verräter zu nennen? Du bist doch derjenige gewesen, der die falsche Schlange in unsere Familie geholt hat! Du hast Garcia den Krieg erklärt! Ich habe bloß versucht, dein Chaos aufzuräumen und weiteren Schaden von unserer Familie abzuhalten!"

„Versuch bloß nicht schon wieder, Selina hier zum Sündenbock zu machen. Hast du eigentlich auch nur eine Sekunde lang daran gedacht, wie viele Leute – Familienmitglieder – du mit deinem Komplott in Gefahr gebracht hast? Und das nicht aus nobler Absicht! Sondern bloß, weil du dich um dein Erbe betrogen fühlst!"

„Ich BIN betrogen worden! So wie wir alle! Papa hätte dich nie zu seinem Nachfolger ernannt, hätte er gewusst, welch Trojanisches Pferd du in unsere Mitte geholt hast!"

„Schluss jetzt mit diesen haltlosen Anschuldigungen Selina gegenüber! Sieh es ein, dein Versuch, einen Keil zwischen uns zu treiben, ist gescheitert!"

„Du willst Beweise? Ich gebe dir welche. Weiß du, im Gegensatz zu dir habe ich mir die Mühe gemacht, deine Frau mal etwas genauer unter die Lupe zu nehmen."

„Denkst du wirklich, ich hätte das nicht getan?"

„Ich habe keine Ahnung, was du gemacht hast, aber das Resultat lässt jedenfalls zu wünschen übrig. Was weißt du über den Tod von Selinas Eltern?"

„Die sind bei einem Autounfall umgekommen. Der Wagen ist von einer Brücke in einen Fluss gestürzt. Vermutlich ist ein weiteres Fahrzeug daran beteiligt gewesen, aber das konnte nicht ausgeforscht und der genaue Unfallhergang daher nie geklärt werden."

„Ja, so steht es im Polizeibericht. Das ist am einundzwanzigsten Mai zweitausendzehn gewesen. Klingelt da was bei dir?"

„Nein. Sollte es das?"

„Also ich kann mich an das Datum noch verdammt gut erinnern, weil ich da nämlich ein kleines Vermögen verloren habe. Das ist die Nacht gewesen, als diese beiden Hornochsen Luigi und Camillo sich ihr Auto mit einer ganzen Ladung Drogen klauen haben lassen. Und rat mal, über welche Brücke sie die Diebe verfolgt haben, bei dem erfolglosen Versuch, den Wagen und die Drogen zurückzuholen.

Deine Frau ist wohl gründlicher gewesen als du, denn ich schätzte mal, sie hat im Gegensatz zu dir und der Polizei herausgefunden, auf wen das Auto zugelassen war, das ihre Eltern von der Straße abgedrängt hat."

Dantes Miene verfinsterte sich. Er wusste von der Geschichte lediglich vom Hörensagen, denn damals hatte er noch für Lorenzo gearbeitet. Während Massimos Studienzeit hatten ihre Wege sich zwischenzeitlich getrennt, und Stefano hätte es gerne gesehen, wenn es auch dabei geblieben wäre. Frei nach dem Motto, sein Sohn brauchte Dantes Hilfe nicht. Es hätte Massimos erster großer Deal werden sollen. Doch nachdem Massimo mit dem Anheuern dieser beiden Vollpfosten so eindrucksvoll bewiesen hatte, dass er zwar etwas von Geld, aber von dem Rest drum herum so rein gar nichts verstand, hatte Stefano auf Lorenzos Drängen hin zähneknirschend zugestimmt, ihm doch wieder Dante zur Seite zu stellen. Eine Zusammenarbeit, mit der Stefano allen Erfolgs zum Trotz immer unzufrieden gewesen war. Und schließlich war ja auch genau das eingetreten, was er immer befürchtet hatte: dass Dante Massimo irgendwann den Rang ablaufen könnte. Und es sah ihm ähnlich, dass er absolut nicht gewillt war, das einfach hinzunehmen. Er würde doch wirklich alles versuchen, um sich an Dante dafür zu rächen.

„Das sind doch nur Mutmaßungen", wischte er die Anschuldigung vom Tisch.

„Dass du schlampig recherchiert hast, heißt nicht, dass es nicht stimmt. Und meinst du wirklich, es ist bloß Zufall gewesen, dass sie kurz darauf ausgerechnet in Callahans Einheit gelandet ist?"

„Wenn das stimmt, was du behauptest, wahrscheinlich nicht", räumte Dante zwar zähneknirschend ein, doch er war nicht bereit, das hier und jetzt zu vertiefen.

Verstimmt zog er seinen Dolch aus dem Holster.

„Aber heute werde ich nicht über Selina richten, sondern über dich. Denn was auch immer an deinen Vorwürfen dran sein mag, es ändert nichts an dem, was du verbrochen hast. Du hast uns verraten. Du wolltest den zukünftigen Don töten. Und du weißt genau, was dich dafür erwartet."

Knapp eine halbe Stunde später war Dante bereits dabei, seinen Dolch zu säubern und einzustecken. Es war keineswegs so, dass er bereit war, Stefanos Behauptungen einfach so zu glauben, trotzdem hatte er danach nicht mehr wirklich Muse gehabt, Stefanos Hinrichtung in dem Umfang zu gestalten, wie dieses verräterische Arschloch es eigentlich verdient gehabt hätte. Stattdessen hatte er seiner Wut auf seinen verhassten Onkel einfach freien Lauf gelassen.

Vielleicht war ja genau das Stefanos Absicht gewesen und die ganze Geschichte bloß eine faustdicke Lüge.

Aber sofern seine Fähigkeit, Lügen zu erkennen, nicht unlängst einen dramatischen Verfall erlitten hatte, musste er leider davon ausgehen, dass das Ganze keineswegs so abstrus war, dass er es einfach abtun konnte.

Geistesabwesend holte er sein Handy heraus und rief Emilio an:

„Ich bin fertig. Ihr könnt aufräumen kommen."

Er warf nochmal einen Blick auf Stefanos übel zugerichtete Leiche, ehe er sich zum Gehen wandte. Das sah diesem Wixer doch mal wieder so was von ähnlich. Bestimmt war es seinem Onkel eine Genugtuung gewesen, ihm zu guter Letzt nochmal so richtig eins reinwürgen zu können.

Als er das Zimmer verließ, wartete ein drahtiger Mann ende Fünfzig mit graumeliertem Haar vor der Tür, der reichlich grün um die Nase wirkte.

„Stehst du schon länger da, Adriano?"

Das schwache Nicken erklärte seine Gesichtsfarbe. Er hatte wohl alles mitangehört.

„Warum tust du dir das an?"

„Ich weiß nicht. Weil ich das Gefühl habe, es ihm schuldig zu sein? Immerhin ist er jetzt tot, nachdem ich mit dir geredet habe."

„Das ist nicht deine Schuld, das hat er sich ganz allein zuzuschreiben. Es war richtig, dass du mir von Stefanos Telefonaten mit Garcia erzählt hast."

Als Stefanos Sekretär war Adriano umfassend informiert über alles, was Stefano so getrieben hatte. Blöd nur für seinen Onkel, dass Adriano heimlich immer große Sympathien gehegt hatte für dessen so unerwünschten, gegängelten Neffen. Weshalb er, als Dante auf ihn zugekommen war, äußerst bereitwillig alles ausgeplaudert hatte, was ihm in dieser Angelegenheit zu Ohren gekommen war.

Dante musterte Adriano nachdenklich.

„Aber das brauche ich dir nicht zu erzählen, das weißt du selber, nicht wahr? Du stehst nicht aus Schuldgefühlen hier. Du bist hier, weil du dich versichern willst, dass er wirklich tot ist."

Adriano hatte sich immer ein Stück weit vor seinem Boss gefürchtet. Da war es nur logisch, dass er sicher sein wollte, dass Stefano nicht mehr in der Lage war, Rache an demjenigen zu nehmen, der ihn ans Messer geliefert hatte.

Nachdem Adriano bloß verlegen herumdruckste, anstatt etwas zu antworten, fuhr Dante fort:

„Hast du mir deshalb nichts davon erzählt, dass Stefano Selina unter die Lupe nehmen hat lassen? Um sicher zu gehen, dass er nicht doch davonkommt?"

„Es war nicht meine Absicht, es dir zu verheimlichen. Aber, du weißt doch, wie es so schön heißt: ‚Töte nicht den Boten.'"

„Also hast du dir gedacht, du überlässt es lieber Stefano, die schlechten Nachrichten zu überbringen.

Dann ist also doch etwas dran?"

„Tut mir wirklich leid, Dante. Aber ich fürchte, Stefano ist hier tatsächlich auf etwas gestoßen, das Hand und Fuß hat. Wenn du willst, zeige ich dir alles, was er dazu zusammengetragen hat."

Es fiel Dante nicht leicht, professionell zu bleiben, als er dem Angebot nickend zustimmte. Viel lieber hätte er Adriano angeschrien, dass das alles doch bloß Teil von Stefanos Komplott war, und er sich seine angeblichen Beweise in seinen kalten, toten Arsch schieben konnte.

Aber insgeheim wusste er nur zu gut, dass sich gerade deshalb alles in ihm so dagegen sträubte, das Material auch nur zu sichten, weil er verhindern wollte, dass sich die unleugbare Realität in ihrer ganzen Hässlichkeit vor ihm manifestieren könnte.

38

„Ach, komm schon, Dante", nervte Massimo flüsternd, während Dante damit beschäftigt war, seine Turnsachen in die Sporttasche zu stopfen.

„Nein, ich will nicht."

„Aber das ist heute die Gelegenheit. Alle anderen sind schon weg."

„Ich will aber nicht!"

„Warum? Hast es etwa schon wieder so eilig, dich mit deinem neuen besten Freund zu treffen?", ätzte Massimo, aber Dante ignorierte seinen Tonfall.

„Ich geh heute gar nicht zu Lorenzo. Aber ich will das Buch lesen, das er mir geschenkt hat."

„Was, du willst lieber *lesen*?!"

Er besah Dante ungläubig von allen Seiten.

„Gib es zu, du bist ein Alien, das sie gegen meinen Cousin ausgetauscht haben. Denn der würde niemals einen verstaubten Schmöker mir vorziehen!"

Dante seufzte genervt. Es war kein Roman, den er da las, sondern ein Buch über Anatomie. Und das war in der Tat äußerst faszinierend. Aber das verstand Massimo freilich nicht. So wie der zuschlug, musste man schon froh sein, wenn er irgendwo traf, da brauchte es keine detaillierteren Kenntnisse des menschlichen Körpers.

„Ma, seit du so viel mit Lorenzo abhängst, ist echt nichts mehr mit dir anzufangen!", warf Massimo ihm beleidigt vor.

„Jetzt reicht's mir aber", zischte Dante ungehalten. „Du bist doch bloß sauer, weil ich nicht mehr permanent nach deiner Pfeife tanze!"

„Als ob du je auf mich gehört hättest!"

„Na jedenfalls hast du es ganz gut heraußen gehabt, mich ständig zu irgendwas anzustiften!"

Ihr Streit war inzwischen so laut geworden, dass er die Aufmerksamkeit der anderen beiden Burschen auf sich gezogen hatte, die sich außer ihnen als einzige noch in der Umkleide befanden. Aber das war Dante so wurscht wie nur was.

„Weißt du was? Wenn es dir so wichtig ist und wenn du es für so eine tolle Idee hältst, dann mach es doch selbst!"

Verärgert stopfte er das letzte Teil in seine Tasche, warf sie sich über die Schulter, und stapfte davon, direkt an den beiden Burschen vorbei, die sich bereits voller Vorfreude die Hände rieben.

Er wusste genau, was das zu bedeuten hatte, aber das war ihm egal. Sollte Massimo doch sehen, wie er allein zurechtkam.

„Ey, Massimo! Was war denn da los? Hast du etwa Streit mit Dante gehabt?"

„Was? Nein. Nur eine kleine Meinungsverschieden-heit."

Massimo schluckte heftig und reckte den Kopf Rich-tung Ausgang. Dass er Dante nicht hinterherrief, dass er doch bitte zurückkommen sollte, war weniger seinem Stolz geschuldet als viel mehr dem Wissen, dass Dante ihn hier im vollen Bewusstsein zurückgelassen hatte, was ihm gleich blühen würde.

„Wirklich?"

Max grinste Danny voller Heimtücke zu.

„Also für mich hat sich das nach einem handfesten Streit angehört."

„Kann sein. Aber wir versöhnen uns dann auch immer schnell wieder", hob Massimo hervor, während er vor seinen näher rückenden Mitschülern zurückwich.

Bis er plötzlich den Spind im Rücken hatte.

Max stemmte seine Hand rechts von seinem Kopf gegen die metallene Tür, Danny links davon.

„Also so, wie Dante eben abgerauscht ist, scheinst du ihm momentan jedenfalls ziemlich gleichgültig zu sein."

Im nächsten Moment hatte Massimo schon eine Faust im Magen.

Obwohl er sich alle Mühe gab, sich zu verteidigen, es zeigte sich mal wieder, was Dante ihm regelmäßig vorwarf: Er war beim Kämpfen ein absolutes Antitalent. Und gegen gleich zwei solche Typen stand er sowieso auf völlig verlorenem Posten.

→

Die Arme vor der Brust verschränkt lehnte Dante an der Wand und ärgerte sich. Durch die offene Tür zur Umkleide gleich neben ihm konnte er klar und deutlich hören, wie Max und Danny Massimo herumschubsten und fertig machten. Aber das geschah ihm ganz recht. Er hatte sich ja unbedingt mit den beiden anlegen wollen. Jetzt sollte er mal sehen, wie er damit fertig wurde.

Wie kam er dazu, dass er ständig Massimos Kämpfe ausfechten musste?

Ja, sicher, früher war es ihm nur recht gewesen, wenn Massimo ihm ein Ziel gab, auf dass er seine Aggressionen lenken konnte. Aber seit er mit Lorenzo trainierte, fand er es eigentlich gar nicht mehr so toll, einfach stumpf auf irgendwen einzudreschen. Das war inzwischen ziemlich witzlos, fehlte ihm dabei doch meist die Herausforderung.

Da waren die Kämpfe mit Lorenzo schon ganz was anderes. Dort musste er sich wirklich ins Zeug legen, um nicht völlig unterzugehen. Und wenn er es dann tatsächlich mal schaffte, einen Treffer reinzubringen, oder einem Angriff gekonnt auszuweichen, war das unglaublich befriedigend, weil er wusste, dass er gerade wirklich was geleistet hatte.

Und was tat Massimo?

Sich für ihn freuen, dass er nicht mehr ständig den Wunsch verspürte, auf alles und jeden einzuprügeln?

Nein! Er ließ stattdessen in schlechtester Manier den Scordato heraushängen, indem er versuchte, es ihm gründlich zu vermiesen!

Sollte der feine Schnösel doch sehen, wie er ohne ihn zurechtkam ...

Dante brummte ganz leise unwirsch vor sich hin.

Massimo konnte echt von Glück reden, dass sein Beschützerinstinkt für seinen Bruder größer war als die Wut im Bauch, die ihn dazu antrieb, einfach abzuhauen.

Also blieb er einfach stehen, bis die Geräuschkulisse ihm verriet, dass die beiden Möchtegern-Helden anfingen, den Bogen zu überspannen.

Entschlossen trat Dante durch die Tür.

„So, das reicht jetzt", erklärte er bestimmt.

Sein unvermutetes Auftauchen ließ Max und Danny im ersten Moment erschrocken zusammenfahren. Aber während Danny so klug war, gleich von Massimo abzulassen, hatte Max offenbar Blut geleckt.

„Was willst du hier? Vorhin hat es dich auch nicht gekratzt", meinte er provokant und haute Massimo, den er im Schwitzkasten hielt, noch eine rein.

„Es war mir egal, solange ihr es nicht übertrieben habt. Aber das geht jetzt zu weit. Der Kampf ist vorbei, und ihr verzieht euch auf der Stelle."

„Ach? Und wenn nicht?", provozierte Max, wobei er den Griff um Massimos Hals verstärkte. „Immerhin sind wir zu zweit und du bist nur einer! Denn der hier kann nicht mehr kämpfen."

Aber Dante lächelte bloß gelassen.

„Ich bin immer nur einer, denn Massimo kann sowieso nicht kämpfen. Und du übrigens auch nicht, solange du ihn mit beiden Händen halten musst. Na und wenn ich mir deinen Kumpel so ansehe ... also allzu viel

Unterstützung würde ich mir da nicht erwarten. Der weiß nämlich im Gegensatz zu dir, wann es Zeit ist, Leine zu ziehen."

Max Blick schwenkte hastig zu Danny, der inzwischen tatsächlich ein wenig blass um die Nase wirkte.

„Komm Max, lass gut sein, hauen wir ab, bevor wir am Ende auch so ausschauen."

„Sei doch nicht so ein Feigling! Wir sind zwei gegen einen!"

„Und seit wann hilft uns das was gegen ihn?!"

„Hör lieber auf Danny", mischte Dante sich nun ein, um die Diskussion endlich zu beenden. „Wenn ihr euch jetzt verzieht, dann sind wir quitt. Aber wenn ich dir nochmal sagen muss, dass du ihn loslassen sollst, mach ich dich fertig!"

Danny hob abwehrend die Arme und umrundete Dante in einem großen Bogen.

„Finde ich einen guten Vorschlag. Ich bin raus!"

„So eine Memme!", knurrte Max wütend, aber inzwischen hatte offenbar auch er es begriffen.

In einer letzten Trotzreaktion ließ er Massimo einfach auf den Boden fallen, um sich dann ebenfalls zurückzuziehen.

Dante wartete noch, bis Max wirklich draußen war aus der Umkleide, ehe er sich neben Massimo niederließ.

„Massimo?"

Er drehte Massimo auf die Seite und klopfte ihm leicht auf die Wange.

„Massimo?"

Mist! Er hätte nicht gar so lange warten sollen. Sein Cousin sah ziemlich arg mitgenommen aus.

Aber immerhin schlug er nun blinzelnd die Augen wieder auf. Also zumindest das eine, das nicht gerade begann, tiefblau anzulaufen.

„Dante?", nuschelte Massimo benommen mit seiner aufgeschlagenen Lippe.

„Sie sind weg. Ich habe sie verjagt."

„Warum bist du zurückgekommen?"

„Ich bin nie weg gewesen. Ich habe am Gang gewartet."

Massimo schloss das unversehrte Auge wieder und
schüttelte ganz leicht den Kopf.

„Du bist so ein Schwein."

„Sei lieber froh, dass ich nicht wirklich gegangen
bin."

So gut er konnte, sah Massimo ihn an.

„Das bin ich", versicherte er ihm, und Dante wusste,
dass er es ernst meinte. Auch wenn Massimo bestimmt
trotzdem noch eine Weile sauer auf ihn sein würde.

Dante lugte vorsichtig durch die Eingangstür in die
große Halle.

„Schaut gut aus", informierte er Massimo, und griff
ihm unter die Arme, damit er sich wieder auf ihn stützen
konnte.

Langsam durchquerten sie die Eingangshalle. Der Weg
zu der großen Freitreppe kam Dante endlos vor, so mühsam, wie Massimo sich humpelnd vorwärtsbewegte.

„Beeil dich ein bisschen", versuchte er Massimo ein
wenig anzutreiben, was der mit einem unwirschen: „Es
geht halt nicht schneller!", quittierte.

Als sie die unterste Stufe erreicht hatten, ließ Dante
Massimo kurz am Treppengeländer stehen, um hinaufzulaufen und zu checken, ob die Luft rein war. Zwei Stufen auf einmal nehmend, stürmte er wieder hinunter.

„Niemand da. Komm!"

Die Stiege zu erklimmen zog sich sogar noch länger
hin. Am liebsten hätte Dante Massimo einfach genommen und hinaufgetragen.

Aber irgendwann hatten sie es schließlich geschafft.
Nur noch ein paar Meter den Gang hinunter, bis sie in
Massimos Zimmer verschwinden konnten.

Doch dann hörten sie auf einmal laute Stimmen. Genauer gesagt eine, nämlich Stefano, wie er in seinem Arbeitszimmer auf der anderen Seite der Treppe herumbrüllte.

Mist!

Vielleicht sollte er Massimo ungeachtet dessen, was dieser sagte, doch das letzte Stück tragen. Das würde bestimmt schneller gehen.

Aber da flog auch schon die Tür auf, und Stefano kam erbost schimpfend herausgestürmt, ihm auf den Fersen zwei seiner Männer, die beschwichtigend auf ihn einredeten.

Dante konnte es kaum fassen, welches Pech sie hatten. So kurz vor dem Ziel.

Nun saßen sie echt in der Tinte.

Inzwischen hatte Stefano sie auch schon erblickt und kam auf sie zugestapft.

„Was in Dreiteufelsnamen ist denn das schon wieder?! Los, raus mit der Sprache!"

„Zwei Mitschüler sind nach dem Sport in der Umkleide auf uns losgegangen", bog Dante die Geschichte ein wenig zu ihren Gunsten zurecht.

„Was? Nur zwei? Und da schaust du nachher so aus?!", fuhr Stefano seinen Sohn aufgebracht an. *„Du bist eine Schande! Wirklich! Sieh dir doch mal Dante an, der hat nicht mal einen Kratzer!"*

Die Art, wie er bei seinen Worten seine Hände zu Fäusten ballte und wieder öffnete, ließ bei Dante die Alarmglocken schrillen.

Er trat so vor Stefano, dass er Massimo dabei unauffällig hinter sich schob. Seinen ganzen Mut zusammennehmend erklärte er:

„Dass ich nichts abbekommen habe, hat einen einfachen Grund: Ich habe bloß zugeschaut, wie die beiden Massimo vermöbelt haben."

Stefanos Augen verengten sich jäh, auf der Stirn zeichnete sich eine tiefe Zornesfalte ab.

„Du hast was?", durchbohrte er Dante geradezu, so schneidend war seine Stimme.

Dante war ja, was seinen Onkel betraf, schon einiges gewöhnt, aber nun lief es selbst ihm kalt den Rücken hinunter. Er hatte es zwar darauf angelegt, dass Stefano auf diese Aussage anspringen und Massimo darüber komplett vergessen würde. Aber ganz ehrlich, so wie sein

Onkel ihn jetzt ansah, wünschte er wirklich, er hätte die Klappe gehalten.

Nur, was hatte er für eine Wahl gehabt? Massimo hatte heute schon so viel einstecken müssen, dass er echt nicht mehr in der Verfassung war, nun auch noch einen Wutausbruch seines Vaters über sich ergehen zu lassen. Das würde er nie und nimmer durchstehen. Was Stefano nur noch mehr auf die Palme bringen würde. Und was dann geschehen würde, mochte Dante sich gar nicht erst ausmalen.

„Was? Nein! Das ...", wollte Massimo sich einmischen, nachdem er den ersten Schrecken überwunden hatte, aber Dante brachte ihn mit einem Tritt gegen das bereits lädierte Schienbein erfolgreich zum Schweigen.

Und Stefano hatte sich bereits so auf Dante eingeschossen, dass er Massimos Kommentar sowieso nicht mehr wahrnahm. Er gab den beiden Gorillas hinter sich ein Zeichen.

„In mein Arbeitszimmer. Sofort!"

„Nein! Lasst mich los!", protestierte Dante vehement, als sie ihn packten, doch die beiden hoben ihn einfach jeder unter einem Arm hoch und trugen ihn fort.

„Und du kommst mit!", herrschte Stefano seinen Sohn an, der ohne Dantes Hilfe schon Mühe hatte, sich schlicht auf den Beinen zu halten.

„Eine Schande!", zürnte Stefano nochmal verächtlich. *„Einer mehr als der andere!"*

Damit ließ er Massimo stehen und stapfte in sein Arbeitszimmer zurück, wo die beiden Männer gerade dabei waren, Dante auf dem Arbeitstisch niederzudrücken. Was kein leichtes Unterfangen war, nachdem Dante sich aus Leibeskräften wehrte. Nicht, dass ihm das schon jemals etwas gebracht hätte, aber das würde ihn nicht davon abhalten, es weiter zu versuchen. Er würde nicht ewig ein Kind bleiben. Irgendwann würde der Tag kommen, an dem seine Bemühungen von Erfolg gekrönt waren. Und dann könnten sie alle was erleben!

„Jetzt stellt euch doch nicht so an, der Bengel ist keine vierzehn Jahre alt, ihr wollt mir doch nicht ernsthaft erklären, dass es da zwei von euch braucht, um ihn

zu bändigen!", schimpfte Stefano ungehalten seine Untergebenen. „*Los, einer von euch muss auch noch rausgehen und meinen nichtsnutzigen Sohn holen, der mit vierzehn noch nicht allein gehen kann.*"

Nachdem sie ihn erst einmal erfolgreich auf den Tisch gedrückt hatten, reichte zu Dantes Ärger tatsächlich einer der Männer, um ihn fixiert zu halten. Aber wie sollte eine halbe Portion wie er sich auch gegen einen auf ihm lehnenden hundert-Kilo-Mann wehren können?

Kurz darauf wurde auch schon Massimo hereingeschleppt. Natürlich musste er wie üblich zusehen, wie sein Vater seine Wut an Dante ausließ. Öfters mal hatte er Glück und kam danach selber nicht mehr an die Reihe, wenn Stefano sich bereits genug abreagiert hatte. Dante betete, dass es auch heute so sein würde.

Erst recht, als er sah, dass sein Onkel mit dem Rohrstock daherkam. Der Rohrstock war immer furchtbar, aber so mies, wie Stefano heute drauf war ...

„*Los, zieh ihm endlich die Hose runter!*", wies Stefano unwirsch den Mann an, der eben Massimo hereingeholt hatte. Offensichtlich war Stefano der Tritt, den Dante ihm dabei letztes Mal verpasst hatte, noch gut in Erinnerung, sodass er es nun nicht mehr selber machen wollte.

Die Genugtuung darüber wurde nur leider empfindlich geschmälert durch das Wissen, dass Stefanos Zorn auf ihn aufgrund dieser Tatsache gerade noch weiter in lichte Höhen schoss.

Bereits der erste Schlag knallte derart rein, dass Dante sofort heftig die Tränen in die Augen schossen.

Sein Onkel stimmte einen erbosten Vortrag darüber an, was ihm einfiel, jemanden aus der Familie derart im Stich zu lassen, aber davon bekam Dante unter den auf ihn einhagelnden Schlägen kaum etwas mit. Zu groß war seine Mühe, irgendwie auch nur halbwegs die Fassung zu wahren, und nicht völlig unkontrolliert zu schreien zu beginnen, selbst wenn die Tränen in Strömen flossen. Aber er musste es schaffen, egal wie schwer es auch war, denn sonst würde Stefano noch mehr auszucken, als er es ohnehin gerade tat.

Verflucht, hörte der Wahnsinnige denn irgendwann auch wieder auf?!

Das hier war um Längen schlimmer als alles, was Dante zuvor erlebt hatte. Wie von Sinnen schlug Stefano wieder und wieder mit voller Härte auf ihn ein, während er sich weiter in Rage redete. Und es war kein Ende in Sicht!

Dante bemerkte, dass seine Atemzüge immer schwerer und kürzer wurden. Der Schmerz war so heftig, dass er ihm die Luft raubte, und der Typ, der ihn niederdrückte, tat sein Übriges dazu. Seine Lungen brannten, sein Blick begann zu verschwimmen.

Was wohl passieren würde, wenn er ohnmächtig würde? Würde sein Onkel befriedigt von ihm ablassen, oder würde er komplett ausflippen?

Da schoss auf einmal ein Schmerz durch seinen Körper, nochmal weit heftiger, als all die furchtbaren Schläge davor, und Dante schrie gepeinigt auf.

Sein ganzer Körper begann unkontrolliert zu zittern.

Was zum Teufel war das gewesen?

Das schreckliche Erlebnis wiederholte sich beim nächsten Schlag.

„Papa, hör auf damit!"

War das wirklich Massimos Stimme, fragte Dante sich benommen. Sein Cousin hatte noch nie den Schneid aufgebracht, seinem Vater hemmend in den Arm fallen zu wollen, erst recht nicht, nachdem er so oft gesehen hatte, wie wenig gut das Dante stets bekommen war.

Er versuchte, den Tränenschleier wegzublinzeln, um etwas mehr erkennen zu können.

Tatsächlich, obwohl er selbst kaum stehen konnte, hatte Massimo sich zwischen ihn und Stefano geworfen, um seinen Vater daran zu hindern, erneut zuzuschlagen.

„Sieh ihn dir doch an! Ist dir das noch immer nicht genug?!"

Stefano grunzte unwirsch:

„Na schön. Aber ich warne euch! Wenn so was nochmal vorkommt ...", zürne er noch, dann warf er den Rohrstock beiseite und stapfte davon.

Die beiden Gorillas wechseln einen unschlüssigen Blick, ehe sie aufsprangen und ihrem Boss hinterherliefen.

Normalerweise hatte Dante es stets sehr eilig, von dem Schreibtisch herunter zu kommen, doch heute blieb er einfach reglos liegen.

Massimo trat neben ihn und berührte ihn sacht am Arm.

„Oh Dante ..."

Seine Stimme war von Tränen erstickt.

„Es tut so weh", bekannte Dante, ebenfalls unter Tränen. „Warum tut es heute gar so weh?"

Er kam sich selber vor wie ein kleines Kind bei der Frage, aber ganz ehrlich, er fühlte sich gerade auch so, als wäre er noch ganz klein.

Anstatt zu antworten, kramte Massimo ein Taschentuch aus seiner Hosentasche. Obwohl er es mit Sicherheit bloß ganz leicht auf Dantes misshandelte Kehrseite drückte, zuckte Dante heftig zusammen, so starke Schmerzen bereitete ihm die Berührung.

Mit zitternden Händen hielt Massimo Dante das Taschentuch vors Gesicht. Der weiße Zellstoff war von einem roten Streifen durchzogen.

Blut. Sein Blut.

Einen Moment wurde Dante ganz anders. Ihm war überhaupt nicht bewusst gewesen, dass ein Rohrstock derartige Verletzungen verursachen konnte.

„Wie schlimm ist es?", fragte er bang, denn er traute sich nicht, es selbst mit den Händen zu ertasten.

„Ich ... ich weiß nicht! Ich habe das blöde Buch von Lorenzo ja nicht gelesen! Ich habe doch keinen Schimmer von so was!"

Auf einmal brach Massimo in heftige Tränen aus.

„Ich wollte es ihm sagen! Ich wollte ihm sagen, dass es so gar nicht abgelaufen ist!"

„Ist es aber. Und gut, dass du es nicht getan hast, sonst wäre alles umsonst gewesen", murmelte Dante erschöpft.

Massimo schüttelte energisch den Kopf.

„Das hast du nicht verdient. Ich sollte hier liegen, nicht du. Wenn ich nicht so ein Schwächling wäre ...“

„Nein!“, unterbrach Dante ihn entschieden, auch wenn seine Stimme schwach war. „Du hast das ebenso wenig verdient. Außerdem war es meine Schuld. Ich hätte nicht zulassen dürfen, dass sie dich verprügeln, bloß, weil wir uns gestritten haben und ich sauer gewesen bin.“

„Deswegen hättest du das trotzdem nicht auf dich nehmen müssen. Wenn ich besser kämpfen könnte, wäre es doch nie so weit gekommen.“

„Es geht überhaupt nicht darum, wer Schuld hat. Ich hab‘s getan, um dich zu beschützen. Du bist mein Bruder. Ich würde alles für dich tun.“

„Und das, obwohl ich heute so gemein zu dir gewesen bin?“

Vorsichtig, ohne sich dabei allzu viel zu bewegen, fasste Dante Massimos Hand und drückte sie.

„Schwamm drüber. Wenn es drauf ankommt, halten wir zusammen. Immer. Egal was passiert.“

Massimo erwiderte seinen Händedruck. Dann schniefte er heftig.

„Du bist der beste Bruder, den man sich wünschen kann.“

39

Es war bereits dunkel, als Dante bei Massimo ankam. Er hatte sich nicht angekündigt, sondern war einfach spontan hingefahren.

Seine Ankunft schien einen gewissen Aufruhr auszulösen. Bereits als er auf dem Vorplatz den Motor abstellte, kamen schon zwei Männer herausgeeilt, die bis zu seinem noch nicht so lang zurückliegenden Auszug hier für ihn gearbeitet hatten. Unsicher sahen sie erst ihn, dann einander an.

„Ciao, Dante ...", fing der eine an, als ihn der andere in die Seite stieß und ihm: *„Don Dante!"*, zuzischte, womit er seinen Kollegen sichtlich aus dem Konzept brachte.

„Wir müssen jetzt Don zu ihm sagen?", flüsterte er irritiert zurück, wohl weil Dante nie Wert gelegt hatte auf irgendwelche formellen Anreden.

Genervt hob Dante die Hände und scheuchte die beiden ein Stück zurück, damit er ungehindert aussteigen konnte.

„Leute, es ist mir scheißegal, wie ihr mich anredet, solange darauf nicht der Versuch folgt, mich abzuwimmeln!

Und streitet es jetzt ja nicht ab, denn das sieht doch ein Blinder mit Krückstock, dass das hier kein Willkommenskomitee ist."

Kopfschüttelnd marschierte Dante einfach zwischen den beiden auf das Haus zu. Vielleicht hätte er doch vorher anrufen sollen. Wie sich die Zeiten doch änderten, wenn er jetzt bei Massimo schon einen Termin brauchte.

„Und was machen wir nun?", hörte er die beiden Armleuchter hinter sich tuscheln, die ihm mit einem kleinen Sicherheitsabstand folgten.

„Da hätte ich einen Vorschlag für euch", meinte Dante, wobei er so abrupt stehen blieb und sich dabei umdrehte, dass die beiden beinahe in ihn hineingelaufen wären. *„Wie wäre es, wenn ihr euch da an die Tür stellt und euren verdammten Job macht, anstatt mir auf die Nerven zu gehen!*"

Eine Anregung, die offenbar zu schwierig in ihrer Umsetzung war, denn die beiden liefen ihm weiterhin hinterher, als er die Stiege hinaufstieg.

„Na schön, dann macht euch wenigstens nützlich, und sagt mir, wo ich Massimo finde."

Auch das überforderte die beiden Nieten erst einmal.

„Soll das ernsthaft heißen, dass ich ihn suchen muss?"

Der Vorschlag schien ihnen auch nicht zu gefallen.

„Nein, ähm, er hat gerade Besuch."

„Aha", nickte Dante verstehend. Er brauchte gar nicht weiter zu fragen. Aber ausgehend von der Uhrzeit nahm er an, dass die beiden erst beim Abendessen und die Dame wohl noch bekleidet war.

Und selbst wenn nicht, wen juckte es, wäre ja schließlich nicht das erste Mal, dass er mittendrin statt nur dabei war in Massimos Intimleben.

Zielstrebig begab Dante sich zum Salon, klopfte höflich an, um dann aber unaufgefordert einzutreten.

Noch bevor er irgendetwas sagen konnte, platzte sein Gefolge schon heraus:

„Es tut uns leid! Wir haben versucht, ihn aufzuhalten, aber er wollte nicht auf uns hören."

Massimo entschuldigte sich bei der Blondine am Tisch für die Störung und erhob sich.

Missbilligend sah er seine beiden Wachleute an.

„Haltet ihr mich für dämlich, mir hier so einen Schwachsinn reindrücken zu wollen? Ihr habt gar nichts versucht! Sonst würdet ihr nämlich jetzt nicht hier auf-recht stehen."

Die beiden zuckten etwas beschämt zusammen.

„Müssen wir versuchen, ihn wieder hinauszubeglei-ten?"

Massimo griff sich mit der Hand vor die Augen und schüttelte genervt den Kopf.

„Wozu? Wir wissen doch jetzt schon alle, wie das aus-gehen würde."

Mit einem Nicken deutete er auf die Blondine.

„Macht euch lieber nützlich, indem ihr die Lady schon mal ins Kaminzimmer begleitet. Und dann geht ihr auf euren Posten zurück!"

Abwartend, bis alle den Raum verlassen hatten, blieben Massimo und Dante stehen und beäugen sich. Es war das erste Mal, seitdem er nicht gerade im besten Einvernehmen ausgezogen war, dass sie wieder miteinander sprachen.

„Warum bist du hier? Um mir persönlich mitzuteilen, dass du Vater umgelegt hast? Das pfeifen inzwischen schon die Spatzen von allen Dächern.

Oder bist du hier, weil ich der Nächste bin?"

„Hast du was von den Machenschaften deines Vaters gewusst?"

„Natürlich nicht! Meinst du wirklich, ich würde tatenlos zusehen, wie er dir einen Attentäter auf den Hals hetzt? Hättest du es nicht getan, dann hätte ich ihn dafür umgebracht!"

Etwas anderes als diese Antwort hatte Dante auch nicht erwartet. Trotzdem tat es seiner gebeutelten Seele gut, es zu hören.

„Spiel dich hier nicht so auf. Glaubst du wirklich, ich würde herkommen, um dir etwas anzutun? Du weißt, dass ich das nie könnte. Du bist mein Bruder."

Massimo schnaubte abfällig.

„Also in letzter Zeit hast du dich nicht gerade sehr brüderlich verhalten. Da hast du viel mehr durch Abwesenheit geglänzt, als ich dich dringend gebraucht hätte."

„Darf ich dich daran erinnern, dass du derjenige gewesen bist, der gemeint hat, er schafft das alles alleine! Du wolltest mich nicht mehr! Deshalb bin ich gegangen!"

„Ja von wegen! Du wolltest *sie*, deshalb hast du alles hingeschmissen! Wir sind ein Dream-Team gewesen, bis du zugelassen hast, dass dieses Weib sich zwischen uns drängt und alles kaputt macht!

Aber so wie es scheint, hat es sich für dich ja gelohnt. Nachdem ich öffentlich mein Versagen demonstrieren durfte, bist du jetzt unangefochten der neue Don. Deine Probleme mit Papa haben sich gestern auch in Wohlgefallen aufgelöst. Und der vernichtende Schlag gegen Garcia, den du zweifellos gerade planst, wird deine Vormachtstellung bei den Lieferanten ebenfalls für eine Weile einzementieren.

Ich beglückwünsche dich."

Dante zog sich einen Sessel vom Tisch heran und ließ sich erledigt darauf sinken.

„Du irrst dich, es hat sich nicht gelohnt", gestand er mit hängendem Kopf ein. „Ich bin gestern dahintergekommen, dass sie mich belogen hat."

„Oh, mal ganz was Neues", spottete Massimo voll bitterbösem Sarkasmus. „Die Frau lügt doch, seit du sie kennengelernt hast."

Dante schüttelte den Kopf.

„Wieso nur habe ich es nicht bemerkt?"

„Du hast es von Anfang an nicht bemerkt", kommentierte Massimo trocken.

Mit einem Mal sprang Dante von seinem Sessel wieder auf.

„Ja, aber diesmal hätte es mir auffallen müssen!"

Er begann unruhig auf und ab zu gehen, während er Massimo von seinem Tauchexperiment mit Selina erzählte.

„Ich bin mir so sicher gewesen! Sie hat so unerschütterlich daran geglaubt, dass es nichts gibt, was ich ihr vorwerfen könnte. Ich habe sie ganz genau betrachtet, als sie mir versichert hat, dass es nichts gibt, was sie vor mir verheimlicht. Und ich habe nicht den leisesten Hinweis darauf entdeckt, dass sie mir gerade faustdick mitten ins Gesicht lügt! Null! Nichts! Niente!"

„Und was hat sie dir verheimlicht?"

„Dein Vater hat herausgefunden, dass es zwei deiner Leute gewesen sind, die den Unfalltod ihrer Eltern verschuldet haben. Ich habe heute den ganzen Tag damit verbracht, das durch eigene Recherche zu bestätigen. Es ist wahr. Und so ungern ich es zugebe, es ist verdammt unwahrscheinlich, dass Selina das nicht schon lange gewusst hat und bloß zufällig bei uns gelandet ist."

„Phu, das ist wirklich ..."

Dante ließ sich wieder auf den Sessel fallen.

„Ich weiß jetzt, dass sie mich anlügen kann, ohne dass ich auch nur das Geringste bemerke. Meine eigene Frau! Hast du eine Ahnung, wie sich das anfühlt? Ich habe mich immer auf mein Talent verlassen können, Lügen recht zuverlässig zu erkennen. Warum versagt das ausgerechnet bei ihr völlig? Wie soll ich ihr noch irgendetwas glauben können?

Ich habe sie in Schutz genommen, sie gegen alle Anschuldigungen verteidigt, weil ich mir so sicher gewesen bin, dass das zwischen uns etwas ganz Besonderes ist. Etwas Echtes. Und nun stellt sich heraus, dass sie ebenso gut bloß deshalb hier sein könnte, um den Tod ihrer Eltern zu rächen.

Vielleicht hat dein Vater am Ende doch Recht gehabt. Jemand, der so blind ist, ist wohl kaum geeignet, die Geschicke der ganzen Familie zu lenken."

„Unsinn! Du hast dreißig Jahre nicht an den Schwachsinn geglaubt, den er täglich verzapft hat, du wirst doch nicht jetzt, wo er tot ist, damit anfangen!

Na schön, Selina hat dich geleimt. Na und? Egal wie gut du bist, es kann immer jemanden geben, der noch besser ist. Das heißt aber noch lange nicht, dass du es nicht mehr drauf hast. Und mir fällt niemand ein, der besser zum Familienoberhaupt geeignet wäre, oder den Posten mehr verdient hätte, als du."

Bestärkend legte Massimo ihm die Hand auf die Schulter. Und irgendwie war es Dante, als würde damit zumindest ein Teil der Last, die er momentan trug, von ihm genommen werden. Dass Massimo zu ihm hielt und ihn in seiner neuen Position unterstützen würde, anstatt sich gegen ihn zu stellen, bedeutete ihm viel.

„Bleibt bloß noch die Frage, was wirst du jetzt wegen Selina tun?"

Dante seufzte unglücklich und ratlos.

„Keine Ahnung. Nachdem ich sie nicht fragen kann, brauche ich mehr Fakten. Aber wo ich die hernehmen soll ...? Als ich nach dem Drahtzieher für den Einbruchsversuch gesucht habe, haben alle Spuren bloß zu deinem Vater geführt. Kein Hinweis darauf, dass Selina da irgendwie ihre Finger im Spiel gehabt haben könnte."

„Vielleicht über ihre Kollegen vom FBI? Wäre es möglich, dass die das für sie eingefädelt haben?"

Dante schüttelte den Kopf.

„Das wird dich jetzt sicher schockieren, aber sie hat mir sogar offen gesagt, dass sie sich mit Callahan treffen möchte, um Garcia ans Messer zu liefern. Allein. Und nachdem ich ihr vertraut habe, habe ich es ihr auch noch erlaubt. Ich habe keinen Grund gesehen, ihr nachzuspionieren, wenn sie ohne mich unterwegs gewesen ist. Sie könnte sonst was getrieben haben."

„Ob Callahan von Selinas Geheimnis weiß?"

„Gute Frage. Ich würde mal eher auf Nein tippen. Schließlich wäre das ein ziemlich herber Fall von Befangenheit, den das FBI niemals tolerieren würde."

„Siehst du, noch jemand, der Erfahrung im Aufdecken vom Lügen haben sollte, den Selina erfolgreich hinters Licht geführt hat. Es liegt definitiv nicht an dir, sondern an ihr."

„Auch nur ein schwacher Trost. Und außerdem hat Callahan nicht auch noch mit ihr geschlafen."

„Bist du dir da sicher?"

Aller Enttäuschung zum Trotz spürte Dante, wie eine wütende Bestie in ihm ihr Haupt erhob.

„Zwischen den beiden läuft nichts, verstanden?", knurrte er Massimo regelrecht an, wenngleich er selber nicht wusste, warum er im Meer der Lügen gerade dies als unumstößliche Tatsache ansah. Vielleicht, weil er dem guten Tyler Callahan ansonsten jeden Knochen einzeln brechen würde, sollte sich jemals herausstellen, dass er auch in diesem Punkt getäuscht worden war.

Aber immerhin hatte ihn der kurze Gefühlsausbruch aus seiner Lethargie gerissen. Entschlossen stand er auf und sah Massimo scharf an.

„Selina hat bisher davon profitiert, dass ich mich in Sicherheit gewähnt habe. Aber das ist vorbei. Jetzt drehen wir den Spieß mal um.“

Lesen Sie weiter in

Messerscharf

Vergeltung